Harald Irnberger

Ein Krokodil namens Wanda

Kriminalroman

grafit

Der Autor

Harald Irnberger wurde 1949 in Kärnten geboren. Seit dem 18. Lebensjahr ist er journalistisch und literarisch tätig. Er veröffentlicht u. a. in *Zeit-Magazin, Merian, Focus, Der Spiegel, Geo* und *stern*.

Der ›böse Bube‹ der österreichischen Belletristik lebt zwar seit einigen Jahren in Spanien, versteht es aber auf unnachahmliche Weise, den morbiden Geist Wiens in seinen Büchern aufscheinen zu lassen. Bisher liegen folgende Titel von ihm vor: *Richtfest* (1990), *Stimmbruch* (1994), *Geil* (1995) und *Das Schweigen der Kurschatten* (1996; alle bei GRAFIT).

I

»Es hilft alles nix, wir brauchen als erstes eine Novelle zum Artenschutzgesetz«, beharrte der Abgeordnete Wurst. »Vor allem was die Durchführungsbestimmungen zu den Ausnahmeregelungen bei den Importzulassungen betrifft.«

Paulus Streibl nahm einen Schluck aus dem großvolumigen Cognac-Schwenker. Dann sog er an seiner von Format und Aussehen einem Polizeiknüppel nicht unähnlichen Zigarre. Zugleich ließ er den Blick aus dem Panorama-Fenster seines Penthouses hinab auf den Siebensternplatz und über den siebenten Bezirk schweifen. Endlich schüttelte der *Kaiser vom 7. Hieb*, wie der in diesem Teil der Stadt vielfache Immobilienbesitzer sowie als Multi-Gastronom tätige Mann in Wien häufig genannt wurde, nachdenklich den Kopf: »I waß net, ob des guat wär. Damit weck ma womöglich nur schlafende Hunde – Hündinnen und Hunde«, korrigierte er sich rasch.

So richtig hatte Streibl die geschlechtsneutralen Sprachregelungen der Grünalternativenbewegung, die seine politische Basis bildete, noch immer nicht verinnerlicht. Beinahe hätte er im Bemühen, nichts falsch zu machen, *HundInnen* gesagt.

»Du kennst doch diese Seicherl von unserem Parlamentsklub. Die schicken den Novellierungsentwurf im Begutachtungsverfahren an alle unnötigen G'schaftlhuberInnen – und womöglich auch noch an die Klinger vom Tierschutzverein. Die weiß eh nie, was sie in ihrer Kolumne in der *Kronenzeitung* schreiben soll. Womöglich schreibt's dann etwas gegen uns: ›Kein Herz für Tiere! Grünenpolitiker wollen den barbarischen Schacher mit exotischen Viecherln fördern!‹ Oder irgend so einen Schas. Glaub mir, i kenn mich da aus. Des is schließlich mein Fachgebiet!«

Streibl ließ selten eine Gelegenheit ungenützt, um auf seine einschlägige Sachkompetenz hinzuweisen. Immerhin war er – nicht zuletzt dank der Unterstützung des Abgeordneten Wurst – seit etlichen Jahren der Mediensprecher der Grünen-Partei. Als solcher gehörte er dem Kuratorium der staatlichen Rundfunk- und Fernsehanstalt ORF an. Im kleinen Kreis erzählte er gerne, wie es ihm durch geniale Schachzüge gelungen sei, den gegenwärtigen Generalintendanten dieses Hauses zu installieren, der seither bei wichtigen Personalentscheidungen stets ein offenes Ohr für die Wünsche des Grünen-Kurators habe.

»Weil ma grad dabei san: Wie willst denn den Import von dem Viecherl begründen, falls ma des wirklich alles Wort für Wort nach dem Buchstaben des Gesetzes machen?« gab Streibl dem Gespräch eine neue Wendung.

»Wir begründen das gewissermaßen als humanitärironische Aktion«, antwortete der Abgeordnete grinsend und fletzte sich dabei noch tiefer in das riesige Ledersofa seines Gastgebers. »Sobald das Krokodil seine Schuldigkeit getan hat ...«

»Heißt des jetzt bei uns eigentlich Krokodil, oder sagt man KrokodilInnen?« warf Streibl ein.

»I waß net, i glaub, des haßt nur Krokodil«, antwortete Wurst mit kaum verhohlener Ungeduld. »Aber wenn'st es ganz genau wissen willst, kannst ja auf dem Wege der innerparteilichen Willensbildungsprozeßvorbereitung unsere allseits geschätzte Klubobfrau fragen. Die freut sich bekanntlich immer, wenn sie sich wichtig machen darf. Also, paß auf: Sowie das Krokodil seine Schuldigkeit getan hat, schenk ma's als offizielle Parteigabe dem Schönbrunner Tiergarten ...«

»Ausgerechnet!« rief Streibl kopfschüttelnd dazwischen. »Bitte, des is zwar net mein Ressort, da kenn i mi also net so aus – aber soweit ich mich erinnern kann, gibt's gleich mehrere besonders scharf formulierte Initiativanträge unserer Fraktion gegen die skandalös artungerechte Tierhaltung in Schönbrunn.«

»Eben!« bestätigte der Abgeordnete. Er war kurz aufgestanden, um sein Glas an der über dem imposanten offenen Kamin etablierten Hausbar Streibls nachzufüllen. »Genau so ist das. Und wir begründen unsere Schenkung mit der zugleich anzukündigenden begleitenden Arthaltungskontrolle, die wir zur konkreten Verbesserung der Zustände im Tiergarten vornehmen werden. Damit könn ma dann ja eine der zahlreichen Vertreterinnen der burgenländischen Kroaten betrauen. Oder sonst jemanden aus der Fraktion, der sein Maul dauernd unnötig weit aufreißt. Aber das ist noch nicht der eigentliche G'spaß, mit dem wir sicher in alle Medien kommen. Der liegt in der Begründung des Zeitpunkts unserer Schenkung. Nämlich: Bekanntlich geht ja Schönbrunn auf die Habsburger zurück. Und wir erklären der Öffentlichkeit, daß unsere Schenkung an den Tiergarten eine flankierende Maßnahme zu unserer Zustimmung zur Aufhebung des Einreiseverbotes für Habsburger ist, die noch keinen Thronverzicht unterschrieben haben. Wirst sehen, das wird ein guter Gag! Alle Medien greifen das sicher begeistert auf!«

Streibl starrte seinen Gast verwirrt an. »I waß net, i glaub, mia is des zu hoch. Oder zu kompliziert«, wandte der Kaiser vom 7. Hieb ein und rückte seine dunkel getönte Brille zurecht, die er auch in geschlossenen Räumen stets trug. Er war überzeugt, sie verleihe ihm die Aura von Undurchschaubarkeit. »I fürcht nur, wir kommen mit dieser ganzen G'schicht womöglich auf eine ganz eine falsche Weise in die Medien. Das funktioniert vielleicht bei dem *Facts*, weil die san ja immer für jeden Blödsinn dankbar. Aber wir können ja net alle bestechen. Das würd viel zu teuer ...«

»Ach Blödsinn!« schnitt ihm Wurst das Wort ab. »Was soll schon passieren? Daß das Krokodil sich sozusagen noch einmal gach artgerecht verhalten hat, bevor wir es dem Habsburger-Tiergarten schenken, erfährt doch niemand. Und falls das Ableben von dem Scheißbauer doch damit in Zusammenhang gebracht wird, dann sag ma eben, er hat sich ausdrücklich um den Posten beworben und ist daraufhin von den Parteigremien einhellig mit der artgerechten Krokodilhaltung im Vorschenkungsstadium betraut worden. Dabei wird halt leider ein bissl ein Unglück passiert sein – was aber nur zeigt, wie prinzipientreu wir Grüne bis zum letzten Atemzug für unsere Ideale einstehen. Das bringt uns sicher Stimmen aus dem Tierschützerlager! Womit – unter uns gesagt – wieder einmal meine These bewiesen wäre, daß dieser Bauer nur als toter Bauer ein nützlicher Bauer ist.«

»Wenn des nur gutgeht!« Streibl war von dem Konzept seines engsten Parteifreundes nicht so recht überzeugt: »Du weißt genau, i stimm mit dir völlig überein, daß der Scheißbauer wegg'räumt g'hört. Aber kann der net genausogut unter eine Straßenbahn kommen? Oder meinetwegen lad i ihn zu einem Fest auf meinen Dachgarten ein. Dort soll er sich ansaufen – und dann ein kleiner Stesser, und weg is er. In dem Fall wird die Polizei garantiert keine unnötigen Fragen stellen. Und gegenüber den Medien laß ma durchsickern, es war ein Selbstmord aus Depression, weil er keinen Sitz im Parlament bekommen hat. Solche krankhaft ehrgeizigen Typen gibt's schließlich überall. Das glaubt uns jeder ung'schaut! Es gibt in der österreichischen Innenpolitik neuerdings ja sowieso einen eindeutigen Trend zum Selbstmord. Aber die G'schicht mit dem Krokodil? Mi stört dabei vor allem der ganze umständliche legislatorische Aufwand einer Novelle zum Artenschutzgesetz. Sei mir nicht bös, aber manchmal hab i den Eindruck, du gehst ein bissl zu bürokratisch vor ...«

»Und du bist ein unverbesserlicher, durch und durch grundsatzloser, also typisch sozialdemokratischer Aktionist, der sich nicht um geltende Beschlüsse und Bestimmungen kümmern will«, preßte Wurst mit mühsam im Zaum gehaltenem Jähzorn hervor.

Streibl nahm die Brille ab und musterte sein Gegenüber: »Jetzt nimm einmal eines zur Kenntnis: Wenn i mich immer unnötig nach Punkt und Beistrich an die sogenannten Bestimmungen gehalten hätt, dann sitzerten wir zwei jetzt net da! Hast dir des vielleicht schon einmal überlegt?« Er lehnte sich mit einer gemessenen Geste zurück, rückte die dunkle Brille zurecht und ließ den Blick abermals durch das Panoramafenster über den siebenten Bezirk schweifen. Soweit das Auge reichte, gehörte ihm da zwar nicht alles, doch sehr vieles. Streibl wollte seine Ergriffenheit angesichts dessen, was er binnen weniger Jahre geschafft hatte, nicht verbergen.

»Stimmt schon, stimmt schon – aber wir wollen ja noch länger da sitzen«, griff der Abgeordnete das Argument seines Gastgebers auf. »Genau das gefährdest du aber mit deinem unabgesicherten Aktionismus. Schau, sei doch vernünftig: Kein Mensch muß gegen die Gesetze verstoßen, solang man die Gesetze auf passende Weise ändern kann. Und wofür san ma denn in der Politik, wenn net dafür, daß wir die Gesetze im Sinne unserer Zielsetzungen verändern?«

Der Abgeordnete Walter Wurst hatte diese Erklärung in einem unüberhörbar einlenkenden Tonfall vorzutragen versucht. Er wollte keinen Streit mit Streibl – nicht auch noch mit Streibl! Wurst wußte wohl, daß er mit dem Sozialdemokraten-Vorwurf bis hart an die Grenze einer nicht mehr gutzumachenden Beleidigung gegangen war. Das konnte er vortrefflich nachvollziehen. Schließlich stammte der Grünen-Politiker selbst aus dem sozialdemokratischen Provinzadel. Aus dem steiermärkischen Industriezentrum Donawitz. Dort hatte sein Vater eine steile Gewerkschafts- und Parteikarriere hingelegt. Als freigestellter Betriebsrat und SPÖ-Stadtrat war er lange Zeit einer der mächtigsten Männer der Region gewesen. Das hatte sich auf die Vermögensverhältnisse von Wurst senior naturgemäß nicht nachteilig ausgewirkt. Er besaß eine mit allem Komfort ausgestattete Almhütte, in der er immer wieder einflußreiche Spitzenfunktionäre aus der Wiener Zentrale des Gewerkschaftsbundes als Jagdgäste bewirtete. Und das schmucke Eigenheim des Betriebsrates sah so aus, daß es von Ortsfremden häufig mit der Villa des Generaldirektors verwechselt wurde.

Walter Wurst war sich somit schon von Kindheit an seiner herausgehobenen Bedeutung bewußt sowie auf eine künftige politische Laufbahn festgelegt gewesen. Die hatte er während seiner Gymnasialzeit in Bruck an der Mur im *Verband sozialistischer Mittelschüler* begonnen und danach in Wien im *Verband sozialistischer Studenten* fortgesetzt. Da der angehende Akademiker von seinem wohlhabenden Vater standesgemäß alimentiert worden war, hatte der Student unbehindert von der Notwendigkeit, etwas zu seinem Lebensunterhalt beizutragen, politisieren können.

Im VSSTÖ war ihm allerdings die insbesondere in ideologischen Fragen beanspruchte Führerrolle nur mangelhaft zugestanden worden. Ein von Wurst daher inszenierter Putsch gegen die Verbandsleitung scheiterte glanzlos. Somit war der geborene Überbauexperte nicht umhin gekommen, sich ins politische Exil zu verfügen. Das hatte er vorerst in der österreichischen Sektion der IV. Internationale gefunden. Selbst innerhalb der nur an die zwei Dutzend ordentliche Mitglieder zählenden Trotzkisten-Vereinigung waren in der Folge mehrere Spaltungen erforderlich gewesen, bis der Genosse Wurst endlich hatte in das Politische Büro der *Gruppe revolutionärer Marxisten* – kurz GRM – aufrücken können.

Spätestens von dem Zeitpunkt an waren alle Führungskader der etablierten regierenden Sozialdemokratie seine erklärten Todfeinde. Allerdings verfolgte der zeitweilige Trotzkist diese mächtige Massenpartei stets mit einer gewissen Ambivalenz. So ganz verlor der sich in Grundsatzangelegenheiten allen Konkurrenten turmhoch überlegen dünkende Genosse die Möglichkeit nie aus den Augen, später einmal einer gründlich revolutionierten sowie von allen opportunistischen Funktionären gesäuberten SPÖ vorzustehen. Doch das war nur im

Rahmen einer sehr langfristigen Perspektive vorstellbar. Vorderhand standen zu der Zeit andere Probleme auf der Tagesordnung. Durch seinen Bruch mit der Sozialdemokratie war für Walter Wurst jegliche Möglichkeit geschwunden, festbesoldet in einem der weitverzweigten Organe von SPÖ und ÖGB unterzukommen.

Das war noch nicht alles. Wurst senior war von seinen Bonzen-Freunden desöfteren auf die linksradikalen Aktivitäten des Juniors angesprochen worden. Das hatte den Betriebs- und Stadtrat keineswegs nur politisch von seinem Ältesten abrücken lassen. Auch in pekuniären Fragen war eine Frontbegradigung erfolgt. Wohl hatte der Vielfachfunktionär noch einmal seine Beziehungen spielen lassen, um dem Genossen Sohn in Wien eine geräumige Wohnung in einem Gemeindebau und somit zu einem sozial verträglichen Miettarif zu besorgen. Zugleich war aber das einem Ultimatum gleichkommende väterliche Verdikt ergangen, daß man nach vierzehn Semestern an der Universität für Wirtschaftswissenschaften von einem durchschnittlich intelligenten Menschen einen Studienabschluß erwarten könne.

Den Ausweg aus dieser unerfreulichen Situation hatte Wurst vorerst in einer eben in Wien gegründeten linksgerichteten Zeitschrift erblickt. Dank seines Talents, zum richtigen Zeitpunkt am richtigen Ort zu erscheinen und dort so aufzutreten, als habe man nur noch auf ihn gewartet, war es ihm gelungen, in der Redaktion dieses Blattes unterzukommen. Auf diese Weise verdiente er erstmals im Leben etwas eigenes Geld.

Eigentlich war Wurst zutiefst davon überzeugt, die ihm auf dem Arbeitsmarkt adäquate Position sei die eines Chefs oder zumindest eines Streikführers. Mit Journalismus hatte der vorderhand noch verhinderte Politiker nie etwas im Sinn gehabt. Doch das war ihm in dieser Lage unerheblich erschienen. Für ihn ging es lediglich darum, ausgestattet mit einem regelmäßigen Einkommen, das Herannahen der Weltrevolution – oder im schlimmsten Falle den Zeitpunkt der Frühpensionierung – abwarten zu können. Um sich nicht zu sehr mit lästiger Reporter-Arbeit abgeben zu müssen, hatte der frischgebackene Redakteur seine Funktion sogleich als die einer ideologischen Kontrollinstanz definiert, die über die politisch korrekte Ausrichtung der Artikel seiner Redaktionskollegen und anderer Beiträger wacht.

Dieses Vorhaben war nur von einem sehr kleinen Teil der Kollegenschaft akzeptiert worden. Wurst hatte demzufolge seine leidenschaftliche Neigung, Intrigen und Fraktionskämpfe anzuzetteln, nicht zu zügeln vermocht. Alle derartigen Unternehmungen waren für ihn indes erfolglos ausgegangen. Zu allem Überfluß hatte ihn eine auf klassenbewußte Bescheidenheit pochende Buchhalterin vor der versammelten Belegschaft als hemmungslosen Spesenritter entlarvt. Den Schlußpunkt der Journalisten-Episode setzte ein von Wurst verfaßter Report über den größten Banken- und Industriekonzern des Landes. Der Autor hatte darin alle Vorurteile aufgelistet, deren seine Phantasie hinsichtlich des mit sozialdemokratischem Opportunismus betriebenen Staatskapitalismus habhaft werden konnte. Das war freilich nicht gänzlich ohne die Nennung von Fakten möglich gewesen. Die waren nur leider durchwegs völlig falsch gewesen. Ein sachkundiger Leserbriefschreiber hatte das enthüllt.

Wurst war nichts anderes übrig geblieben, als ein letztes Mal zu versuchen, sich in der Redaktion an die Macht zu putschen oder wenigstens mit seinem Abgang das ganze Blatt unter die Erde zu bringen. Trotz aller Anstrengungen hatte er keines der beiden Ziele zu erreichen vermocht. Seine Argumentation, wonach diese Zeitschrift nur noch zu retten sei, indem man sie zuerst einmal umbringe, war ebenso auf taube Ohren gestoßen wie Jahre später der Appell des Grünen-Politikers Wurst an die sozialdemokratische Wählerschaft, man müsse die SPÖ vernichten, um sie vor dem Untergang in Skandale, Affären und Prinzipienlosigkeit zu bewahren.

Nach dem unrühmlichen Ende seiner Journalistenlaufbahn war der wieder stellungslose Berufsrevolutionär nicht umhin gekommen, sein Studium abzuschließen. Auf diese Weise legte er zumindest den Grundstein, um sich längerfristig einen Anspruch auf Arbeitslosenunterstützung zu verschaffen. Das akademische Problem löste Wurst auf einfache, doch wirkungsvolle Weise. Er bediente sich eines von einem vormaligen Redaktionskollegen verfaßten Reports über neue Medientechnologien. Diesen Text blähte der Langzeitstudent mit allerlei nichtssagenden Formulierungen gehörig auf und versetzte ihn – beides gelang Wurst ohne Mühe – in jenen Zustand der Unlesbarkeit, der Wissenschaftlichkeit insinuiert. Dieses Traktat lieferte er als Diplomarbeit seinen Professoren ab, die ohnedies zu jeglicher Nachsicht bereit waren, um den Studenten endlich loszuwerden. Fortan konnte er sich Magister Walter Wurst nennen. Seinen Beruf gab er gewöhnlich mit *Sozialforscher* an.

Da die Weltrevolution weiterhin auf sich warten ließ und die Gruppe revolutionärer Marxisten keine festbesoldeten Funktionäre beschäftigen konnte, war das gleichwohl eine materiell schwierige Phase im Leben des jungen Akademikers gewesen. Es war schließlich nicht die erwartete revolutionäre, sondern eine andere historische Zäsur, die diesem Politiker endlich ein angemessen bezahltes Betätigungsfeld verschafft hatte: der unaufhaltsame Aufstieg der Grünalternativenbewegung.

Wie zahlreiche andere arbeitslose Berufsrevolutionäre verschiedenster sich auf den authentischen Marx berufender Sekten hatte auch Walter Wurst die Chance rechtzeitig erkannt. Er war sogar noch ein wenig früher als die meisten anderen Genossen auf den vom Zeitgeist gesandten Zug aufgesprungen. Diesen Startvorteil verteidigte er fortan zäh und mit der Hinterlist des in zahllosen Fraktionskämpfen gestählten Apparatschiks. In der anfangs überwiegend von missionarischen

Körndlfressern, Esoterikern und Graswurzellauschern (in jedem Fall naturgemäß auch -Innen) bevölkerten neuen Partei, die politisch in höchstem Maße unbedarft, vor allem aber in Macht- und Organisationsfragen völlig unerfahren waren, gelang es Wurst rasch, eine einflußreiche Rolle zu spielen.

Als die Grünen trotz allem Dilettantismus dann erstmals ins Parlament einzogen, mutierte der Hinterzimmerverschwörer Wurst zum naturliebenden, alle von ihm wahrgenommenen Verfehlungen der gegnerischen Parteien mit inquisitorischer Schärfe geißelnden Volksvertreter. Somit hatte sich erstaunlich rasch die Empfehlung, die Wurst von seinem vormaligen Chefredakteur auf den weiteren Lebensweg mitgegeben worden war, in eine Tatsache verwandelt: »Alles, was du kannst, ist blöd daherreden – also schau, daß d' ins Parlament kommst, weil das ist der einzige Ort, wo man dafür prächtig bezahlt wird.«

Erstmals im Leben bezog der neue Berufspolitiker ein auf längere Zeit gesichertes Einkommen. Politisch verbuchte er respektable Anfangserfolge. Sein einschlägiges Vorleben war weithin unbekannt. Also konnten sich auch keineswegs linksgerichtete Wähler vortrefflich mit diesem Abgeordneten identifizieren, der ihre am Stammtisch geäußerte Verachtung für die eingesessene Politikerkaste unentwegt in Parlamentsreden und Presseerklärungen zum Ausdruck brachte. Da dieser Mandatar der Grünen seine Blitze in erster Linie gegen die Führungskader der Sozialdemokraten schleuderte, wurde er von der bürgerlichen Presse des Landes, der im Kampf gegen die regierende SPÖ jeder Bündesnispartner recht war, zum fähigsten Kopf der Grünen erklärt.

Der Triumph des Walter Wurst wäre uneingeschränkt gewesen, hätte es nicht schon bald Querschüsse aus den eigenen Reihen gegeben. Diese Störmanöver gingen fast durchwegs von Leuten aus, denen Wurst schon vor dessen grüner Periode begegnet war. Einer von ihnen war Robert Bauer, ein vielfach kampferprobter Veteran der allezeit eher schwachbrüstigen außerparlamentarischen Opposition des Landes. Wo immer in den vergangenen Jahrzehnten gegen die Institutionen des Staates aufgemischt worden war, hatte Bauer nicht gefehlt. Ohne sich dabei intern in den Vordergrund zu drängen, war ihm häufig eine Häuptlingsrolle zugefallen. Auf diese Weise hatte Robert Bauer schon früh das Mißfallen von Walter Wurst erregt, der meist ebenso wortreich wie erfolglos bemüht gewesen war, als Oberhaupt der jeweiligen aufrührerischen Versammlung anerkannt zu werden.

Somit war Wurst sofort alarmiert gewesen, als einige Zeit nach ihm auch dieser Bauer zu den Grünen gestoßen war. Der hatte zwar insbesondere seiner prononciert wienerischen Ausdrucksweise wegen in den Parteigliederungen der Bundesländer kaum Freunde gefunden. Doch in der Wiener Landesorganisation verfügte er rasch über eine starke Verankerung. Wurst hatte ursprünglich eine Doppelstrategie im Sinn gehabt. Er wollte über die Bundesländerfunktionäre einen möglichen innerparteilichen Aufstieg Bauers verhindern, zugleich aber mit ihm auf Wiener Ebene ein taktisches Zweckbündnis schmieden. Also hatte er den neuen Parteifreund aufgesucht und ihm unter vier Augen versichert, sie könnten gemeinsam einiges im beiderseitigen Interesse bewirken. Daher werde er, Wurst, seinen Einfluß geltend machen, um Bauer vor den nächsten Wahlen zum Wiener Gemeinderat auf die Kandidatenliste zu lancieren.

Robert Bauer hatte dafür aber nur eine wegwerfende Handbewegung übrig gehabt: »Wegen mir brauchst da de Pappen ned fransig reden. I lahn mi zwar gern aus jedem Fenster, aber in die Auslag braucht mi kaner stellen ...«

In einem solchen demonstrativ zur Schau getragenen Desinteresse an der Erringung von – noch dazu bestens bezahlten – Ämtern und Würden erblickte Wurst naturgemäß eine besonders abgefeimte Machtstrategie. Er war fortan überzeugt, Bauer betreibe in allen nur denkbaren Kanälen klammheimlich die Demontage des Abgeordneten Wurst. In dieser Einschätzung wurde er bestärkt, als in einem Nachrichtenmagazin unter Berufung auf einen ungenannt bleiben wollenden Grünen-Funktionär von Wurst behauptet wurde: »Anderen Politikern genügt es gewöhnlich, ihre Gegner zu besiegen. Diesen Mann aber verlangt es danach, deren Würde – oder noch besser: ihre Existenz – zu vernichten ...« Diese Formulierung stammte mit Gewißheit von Bauer. Daran bestand für Wurst kein Zweifel.

Den Entschluß, im Hinblick auf diesen Kerl nicht länger untätig zu bleiben, hatte der Abgeordnete freilich erst im Gefolge eines aufsehenerregenden Todesfalles gefaßt: Im Zentrum jener Ereignisse stand ein vormaliger sozialdemokratischer Ministersekretär, der für seinen Einsatz mit einem Direktorenposten bei einem staatlichen Bankinstitut belohnt worden war. Dieser schwindelerregende Aufstieg hatte bei dem Mann offenbar einen nachhaltigen Realitätsverlust bewirkt. Als seine Parteioberen von ihm verlangten, er solle diesen 5-Millionen-Job mit einer um nichts geringer dotierten Stellung tauschen, nahm er das zum Anlaß, um sich an seinem Arbeitsplatz zu erschießen. Zuvor hatte er freilich eine leidenschaftliche, wenngleich etwas konfuse Anklageschrift gegen die führenden Funktionäre der SPÖ verfaßt sowie Kopien dieses Papiers per Eilbrief an diverse Redaktionen und die Vorsitzenden der Oppositionsparteien aufgegeben.

Tatsächlich war die Post des inzwischen Verblichenen bei allen Adressaten eingelangt – nur nicht in der Parteizentrale der Grünen. Dies war für deren Spitzenfunktionäre entsetzlich. Stand doch eine abendliche Fernsehdiskussion der Oppositionsführer zum dramatischen Ereignis an. Doch weder der gegenwärtige Parteisprecher noch die Klubobfrau der Parlamentsfraktion verfügte über die nötigen Unterlagen, um eine Stellungnahme abgeben zu können.

In dieser scheinbar ausweglosen Situation trat Walter Wurst mit der Mitteilung auf den Plan, die letzten Bekundungen des Verstorbenen seien ihm von diesem an seine Privatadresse zugesandt worden. Damit war klar, wer seitens der Grünen den begehrten TV-Auftritt absolvieren durfte. So kehrte der zur Zeit bloß einfache Abgeordnete Wurst endlich wieder einmal ins Zentrum der öffentlichen Aufmerksamkeit zurück.

Natürlich kursierten in den Spitzengremien der Partei sofort Gerüchte, wonach sich Wurst seinen Informationsvorsprung und somit den Zugang zur Fernsehdebatte auf heimtückische Weise erschlichen habe. Doch wie das exakt geschehen war, wußte nur einer: Der unbedeutende Bezirksfunktionär Robert Bauer war zufällig zum Augenzeugen geworden, als sich der Abgeordnete am bewußten Morgen gleich nach Dienstbeginn am zuständigen Postamt von dem mit der Briefsortierung befaßten Beamten einen eigentlich an die Parteizentrale der Grünen adressierten Briefumschlag hatte heraussuchen und ausfolgen lassen.

Bauer war erst später klar gerworden, was das zu bedeuten hatte. Da ihm die ständigen Hahnenkämpfe seiner führenden Parteifreunde egal waren, hatte er sein Wissen für sich behalten und lediglich Walter Wurst bei nächster Gelegenheit mitgeteilt, er halte ihn für einen »würdelosen Leichenfledderer«.

Daraufhin war Wurst endgültig davon überzeugt gewesen, daß im Falle dieses Kerls weder die Vernichtung der Würde noch jene der Existenz ausreichend sei. Er betrachtete es als einen legitimen Akt der Notwehr, den Scheißbauer buchstäblich liquidieren zu lassen. Einen solchen einsamen Beschluß in die Tat umzusetzen, war freilich mit organisatorischen Maßnahmen verbunden. Also hielt es Wurst für angebracht, sich der Mithilfe eines Organisationsspezialisten zu versichern. Dafür erschien ihm niemand geeigneter als Paulus Streibl, der sich selbst als »pragmatischen Realisten« zu bezeichnen pflegte. Er wollte damit zum Ausdruck bringen, daß er die Dinge nicht zu eng sehe und im Bedarfsfall durchaus für unkonventionelle Methoden – ein *Drahdiwaberl*, wie er das nannte – zu haben sei. Vor allem aber war auch Streibl – wenngleich aus anderen Gründen als Wurst – ein erbitterter Gegner von Robert Bauer. Wurst wußte somit: Streibl war in dieser Angelegenheit ein geradezu idealer Partner.

Obwohl sie beide den Reihen der SPÖ entstammten, hatte der Abgeordnete seinen nunmehr engsten Vertrauten erst bei den Grünen kennengelernt. Paulus Streibl hatte seine Laufbahn als Landgendarm im Burgenland sowie dortselbst als Jugendfunktionär der SPÖ begonnen. Allerdings war er in den überaus eigenwillig agierenden Führungszirkeln seiner Landespartei bald in den Geruch eines notorischen Querulanten geraten. Tatsächlich hatte es der Nachwuchsmann geschafft, eine kleine Zeitungskampagne gegen seinen Landesparteivorsitzenden anzuzünden. Damit war der Gendarm aber innerhalb der SPÖ an den Plafond seiner Möglichkeiten gelangt. Er war nicht umhin gekommen, sich nach einer neuen politischen Heimat umzusehen. Und bei dieser Gelegenheit desweiteren nach einem seinen hochgesteckten Ambitionen eher entsprechenden beruflichen Wirkungskreis.

Auch für Paulus Streibl kam der kometenhafte Aufstieg der Grünen gerade recht. Als sich eine Veteranin dieser Bewegung als Kandidatin zur Wahl des Bundespräsidenten ausrufen ließ und alle anderen Barone der jungen Partei vorsorglich auf Distanz zu diesem Unternehmen gingen, um nicht selbst durch die abzusehende Wahlniederlage der Bewerberin beschädigt zu werden, breitete sich der burgenländische Gendarm entschlossen in diesem Freiraum aus. Er bewährte sich als beflissener, einsatzfreudiger, den Vertretern aller Parteiströmungen gegenüber verbindlicher Wahlkampfleiter und war fortan aus dem Führungskreis der Grünen nicht mehr wegzudenken. Einige folgende Versuche, ins Parlament gewählt zu werden, scheiterten zwar an seiner unzulänglichen Verankerung an der Basis. Doch die Parteiführung hatte Streibl zu ihrem ersten Bundesgeschäftsführer berufen.

Endlich konnte er die Gendarmen-Uniform ausziehen und sich eine Reihe schnittiger Anzüge anschaffen, wie sie seinem Stilgefühl nach einem der führenden Politiker des Landes anstehen. Als solcher geriet Streibl auch privat in Kreise, die ihm bis dahin verschlossen geblieben waren. Dies fand seinen Ausdruck in der Verehelichung mit der Tochter eines vermögenden Alteisenhändlers. Sie wurde allgemein *Rosti* genannt, doch niemand wußte so recht, ob sich das auf den Tätigkeitsbereich ihres Herrn Papa oder aber auf ihr rötlich schimmerndes Haar bezog.

Die Verbindung mit dieser jungen Frau weckte den privatwirtschaftlichen Ehrgeiz des vormaligen Sozialisten und nunmehrigen Grünen-Politikers. Er legte mit der Begründung, nicht länger »für den Bettel« arbeiten zu wollen, sein Amt als Parteimanager nieder und verabschiedete sich vorderhand weitgehend aus der politischen Öffentlichkeit.

Streibl war gleichwohl weiterhin darauf bedacht, seine mit Mandatsträgern aller Parteien geknüpften Verbindungen nicht abreißen zu lassen. Handelte es sich dabei für ihn doch um wertvolles Kapital, dessen er sich bei seinen ersten Operationen im Rahmen seines neuen Wirkungsfeldes – des Immobilienhandels – umsichtig bediente. Er gelangte auf diesem Weg an so manche geldwerte Information. Dank diskreter Interventionen politischer Machthaber verschiedenster Couleur bei diversen mehr oder weniger von der öffentlichen Hand kontrollierten Banken war der frischgebackene Unternehmer von allem Anfang an mit Krediten prächtig ausgestattet. Dies gab ihm die Möglichkeit, rastlos sanierungsbedürftige Althäuser billig aufzukaufen. Vor allem in Wiens siebenten Bezirk, der weithin zwar sehr heruntergekommen war, doch augenscheinlich bei einem kapitalkräftigen jüngeren Publikum als Wohn- und

Amüsiergegend in Mode kam, gehörten ihm bald nahezu ganze Straßenzüge. Die ließ Streibl nach seinen Vorstellungen umgestalten. Die Althäuser wurden aufwenig renoviert, teils überhaupt abgerissen und durch moderne Ensembles ersetzt. Die vermietete ihr neuer Besitzer auf einträgliche Weise – nicht zuletzt an öffentliche Körperschaften, wobei die guten politischen Kontakte des Hauseigentümers naturgemäß nicht schädlich waren. So gelangte Paulus Streibl in den Ruf, der Kaiser vom 7. Hieb zu sein. Hier hatte er inzwischen auch seinen Wohnsitz, sowie die Zentrale des von ihm kontrollierten vielschichtigen Firmengeflechtes installiert.

Wenn der rundum erfolgreiche Mann nun aus dem Panoramafenster seines Penthouses am Siebensternplatz auf die von ihm gründlich veränderte Stadtlandschaft blickte, so tat er das voller Stolz und Ergriffenheit. Doch auch mit einem gewissen Unbehagen. Wie jeder bahnbrechende Erfolg hatte auch der des grünen Paradeunternehmers die Neider und Besserwisser, Prinzipienreiter und Querulanten auf den Plan gerufen. Sie schnüffelten hinter ihm her und verbreiteten geschäftsschädigende Gerüchte. Streibl wußte wohl, was es bedeuten könnte, wenn üble Nachreden dem einen oder anderen für ihn wichtigen Bankmenschen zu Ohren kämen. Derlei Leute waren von Natur aus eher feige und ließen sich von jeglicher Art von Unsinn beirren. Wenn sie der gegen den Immobilien-Kaiser inszenierten Panikmache womöglich Glauben schenkten und daher dessen Kredite fällig stellten, wäre das der Ruin des mit extrem hohem Fremdkapitaleinsatz operierenden Unternehmers.

Um solche Risiken ein wenig zu neutralisieren, war Streibl politisch wieder etwas aktiver geworden. Er hatte sich in den Bundesvorstand seiner Partei wählen lassen und arbeitete mit sorgfältig geplanten Schachzügen darauf hin, bei nächster Gelegenheit doch noch an wählbarer Stelle auf die Parlaments- oder wenigstens Gemeinderats-Kandidatenliste gesetzt zu werden. Ein solches Mandat genügte seinem Ehrgeiz allerdings nicht gänzlich. Als begnadeter Verhandlungsführer – als solcher betrachtete sich Streibl jedenfalls – hielt er sich eigentlich dafür bereit, in einer künftigen rot-grünen Bundesregierung das dann zu schaffende Amt eines Staatssekretärs für Koalitionsfragen zu übernehmen. Zu seinem großen – vorsorglich indes kaum jemanden gegenüber geäußerten – Bedauern war das Zustandekommen einer solchen Koalition vorderhand freilich nicht in Sicht.

Darüber hinaus empfand es Streibl als überaus tragisch, daß die seit etlicher Zeit zumindest auf der Ebene der Flüsterpropaganda gegen ihn geführte Kampagne ihren Ursprung offenkundig in seiner eigenen Partei genommen hatte. Da gab es zwar viele Leute, die sich gerne auf den zahlreichen vom Kaiser gegebenen Festen von ihm bewirten oder durch sonstige Gefälligkeiten dem Anschein nach günstig stimmen ließen. Manche Grünen-Funktionäre waren im Gefolge Streibls inzwischen selbst zu Unternehmern sowie als solche zu Geschäftspartnern ihres Parteifreundes geworden. Doch auch diesen Leuten traute der Vielbeschäftigte nicht so recht über den Weg. Rückhaltloses Vertrauen hatte er einzig zu Walter Wurst gefaßt – den Spezialisten für Überbaufragen und faktischen Parteichef, obwohl diese Funktion bei den ihrem Anspruch nach jeglichem Personenkult abholden Grünen nominell nicht existierte.

Streibl und Wurst bildeten jedenfalls schon seit Jahren ein Gespann, ohne das in ihrer Partei nicht viel lief. Während der gelegentlich als *Überbaurat* titulierte Abgeordnete immer wieder auf die organisatorischen Fähigkeiten seines Partners angewiesen war, schätzte der Kaiser vom 7. Hieb vor allem den politischen Instinkt seines Kompagnons. Den hatte dieser seiner Meinung nach bewiesen, indem er – scheinbar entgegen der von ihm vertretenen ideologischen Position der Reinen Lehre – den im günstigsten Fall als unorthodoxen Pragmatiker zu bezeichnenden Unternehmer in parteinternen personalpolitischen Fragen stets engagiert unterstützte.

Alles in allem war da jedenfalls eine politische Männerfreundschaft reinster Sorte entstanden: Jeder der beiden wußte über die Leichen im Keller des jeweils anderen Bescheid. Gewiß spielte in dieser Partnerschaft auch ein gewisser sentimentaler Zug eine Rolle: Wurst und Streibl mochten zwar – ungeachtet der von ihnen offiziell bekleideten Funktionen – als die mächtigsten Figuren innerhalb der Partei der Grünen gelten – sie hatten hier aber auch die meisten Feinde. Und sie hatten nicht nur die gleichen, sondern sogar dieselben Feinde.

Dies galt vor allem für den in diversen Wiener Parteigliederungen überaus populären Robert Bauer, der nicht bloß hinter vorgehaltener Hand in kleinstem Kreis, sondern ganz offen und ohne Rücksicht auf die Zahl der Zuhörer gegen die *Streiblwurst* – wie er das feindliche Duo bezeichnete – auf hemmungslos vulgär-populistische Weise polemisierte.

Dieser seinem Rang nach unbedeutende, doch keineswegs einflußlose Funktionär hatte mit seinen losen Reden nicht unwesentlich dazu beigetagen, daß Walter Wurst von einer immer größer werdenen Zahl seiner Parteifreunde *das Würschtl* oder *das Doppelweh* genannt sowie als zwielichtiger Parasit und verlogener Großinquisitor denunziert wurde. Als einer eben, der gar nicht so viel Wasser predigen könne, wie er heimlich Wein trinke.

Streibl wiederum war von Bauer mehrfach vor begeistert johlendem Publikum taxfrei zum *Vorsitzenden der AGGGS* ausgerufen worden: »Der *Arbeitsgemeinschaft grüner Grundstückspekulanten* – des is eine in unserem Vorfeld operierende Massenorganisation. Also sowas Ähnliches, was seinerzeit bei der KPÖ der *Bund demokratischer Lehrer*, der *Bund demokratischer Juristen* und der *Bund demokratischer Schwammerlsucher* waren ...«

Derlei genügte meist, um Paulus Streibl als üblen Spekulanten und rücksichtslosen Geschäftemacher zu brandmarken. Das konnte dem Unternehmer zumal zum gegenwärtigen Zeitpunkt nicht egal sein. War er doch gerade im Begriffe, einen raumgreifenden Expansionsschritt zu tun, bei dem er die öffentliche Meinung nicht gänzlich außer acht lassen konnte. Streibl hatte soeben dank seiner vielfältigen Drähte nach allen Richtungen einen langfristigen Pachtvertrag mit dem Vorstand des Trabrennvereins abschließen können, der ihm einen großen Teil des Rennplatz-Geländes in der Krieau für ein gastronomisches Großprojekt überließ. Dieses Projekt erforderte freilich aufwendige Investitionen, die nur auf dem Kreditwege zu finanzieren waren. Damit sich die Sache dann rechnete, mußte weiters ein Massenpublikum angelockt werden. Streibl hatte somit allen Anlaß, auf seinen Ruf bedacht zu sein. Er war umsichtig bemüht, sein Image aufzupolieren. So stellte er etwa das eben unter seine Kontrolle gebrachte Krieau-Areal zu besonders günstigen Konditionen der einzigen Stadtzeitung von Wien für deren eben anstehende Feierlichkeiten zum zwanzigjährigen Gründungsjubiläum zur Verfügung. Der politisierende Geschäftsmann konnte aufgrund dieser Gefälligkeit gewiß sein, in diesem Blatt bis auf weiteres nichťs Nachteiliges über sich lesen zu müssen.

Trotz aller Bemühungen konnte Streibl indes doch nicht flächendeckend für Ruhe sorgen. Ausgerechnet in seiner eigenen Partei – und da wiederum insbesondere in seiner unmittelbaren Bezirksorganisation – verstummten die losen Reden keineswegs. Dabei tat sich in erster Linie der einschlägig hinlänglich bekannte Robert Bauer hervor: »No, jetzt haut sich der Abstierer scho bis in die Krieau auße! Bittschön, mir soll's recht sein – vielleicht schleicht er sich dann endlich aus dem siebenten Hieb, und wir haben den Wappler wenigstens da bei uns vom Hals. Dort draußen auf der Pferderennbahn kann er ja kane Anrainer schikanieren. Und die Dodeln, die ihm dann ihr Geld da hinaus nachtragen, san selber schuld ...«

Naturgemäß hatten sich diese Äußerungen bald bis zu Streibl durchgesprochen. Der hatte sich ohnedies längst der Gewohnheit von Wurst angeschlossen, jenen Parteifreund nur noch den *Scheißbauer* zu nennen. Es war ihnen allerdings beiden bislang nicht gelungen, den Kerl innerparteilich abzuwürgen. Da Robert Bauer zu allem Überfluß lokalpolitisch im siebenten Bezirk tätig und somit bedenklich nahe an Streibls geschäftlichen Interessen plaziert war, hatte der Kaiser vom 7. Hieb nach und nach damit begonnen, seinen Partner Wurst sachte zur Idee hinzuführen, der verhaßte Parteifreund müsse auf gewissermaßen ultimative Weise unschädlich gemacht werden.

Wie zumeist hatte der Kaiser die Reaktion des Abgeordneten richtig vorhergesehen: Wurst war zu einem Vieraugengespräch bei Streibl erschienen und hatte diesem mündlich einen Antrag betreffend der – wie er sich dabei ausdrückte – »Endlösung der Scheißbauerfrage« unterbreitet.

Die beiden waren dem Vorschlag von Wurst folgend ohne lange Diskussionen zur Abstimmung geschritten, die ein einstimmiges Ergebnis gezeitigt hatte. Zu Debatten war es erst im Anschluß gekommen, als der in Fragen der Geschäftsordnung überaus penible und darüber hinaus – das war vermutlich ein Relikt aus seiner revolutionärmarxistischen Periode – stets darauf versessene Abgeordnete, alles schriftlich niederzulegen, auf die Erstellung eines förmlichen Beschlußprotokolles gedrungen hatte. Streibl hatte vorerst entsetzt abgelehnt, dann aber eine pragmatische Kompromißlösung gefunden: Das Beschlußprotokoll wurde formuliert, von beiden unterzeichnet und anschließend sorgfältig vernichtet. Über diesen Vorgang wurde schließlich ein Gedächtnisprotokoll angefertigt, in dem über den Inhalt des einstimmig gefaßten Beschlußes nichts bekannt wurde. Dies wiederum wurde ebenso wie die einvernehmliche Vernichtung des Beschlußprotokolles mit dem Erfordernis absoluter Geheimhaltung begründet.

Nach weiteren – zeitweilig überaus heftigt geführten – Debatten hatte Wurst allerdings die Aufnahme des

Passus durchgesetzt, wonach vollständige Übereinkunft dahingehend bestehe, daß die Exekution des nämlichen Geheimbeschlußes im Sinne des Grundsatzprogrammes der Grünen – insbesondere der darin enthaltenen Aussagen zu den Bereichen Umweltbelastung und Gewaltfreiheit – auf ökologisch-politisch vollkommen korrekte Weise zu vollziehen sei.

»Ich halt des alles für absolut unnötig. Wenn ma etwas machen will, dann soll ma's machen und net erst umständlich an Wisch aufschreiben. Aber meinetwegen, wenn'st glaubst, daß des unbedingt sein muß, dann schreib's halt auf«, hatte Streibl in dem Punkt letztendlich resigniert. »Aber erklär mir bitte, wie willst denn des eigentlich machen, so eine ökologisch-politisch korrekte Endlösung?«

Daraufhin hatte Wurst breit grinsend einen Zeitungsausschnitt gezückt und seinem Partner überreicht. In diesem Artikel wurde von einer ehemals in Wien tätigen weiblichen Zuhälterin namens Wanda Wohurka – in Unterweltkreisen als die *Wilde Wanda* bekannt – berichtet, die ihre Schutzbefohlenen durch schmerzhafte Bisse zu züchtigen gepflegt habe. Und das habe einmal für eine der Gebissenen beinahe tödliche Folgen gehabt ...

»Bist du einverstanden, wenn wir unsere Aktion unter der Tarnbezeichnung *Operation Wilde Wanda* laufen lassen?« fragte Wurst noch immer breit grinsend.

»I versteh überhaupt nix mehr.« Streibl hatte seinen Besucher kopfschüttelnd angestarrt.

»Is doch ganz einfach. Wir machen das so ähnlich – aber natürlich ohne Gewaltanwendung im humanitären Sinn. Unsere Wanda wird nämlich ein Krokodil sein ...«

Von diesem Plan war Wurst nicht abzubringen, obwohl er inzwischen etliche Probleme erkannt hatte. Die begannen bereits bei der Informationsbeschaffung zum Komplex Krokodile. »Ich hab geglaubt, ich schau da einfach im *Großen Brockhaus* nach«, berichtete er seinem Partner. »Aber was soll ich dir sagen. Da steht zwar drinnen, daß Krokodile vier Herzkammern haben und dergleichen Humbug – aber nix, was von praktischem Wert ist.«

»Wie bei den Kannibalen«, warf Streibl ein. »Über die is auch ein jeder Blödsinn überliefert – nur net ihre Rezepte ...«

»Ja, wozu willst denn die wissen?« ließ sich Wurst vom Thema abbringen.

»Ach, des war so eine Geschäftsidee von mir«, erzählte Streibl. »Weil der Trend geht ja eindeutig zur Erlebnisgastronomie, also muß ich mir immer wieder was Neues für meine Lokale einfallen lassen. Außerdem hab i mir gedacht, des könnt vielleicht für die militanten Vegetarier eine reizvolle Alternative zum dauernden Grünzeug-Futter sein. Aber nix, nicht ein Kannibalen-Rezept is aufzutreiben. Auch im Internet hab i nix gefunden, obwohl dort ansonsten über alles was angeboten wird ...«

»Internet! Das ist die Idee!« rief Wurst spontan dazwischen. »Vielleicht erfahr ma übers Internet, was man so über die Haltung und den Einsatz von Krokodilen wissen muß.«

II

Letztendlich war Walter Wurst von der Panzerknacker-Bande auf die Krokodil-Idee gebracht worden. Dies freilich auf Umwegen, die in seine Gymnasial-Zeit zurückreichten.

Damals hatte der spätere Politiker mehrere Male vergeblich für das Amt des Klassensprechers kandidiert. Er war in jedem einzelnen Fall einem Mitbewerber unterlegen, der die Wähler stets durch seine profunde Kenntnis des Entenhausen sowie die Familie Duck betreffenden Schrifttums beeindruckt hatte. Die *Micky Mouse*-Hefte waren zu der Zeit die bevorzugte – in nicht wenigen Fällen die ausschließliche – Lektüre der Schüler gewesen. Doch keiner von ihnen war in der darin behandelten Thematik derart beschlagen gewesen wie Robert Wiesner, ein zart gebauter Brillenträger. Dank dieser Kenntnisse sorgte er immer wieder für erfrischende Überraschungen im Unterricht. Etwa wenn er eine Physik- oder Chemiestunde mit der Anregung schmiß, die Erfindungen von Daniel Düsentrieb – beispielsweise das von diesem entwickelte *Dunkellicht* oder die *bemooste Türklinke* – zu rekonstruieren. Oder wenn er den Mathematiklehrer ersuchte, die Quadratwurzel aus dem von Dagobert Duck angehäuften Vermögen – 13 Trillionen, 224 Billionen, 567 Milliarden, 778 Millionen Taler und 16 Kreuzer – unter Berücksichtigung der Zinseszinsrechnung zu ziehen. Im Anschluß an die Turnstunde stimmte Wiesner desweiteren immer wieder den bei allen Entenhausen-Kennern beliebten Neffenchor an: *Wir wollen sein ein einig Volk von Brüdern, in keiner Not uns waschen und Gefahr!*

Sein Expertentum hatte schon früh internationale Anerkennung gefunden. Obwohl noch minderjährig und dazu österreichischer Staatsbürger, war er als korrespondierendes Mitglied von D.O.N.A.L.D. akzeptiert worden. Hinter dieser Abkürzung steckte die *Deutsche Organisation nichtkommerzieller antifaschistischer lauterer Donaldisten*. Und an diese berichtete der Mitschüler Wiesner regelmäßig aus Entenhausener Perspektive über die in seiner Umgebung jeweils aktuellen Vorgänge und deren Protagonisten ein. Dabei sparte er nicht mit einschlägigen Vergleichen. Seinem Klassenvorstand etwa bescheinigte er einen »im Grunde donald'schen Charakter«. Der Mitschüler Walter Wurst wiederum wurde in einem dieser Rapporte als »typisch steiermärkische Erscheinungsform von Gustav Gans« geschildert. Natürlich kursierten diese Dokumente auch im örtlichen Freundeskreis des Berichterstatters. Auf diese Weise hatte der schon in sehr jungen Jahren begnadete Donaldist die Hochachtung der Mehrheit seiner Klassenkameraden errungen.

Faktisch unschlagbar wurde Robert Wiesner, wenn er in der Wahlkampagne zu Klassensprecher-Wahlen – ohne zu stocken – aus jener historischen Rede zitierte, die Onkel Donald seinerzeit beim Versuch gehalten hatte, zum Schulsprecher an der von seinen Neffen Tick, Trick und Track besuchten Bildungsanstalt gewählt zu werden: »Ich kann Ihnen versichern, daß ich selbst einmal jung gewesen bin ...«

Dem hatte der Gegenkandidat Walter Wurst nie etwas Vergleichbares entgegenzusetzen gehabt, obwohl er durchaus bemüht gewesen war, Pionierarbeit zu leisten. Da man damals als junger Mensch, der anerkannt werden wollte, Marxist zu sein hatte, war Wurst auf die Idee verfallen, seinen Konkurrenten Wiesner durch eine Entenhausen-Exegese aus marxistischer Sicht als unfähig zu entlarven. Für diesen Versuch hatte er einen Ansatz gewählt, auf den der Stadt- und Betriebsratsohn kurz zuvor in einem Klappentext gestoßen war. Nämlich das Verdikt aus Marxens *18. Brumaire* – was von Wurst auf steirische Weise ausgesprochen so klang, als stehe der *achtzehnte Braunbär* zur Debatte –, demzufolge sich die proletarische Revolution unablässig selbst kritisiert. Und genau solche Selbstkritik lasse der amtierende Klassensprecher ebenso vermissen wie die von ihm unkritisch verehrte bourgeoise herrschende Klasse von Entenhausen. Womit bewiesen sei, daß man es in beiden Fällen mit vom unaufhaltsamen Prozeß der Klassenkämpfe faktisch längst überrollten Reaktionären zu tun habe ...

Seine Zuhörerschaft hatte Wurst damit keineswegs zu beeindrucken vermocht. Im Gegenteil, er war als verlogener Streber verspottet worden, der es in Entenhausen auch nach dem Sieg der Revolution nicht einmal zum Gemeindesekretär bringen würde.

Aus Trotz und Enttäuschung hatte sich Wurst daraufhin gänzlich von der Familie Duck abgewandt sowie nach einem Idol gesucht, bei dessen Verehrung er konkurrenzlos sein würde. So war er auf die Panzerknakker-Bande verfallen, über die er bald alles gewußt hatte, was es über deren fünf Mitglieder nachzulesen gab. Der nächsten Klassensprecher-Wahl war eine erbittert geführte Kampagne der Panzerknacker- gegen die Donald-Fraktion vorausgegangen. Und abermals hatte Robert Wiesner den Sieg davongetragen.

Für Walter Wurst war das ein prägendes Erlebnis gewesen, das bis in seine Poltiker-Karriere nachwirkte. In Momenten euphorischen Überschwangs pflegte er noch immer zur Melodie des Horst Wessel-Liedes zu singen: *Wir sind die Panzerknacker / und tun was uns gefällt! / Heute gehört uns die Kohldampfinsel / und morgen die ganze Welt ...*

Auch war er weit über seine Schulzeit hinaus vom Wunsch besessen geblieben, die Orte der Handlung einmal mit eigenen Augen zu sehen. Als es Walter Wurst endlich zum Abgeordneten gebracht hatte und er somit über die nötigen Barmittel verfügte, war er nach Florida gereist, um *Disney Land* zu besichtigen.

Seither verbrachte er jeden seiner Sommerurlaube dort. Da er keine kulturellen oder sonstigen privaten Ambitionen hatte – seine Gedanken kreisten unablässig um sein politisches Fortkommen –, mitunter aber doch ein wenig ausspannen mußte, fühlte er sich in der intellektuell überaus schlichten Atmosphäre von Florida ausgesprochen wohl.

Gelegentlich eines dieser Aufenthalte hatte Wurst ein Naturreservat besucht und war von einem Touristenschiff aus Zeuge einer tödlichen Attacke eines Krokodils gegen ein am Ufer trinkendes Mandril geworden. Der Anblick des plötzlich auftauchenden und blitzschnell zuschnappenden Krokodilmaules war ihm unvergeßlich geblieben. Wenn er im Parlament oder in Gremien seiner eigenen Partei gegen sich gerichtete Schmähreden hören mußte, hatte der Abgeordnete im Stillen seine Widersacher fortan an das Ufer eines von Krokodilen bevölkerten Gewässers verwünscht. Als dann die Endlösung der Scheißbauerfrage auf die Tagesordnung gerückt war, hatte Wurst jedenfalls sofort gewußt, welches Ende dieser verfluchte Kerl nehmen sollte. Würde dessen Ableben diesfalls doch auf eine ökologisch-politisch vollkommen korrekte Weise erfolgen.

Als er nun wieder einmal im Flugzeug nach Miami saß, geschah dies nicht, um eine Urlaubs-, sondern eine Studienreise anzutreten. Damit hatte er nämlich den Antrag auf Erstattung der Reisekosten in den dafür zuständigen Parteigremien begründet. Zwar waren bei dieser Gelegenheit kritische Fragen laut geworden, warum ein Mandatar der Grünen zu Studienzwecken ausgerechnet nach Miami fliegen müsse. Doch das hatte Paulus Streibl im Bundesvorstand auf gewohnt souveräne Weise applaniert: »Unser Freund Walter Wurst ist da hinter einer für unsere Partei außerordentlich interessanten Sache her. Aber bekanntlich ist er sehr bescheiden und will daher nicht gackern, bevor die Eier gelegt sind. Also sollten wir das bewilligen. Glaubt's mir Freunde, die Sache hat Hand und Fuß!«

Zwar war nach Streibls Wortmeldung ein wenig sarkastisches Gelächter zu hören gewesen, doch der Antrag hatte mehrheitlich Zustimmung gefunden. Einige Vorstandsmitglieder hatten nämlich umgehend zu überlegen begonnen, wohin sie demnächst unter Berufung auf den Präzedenzfall Wurst eine Studienreise auf Parteikosten unternehmen könnten.

Streibl hatte Wurst desweiteren von dem Vorhaben abgebracht, einen Anschaffungsvorschuß für den geplanten Kauf eines Krokodils zu verlangen: »Da gibt's dann nur noch mehr blöde Fragen. So ein Viech kann doch net so teuer sein. Kannst das net zuerst einmal selber zahlen? Kauf halt ein kleineres, das net soviel kost. Irgendwie kriegen wir das Geld dann schon zurück.«

Um Wurst endlich zu beruhigen, hatte Streibl den erforderlichen Betrag aus einer seiner zahlreichen Firmenkassen vorgestreckt. Offiziell wurde die Auslage mit steuerschonender Wirkung als Spende für persönliche Wahlkampfaufwendungen des Abgeordneten Wurst verbucht.

Der kam erst im Flugzeug dazu, das für ihn von einem Mitarbeiter des Parlamentsklubs via Internet besorgte Krokodil-Material zu studieren. Als erstes nahm er sich ein *Quick Reference Sheet* der *University of Florida* vor und mußte erkennen, daß die nicht einfach zu beantwortende Frage anstehen werde, welche Art von Tier er exakt erwerben wolle. Da war nämlich neben Krokodilen auch von Alligatoren und Kaimanen die Rede.

Ein wenig detailierter wurde die Materie zum Glück in dem von einem in den USA tätigen privaten Alligatorenhalter namens Robert Gruen zur Verfügung gestellten Report (*Frequently Asked Questions About Alligators & Their Kin*) behandelt. Daraus erfuhr Wurst etwa, der amerikanische Alligator (*Alligator mississippiensis*) und der chinesische Alligator (*Alligator sinensis*) würden kaltes Klima besonders gut vertragen. Derlei mußte sicherlich berücksichtigt werden. Vom Charakter her schien indes alles für das Nil- und das indopazifische Krokodil (*Crocodylus niloticus & Crocodylus porosus*) zu sprechen. Diese beiden machten regelmäßig menschliche Beute. Das hörte sich vielversprechend an.

Da er wegen des Transportproblems wohl eher ein noch sehr junges und somit kleines Tier erwerben würde, studierte Wurst mit besonderer Aufmerksamkeit die Wachstumsaussichten. Ideal sei diesbezüglich eine Temperatur von 88 Grad Fahrenheit, las er. Durch den Einsatz von Kraftfutter sowie bei Haltung auf erhitzten Platten in dunklen Räumen lasse sich der Wachtsumprozeß enorm beschleunigen. Allerdings sei das unnatürlich und somit für das Tier überaus ungesund.

Darauf werde man in diesem Fall wohl keine Rücksicht nehmen können, überlegte der Abgeordnete.

Letztendlich schien alles für einen Kaiman zu sprechen. Die seien generell sehr aggressiv, wurde im Report von Mister Gruen festgehalten: *Caimans are usually enthusiastic eaters, consuming almost anything that moves ...* Alles, was sich bewegt – das traf sicherlich auch auf den Scheißbauer zu. Und zur Aufmunterung konnte ein solcher Kaiman mit Goldfischen, Mäusen, Ratten und Kaninchen gefüttert werden. Lauter Dinge, die selbst in Wien nicht schwer aufzutreiben sein würden.

Hinsichtlich der Aufbewahrung wurde referiert, Kaimane bräuchten eine warme Umgebung und die Gelegenheit, sich zu sonnen – die allerdings auch mit 250-Watt-Heizlampen hergestellt werden könne. Wichtig sei ebenso viel trockenes Terrain wie Wasser. Insgesamt sollte das Gehege in jeder Richtung ein paar Fuß größer sein als das Vieh. Und das Wasser müsse – um frisch zu bleiben – ständig bewegt werden.

Wurst fiel sofort der von Streibl ohnedies kaum benützte Fitneß-Raum ein, den sein Parteifreund in seinem Haus am Siebensternplatz hatte einrichten lassen. Dort gab es – geradezu ideal – eine elektrisch bestrahlte Sonnenbank und einen kleinen Whirlpool. Damit stand für Wurst fest, wo in Wien das erste Krokodil-Zwischenlager eingerichtet würde. Zumindest so lange, bis im Parteihauptquartier – dem *Grünen Haus* –, wo ohnedies die Installierung einer Sauna für Sitzungspausen geplant war, die für eine Krokodilhaltung erforderlichen Einrichtungen geschaffen seien. Um dann dort dem Scheißbauer die Krokodilpflege zu überantworten. Hieß es doch im Gruen-Report, Kaiman-Attacken auf Menschen erfolgten meist beim Versuch, ein solches Tier zu füttern. Alles in allem schien es jedenfalls keine unlösbaren Probleme zu geben. Der Abgeordnete war zuversichtlich.

Der Kauf gestaltete sich dann doch etwas schwieriger, als von Wurst erwartet. Zwar wurden in Miami an nahezu jeder Straßenecke unterschiedlichste Echsen – alle mit einem eindrucksvollen Gebiß ausgestattet – angeboten. Doch sobald der Interessent mit seinen Fragen, ob das jeweilige Tier den ins Auge gefaßten Anforderungen entsprechen werde, ein wenig ins Detail ging, erhielt er in höchstem Maße unbefriedigende Antworten. Dies war offenbar stets in einem Mißverständnis begründet. Wenn der potentielle Käufer wissen wollte, ob das Vieh gefährlich sei und Menschen anfalle, wurde diese Frage vom Verkäufer als Ausdruck von Besorgnis gedeutet und daher mit der Versicherung beantwortet, solche Krokodile, Alligatoren und Kaimane seien gegenüber Menschen überaus zutrauliche, jedenfalls absolut nicht aggressive Geschöpfe. Wenn es da oder dort doch zu bedauerlichen einschlägigen Zwischenfällen gekommen sei, so habe es sich in jedem einzelnen Fall um eine unnatürliche Ausnahme gehandelt ...

Zur Illustration, was man unter derlei Ausnahmen zu verstehen habe, wurde Wurst mehrfach in unterschiedlichen Variationen die Geschichte von den beißwütigen Riesenkrokodilen in der Kanalisation von New York erzählt. Unter New Yorker Miami-Touristen sei es nämlich sehr beliebt, als Urlaubsandenken oder Geschenk für Kinder ein kleines Krokodil zu kaufen und nach Hause mitzunehmen. Doch so ein Tier werde mit der Zeit naturgemäß größer und nehme Eigenarten an, die mit den in einer Stadtwohnung herrschenden Umständen nur schwer kompatibel seien. Daher würden zahlreiche der aus Miami mitgebrachten Krokodile in New York mit Hilfe der Klosettspülung entsorgt. Auf diese Weise gelangten sie in die Kanalisation, wo etliche von ihnen überlebten und zu imposanter Größe heranwüchsen. In diesem für sie völlig unnatürlichen Lebensraum reagierten die Krokodile bei jeder Begegnung mit Artfremden sehr gereizt. Das habe zu einigen Zwischenfällen geführt, die wiederum nach sich gezogen hätten, daß die Angehörigen der New Yorker Kanalbrigaden nur noch mit Elefantenbüchsen ausgerüstet ihren Arbeitsplatz aufsuchten.

Das erschien Walter Wurst zwar als originelle Variante des *Dritten Mann*-Themas. Doch es half ihm bei der Auswahl der für sein Vorhaben bestgeeigneten Echse nicht weiter. In seiner Not wandte er sich an den Hoteldetektiv, der längst über den Beruf dieses Gastes im Bilde war und somit sofort vermutete, in diesem Fall handle es sich um keine der üblichen Touristen-Marotten. Er brachte den Politiker mit einem Exil-Kubaner zusammen, der offiziell als Rechtsanwalt firmierte, jedoch in der Tat eher ein Spezialist für unkonventionelle Geschäfte jeglicher Art zu sein schien.

Der Mann verstand offenbar schon nach wenigen Andeutungen, welches Problem da anstand. »Ich vermute, das Krokodil soll eine gewissermaßen politische Mission erfüllen?« vergewisserte er sich.

»Genau! Genau so kann man das nennen«, antwortete der über solche Sensibilität freudig überraschte Politiker, der nun seinerseits spontan ahnte, wie er die Kooperationsbereitschaft des Exil-Kubaners auf Touren bringen könnte. »Genau! Eine politische Mission. Um genau zu sein: Eine antikommunistische Mission! Es geht darum, dem Weltkommunismus einen empfindlichen Schlag zu versetzen ...«

»Hervorragend!« Der Exil-Kubaner drückte Wurst an seine Brust und tätschelte ihm überschwenglich den Rücken: *»Un abrazo, mi amigo! Un gran abrazo!* Sie sind bei mir absolut richtig. Keine Sorge, ich löse Ihr Problem umgehend. In spätestens drei Tagen können Sie mit einem Krokodil nach Hause fliegen, daß alle Kommunisten wenigstens so sehr haßt wie ich. Und das will etwas bedeuten!«

Tatsächlich brachte der angebliche Anwalt den Abgeordneten schon am nächsten Tag zu einer Alligatoren-Farm etwas außerhalb der Stadt und präsentierte ihm dort ein noch eher kleines, doch schon über ein furchteinflößendes Gebiß verfügendes Tier. Dieses schnappte beim Anblick von Wurst derart heftig in dessen Richtung, daß der Besucher verschreckt zurückwich und sich klammheimlich die Frage stellte, ob das Krokodil etwa seine revolutionärmarxistische Vergangenheit gewittert habe.

Der Exil-Kubaner schöpfte indes keinerlei Verdacht. Er kicherte beglückt beim Anblick des sich wieder und wieder zuschnappend aufbäumenden Reptils: »Ich glaube, das da wird für Ihre Zwecke ideal sein!«

»Was soll es denn kosten?« fragte Wurst.

Sein Begleiter nannte nicht nur eine überraschend wenig überzogene Summe. Er stellte desweiteren abermals seine erstaunliche Sensibilität unter Beweis, indem er dem Interessenten von sich aus anbot, eine Rechnung über den doppelten des tatsächlich zu bezahlenden Betrages auszustellen. Man wurde sich rasch einig.

»Doch wie bringe ich das Tier nach Wien?« Diese Frage hatte Wurst eigentlich eher an sich selbst gerichtet.

Der Exil-Kubner griff sie jedoch sofort auf: »Nach Wien? Sie sagen nach Wien? Natürlich – nach Wien! Die Stadt der Musik! Herrlich! Von Beethoven! Von Mozart! Von Strauß! Von Wagner! Ich glaube, ich weiß die Lösung!« Er begann beschwingt, den Donauwalzer zu summen.

Als Walter Wurst am folgenden Tag neuerlich auf der Alligatoren-Farm erschien, um den Kauf perfekt zu machen, stand dort bereits ein geradezu geniales Transportbehältnis bereit: Ein innen für die heikle Fracht eigens präparierter Cello-Kasten.

»Wir bringen Ihnen das Tier in dem Ding da zum Flughafen und geben ihm eine Beruhigungsspritze, damit es während der Reise schläft«, versprach der Manager der Farm.

So geschah es.

Der exil-kubanische Advokat arrangierte weiters, daß Wurst – als Abgeordneter mit einem Dienstpaß ausgestattet, der ihm quasi diplomatischen Status verlieh – mit seinem Handgepäck unbehelligt an den Sicherheitskontrollen vorbeigeschleust wurde. Den sorgfältig verschlossenen Cello-Kasten nahm er natürlich als Handgepäck mit an Bord. Allerdings paßte das Behältnis nicht in die über den Sitzen montierten Handgepäcksfächer. Der Reisende sah sich bereits dazu verdammt, den langen Transatlantikflug mit dem Cello-Kasten zwischen den Beinen absolvieren zu müssen. Das entsetzte ihn nicht nur aus Gründen der Bequemlichkeit, sondern vor allem des Inhalts des Gepäckstückes wegen. Zwar hatte er sich von der massiven Beschaffenheit der Verschlüsse überzeugt. Doch man wußte ja nie, was passierte. Ihm graute bei dem Gedanken, das Krokodil könnte sich irgendwie aus seinem Cello-Käfig befreien.

Letztendlich fand ein Steward, dieses Gepäckstück müsse anderswo aufbewahrt werden. Wurst appellierte flehentlich an den Kunstverstand des Mannes, um ihn von der Unmöglichkeit zu überzeugen, ein wertvolles Musikinstrument einfach in den Gepäckraum im Bauch des Flugzeuges zu stecken. Also deponierte der Steward den Cello-Kasten in einer Nische zwischen der Bordküche und den WCs.

Durch diese Verhandlungen war eine Gruppe von Psychoanalytikern, die zu einem Sigmund Freud-Kongreß nach Wien unterwegs waren, auf den mitreisenden Musiker – als solcher erschien ihnen Wurst naturgemäß – aufmerksam geworden. Kaum war die Maschine gestartet, begannen sie den *Maestro* – so sprachen die Doktoren den Politiker an – zu bestürmen, er möge doch sein Instrument hervorholen und ihnen zur Einstimmung auf die Musikstadt Wien ein Ständchen spielen.

Wieder war es der Steward, der Wurst rettete. Dieses Mal mit dem Hinweis auf die Sicherheitsbestimmungen, laut denen jede Form unmittelbarer Musikausübung in der Passagierkabine untersagt sei.

Nachdem sie endlich in Wien gelandet waren, mietete Wurst am Flughafen einen Leihwagen und steuerte den siebenten Bezirk an. Er wollte seine Fracht auf kürzestem Weg zu Streibl schaffen. Aus einem unbestimmten Gefühl heraus parkte der Abgeordnete das Auto jedoch nicht direkt am Siebensternplatz, sondern in einer nahen

Seitengasse. Er wollte zuerst sondieren, ob sein Partner anwesend und insgesamt die Luft rein sei.

Wurst hatte sich erst wenige Schritte vom Wagen entfernt, da kam ihm ein Mann entgegengelaufen, der lauthals rief: »Ein Arzt! Is da ein Arzt?! Dringend an Arzt!«

Der Politiker trat ihm in den Weg: »Was is denn los?«

»Jessas, so ein Glück! Kommen's gach, Herr Doktor!« Der Passant atmete erleichtert auf.

»Was los is, will i wissen?!« Wurst stieß diese Worte auf eher ungnädige Weise hervor. Er war von Natur aus nicht besonders leutselig, und nun war er dazu auch noch verärgert. Es schien ganz so, als würde sich der umgehenden Ablieferung von Wanda irgend etwas in den Weg stellen.

»A Frau! Eine Frau! Sie is grad da ums Eck aus dem Fenster g'fallen!« Der Fremde deutete in Richtung des Streibelschen Hauptquartiers.

»Aus welchem Stock?« Wurst dachte unwillkürlich an den Dachgarten seines Freundes.

»I waß ned – wia i's g'sehen hab, war's schon in der Luft. Knapp vorm Aufprall. Des hat geklungen, wie wenn ma an Erdäpfelsack um'd Erd haut ...« berichtete der Augenzeuge.

»Aber g'sagt hat's nix?« fiel ihm Wurst ungeduldig ins Wort.

»I hab kan Muckser g'hört. Wahrscheinlich war's total paff.«

»A alte oder a junge Frau?«

»Mir scheint, eher a ältere ...«

Nun war es an Walter Wurst, erleichtert aufzuatmen. Da in dieser Gegend nahezu alle Häuser seinem Partner Streibl gehörten, war die Wahrscheinlichkeit groß, daß sich der geschilderte Vorfall in einer der Immobilien des Parteifreundes zugetragen hatte. Doch wenn es sich um eine ältere Frau handelte, schied zumindest ein Ehedrama im Hause Streibl oder dergleichen aus.

»Wie schaut's denn aus?« wollte der Abgeordnete als nächstes wissen.

»Entsetztlich! I hab gar ned hinschauen können – derwegen bin i gleich g'rennt, um an Arzt zu suchen. Also kommen's bitte schnell, Herr Doktor!«

»Wieso i?« Der Politiker verstand nicht gleich.

Inzwischen waren einige Passanten stehengeblieben und lauschten interessiert dem sich offenkundig um einen Unglückfall drehenden Dialog.

»No, wegen der Frau! Die braucht schnell an Arzt!« Der Mann traf Anstalten, den vermeintlichen Heilkundigen an der Jacke in Richtung Unglücksort zu zerren.

Wurst riß sich verärgert los: »Aber ich bin doch kein Arzt – ich bin Ihr Abgeordneter!« Mit diesen Worten wandte er sich der stetig anwachsenden Zuhörerschaft zu: »Das ist wieder einmal typisch dafür, wie diese Stadt regiert wird! Wenn man dringend einen Arzt braucht, ist keiner da! Ich sage es ja schon die ganze Zeit: Der Bürgermeister ist auf dem besten Weg, der Leonid Breschnew des Wiener Stadtsowjets zu werden! Aber nichts funktioniert! Meine Damen und Herren, was wir eben erleben, ist ein Anschauungsunterricht in gelebtem realem Sozialismus! Völlig erstarrt und verkarstet, schafft die Wiener Rathausbürokratie an ihren stärksten Tagen gerade noch persönliche Racheakte an Oppositionspolitikern! Auch wenn das Immunitätsrecht dabei draufgeht!«

Der Politiker hatte sich in ehrliche Wut hineingeredet. Angesichts des zwischenzeitlich entstandenen Menschenauflaufs würde es absolut unmöglich sein, das Krokodil wie geplant rasch und unauffällig zu Streibl zu bringen.

Nachdem endlich doch noch jemand eine Ambulanz und einen Notarzt herbeigerufen hatte, erwies sich der Fall der abgestürzten Frau – zumindest aus der Sicht von Walter Wurst – als relativ harmlos. Sie hatte zwar einen tödlichen Schädelbasisbruch erlitten, doch es handelte sich bei ihr keineswegs um die Gattin oder auch nur eine Mitarbeiterin des Parteifreundes, sondern lediglich um die Sekretärin des kommunistischen Mieterschutzverbandes, der in einem der nun zu Streibls Imperium gehörenden Häuser domizilierte. Dies schon seit Jahrzehnten, also lange bevor das Objekt in den Besitz des tüchtigen Grünen-Politikers gelangt war.

Die knapp vor der Erreichung des Rentenalters stehende Frau hatte ein Transparent aus dem Fenster ihres im dritten Stockwerk befindlichen Büros hängen wollen, um gegen die vom neuen Hausbesitzer gegen ihren Arbeitgeber angestrengte Delogierungsklage zu demonstrieren. Dabei schien sie sich zu weit hinausgebeugt zu haben und in Folge dessen hinuntergestürzt zu sein. Wie gesagt, die Sache nahm sich aus der Sicht von Walter Wurst eher harmlos aus. Er wußte über die ausgezeichneten Verbindungen Bescheid, die sein Partner zu leitenden Journalisten nahezu aller Redaktionen der Stadt unterhielt. Also würde Streibl gewiß dafür sorgen können, daß über den kleinen Unglücksfall nichts berichtet würde. Und wenn doch, dann jedenfalls unter Ausklammerung der Ursache des Fenstersturzes.

Und überhaupt war das alles ausschließlich eine allein Streibl betreffende Angelegenheit, mit der man den Abgeordneten in keinerlei Verbindung würde bringen können. Ärgerlich war einzig die Sache mit Wanda. Wurst blieb vorderhand nichts anderes übrig, als das Krokodil in seine Gemeindebauwohnung nach Kaisermühlen zu bringen.

Auf dem Weg dorthin hielt er bei einer Tierhandlung an und erwarb ein paar Mäuse, um diese an Wanda zu verfüttern, die nach der langen Reise gewiß sehr hungrig sein würde. Also gerade im richtigen Zustand, um dem Scheißbauer vorgestellt zu werden, überlegte Wurst. Doch es fiel ihm kein plausibler Vorwand ein, um rasch eine solche Begegnung zu arrangieren. Das verschärfte seinen Ärger enorm.

Dementsprechend unwirsch reagierte er, als ihm just vor seiner Wohnungstür der Hausbesorger begegnete.

»Wieder einmal im blödesten Moment«, murmelte Wurst. »Wenn man den Arsch einmal braucht, ist er nirgends zu finden – aber wenn man ihn absolut net braucht, spioniert er herum.«

Die Abneigung basierte übrigens auf Gegenseitigkeit. Der Hausbesorger hatte schon seinerzeit, als der Student Walter Wurst durch irgendwelche Protektion zu einer der größten Wohnungen in diesem Gemeindebau gelangt war, eine spontane Antipathie gegen den arroganten Schnösel gefaßt. Für den Mann war sofort klar gewesen, daß ihm ein Protektionskind ins Nest gesetzt worden war. Schließlich wußte er, wie viele bedürftige Bewerber es für solche Gemeindewohnungen gab, die jahrelang vergeblich auf eine Zuweisung warteten. Und dieser Rotzlöffel hatte noch dazu in eine jener Wohnungen einziehen können, die normalerweise für kinderreiche Familien vorgesehen waren.

Gut, die Welt war leider auch dort nicht immer gerecht, wo die Sozialisten das Sagen hatten. Das wußte der alte Sozi wohl. Als jedoch ausgerechnet dieser Mieter dann ins Parlament gelangte und sich dort als geradezu fanatischer Gegner der SPÖ zu erkennen gab, verstand der Träger des silbernen Parteiabzeichens überhaupt nichts mehr. Gänzlich geriet er aus der Fassung, als in einer Zeitung zu lesen war, der Abgeordnete habe sich in der Steiermark einen komfortabel ausgestattenen Bergbauernhof als Wochenendrefugium zugelegt. Immerhin verdiene er monatlich an die 150.000 Schilling. Das entsprach etwa dem Jahreseinkommen nicht weniger anderer Mieter, die davon eine ganze Familie zu erhalten hatten. Seither nannte der Hausbesorger diesen Politiker nur noch *Grövaz – Größter Volksvertreter aller Zeiten*.

»Ah, da schaust her, der Herr Grövaz beehrt uns a wieder amoi mit seiner Anwesendheit«, brummte er beim Anblick von Wurst, der gerade behängt mit Koffer, Cello-Kasten und Mäusekäfig seine Wohnungstür aufschloß. »A Baßgeigen hat er sich gekauft. Sagen's gleich, Sie können mit sowas spiel'n? Dann passen's halt auf, daß dabei ned zuviel Wirbel machen, damit i kane

Beschwerden wegen Ruhestörung und Hausfriedensbruch kriag! Jessas, was is denn des? Haustiere hod er sich auch zug'legt! Sie, da schaun's gach einmal in der Hausordnung nach, ob des erlaubt is ...«

Wurst knallte wortlos die Tür hinter sich ins Schloß.

Der Hausbesorger trottete kopfschüttelnd davon: »Wenn i des Gfrast siach, hob i scho g'fressen ...«

Nachdem er seinen Koffer ausgepackt hatte, überlegte Wurst, wie er die Fütterung von Wanda bewerkstelligen könnte, ohne sich dabei in Gefahr zu bringen.

Letztendlich sah er davon ab, den Cello-Kasten zu öffnen. Statt dessen rief er Streibl an, um diesen einen umgehenden Besuch anzukündigen.

Dem Kaiser vom 7. Hieb war das absolut nicht recht: »Hörst, im Moment hab i überhaupt keine Zeit! Da war nämlich grad bei mir in der Gegend so eine saublöde G'schicht. A Frau is aus dem Fenster g'fallen, und i muß jetzt die Presse beruhigen, damit da kein Stuß g'schrieben wird ...«

»I waß«, unterbrach der Abgeordnete seinen Parteifreund, »sie wär mir ja beinahe auf den Schädel g'fallen. Aber es ist dringend, und ich halt dich net lang auf.«

Als Wurst wenig später seinen Wagen abermals nahe des Siebensternplatzes parkte, raste gerade ein Mannschaftswagen der Polizei an ihm vorbei. Und gleich danach noch einer. Er ließ sich gleichwohl nicht davon abhalten, den Cello-Kasten aus dem Kofferraum zu holen.

Als der Abgeordnete um die Ecke bog, sah er die Polizeifahrzeuge wieder. Sie standen vor einem Althaus, an dem Transparente mit der Aufschrift *BESETZT* angebracht waren.

Eine Hausbesetzung also – im ungünstigsten Moment am ungünstigsten Ort. Zu allem Überfluß war der Scheißbauer zugegen – der verhaßte Parteifreund Robert Bauer. Er schien sich als Verhandler zwischen den Hausbesetzern und der Polizei zu betätigen. In jeder anderen Situation hätte ihm Walter Wurst dieses im

Hinblick auf die Jungwählerschaft nicht unwichtige Amt sofort zu entreißen versucht. Doch womöglich gehörte das besetzte Gebäude zu Streibls Immobilien. Und überhaupt gab es im Moment Wichtigeres zu tun.

Wurst versuchte sich unauffällig an dem Menschenauflauf, der sich gebildet hatte, vorbeizudrücken. Da erscholl die unverwechselbare dröhnende Baßstimme von Bauer: »Ah, da schaust her, der Herr Überbaurat will sich ausnahmsweise ein Basiserlebnis verschaffen. Oder gilt der Besuch etwa gar ned uns? Mir scheint, der will uns heut ned sehn.«

Bauer wurde auf den von Wurst geschleppten Cello-Kasten aufmerksam: »Wahrscheinlich gibt's ein Hauskonzert beim Streibl. Na, sowas is natürlich wichtiger als eine nebbiche Hausbesetzung ...«

Wurst versuchte gar nicht hinzuhören. Er ging eilig weiter.

Paulus Streibl reagierte zuerst fassungslos auf das Ansinnen, Wanda in seinem Fitneß-Raum zu deponieren. Dann obsiegte doch die Neugierde, und er wollte sich das Krokodil zumindest einmal ansehen. Wurst sprang mit einem Entsetzensschrei zurück, als sich der ehemalige Gendarm ohne Umschweife anschickte, den Cello-Kasten zu öffnen.

Nachdem er den Deckel hochklappt hatte, sprang freilich auch Streibl einen Schritt zurück. Doch es passierte nichts. Wanda verharrte absolut bewegungslos im Transportbehältnis. Auch als Streibl sie kurz am Schwanz zog, gab sie kein Lebenszeichen von sich.

»Hörst, des Viech wird do net etwa verendet sein?« Der Gastgeber trat neben den Cello-Kasten und musterte das Krokodil verstört.

»Des wär eine schöne Scheiße!« Wurst geriet vor Aufregung außer sich: »Ja los, man kann's doch net einfach so liegen lassen! Unternimm doch etwas!«

»An was hast gedacht? Vielleicht an Mund-zu-Mund-Beatmung?«

»Genau! Das is wahrscheinlich die Lösung!«

Streibl starrte den Besucher kopfschüttelnd an: »Hast eigentlich überlegt, daß Krokodile für ihren bestialischen Mundgeruch bekannt sind?«

Er griff zum Telefonbuch, suchte eine Nummer heraus und wandte sich zum Telefon: »Ist dort die Tierrettung? Sie, i bräuchate einen Spezialisten für exotische Viecher! Und zwar ganz dringend! Es handelt sich nämlich um einen Notfall ...«

Wurst fuchtelte im Hintergrund aufgeregt mit den Händen. »Mach doch den Deckel wieder zu! Sicher ist sicher – mach ihn doch endlich fest zu!« flehte er seinen Partner an, nachdem dieser das Telefonat beendet hatte.

Kurz darauf traf ein Tiernotarzt ein, den der Hausherr als erstes eindringlich an die ärztliche Schweigepflicht erinnerte, bevor er ihm den Patienten präsentierte.

Der Tierarzt musterte Wanda aufmerksam, dann holte er ein Stethoskop aus seiner Tasche. »Das Herzerl schlägt a bissl schwach, aber tot is ned«, stellte er endlich eine erste Diagnose.

»Vielleicht hat ihm jemand eine starke Betäubungsspritze gegeben«, warf Wurst ein, der sich weiterhin auf Distanz hielt.

»Das könnte gut sein. Ich werd ihm eine Spritze geben, die sollte ihn aufwecken«, ließ sie der Tierarzt an seinen Überlegungen teilhaben. »Weiß man eigentlich, wie lange es schon keinen Rührer macht?«

»Ich schätz ...« begann Wurst. Doch Streibl fiel ihm sofort ins Wort: »Ich schätz, da haben wir absolut keine Ahnung!«

»Aber Sie sind doch die Eigentümer von dem Tier?« wollte der Tierarzt wissen.

»Das kann man so eigentlich net sagen«, wehrte Streibl ab, »die Sache verhält sich etwas komplizierter. Doch das lassen's ruhig unsere Sorge sein.«

»So einfach ist das nicht«, beharrte der Tierarzt. »In so einem Fall muß ich nämlich eine behördliche Meldung machen. Da führt kein Weg dran vorbei. Sie müssen mir also bitte sagen, wie Sie zu dem Tier gelangt sind!«

»Des ist wieder einmal typisch: Vorschriften! Bürokratie! Papierkrieg! Daß man so einem armen Viecherl einfach unbürokratisch hilft, das ist in der Stadt offenbar nicht vorgesehen!« Wurst begann sich in Zorn hineinzureden.

Streibl schnitt ihm abermals das Wort ab: »Sie müssen entschuldigen, Herr Doktor, aber mein Freund ist naturgemäß ein bissl nervös. Sowas passiert einem ja schließlich auch net jeden Tag. Also, wie schon gesagt, das is net so einfach zu erklären, wie des Viech daher gelangt ist. Faktisch is es so, daß es auf einmal da war – ganz plötzlich. Nämlich bei mir draußen im Hausflur. Mein Freund und ich, wir san grad gekommen, da sehen wir gleich neben der Tür das Kastl da stehen. Na sowas, hab ma uns gedacht. Wer hat denn da seine Geigen abgestellt – oder was das ist. No, wir nehmen das Kastl mit herein und haben hineinschauen wollen, ob wir vielleicht einen Hinweis finden, wer das da vergessen haben könnt – und was seh ma: Das Viech da! Hörn's, wir haben uns ganz schön erschreckt! Alles in allem könnt ma also sagen, wir sind zu dem Krokodil gekommen wie zu einem Findelkind ...«

»Oder das war ein gegen uns gerichteter Mordanschlag!«, rief Wurst aufgeregt dazwischen. »Sie werden uns eh kennen – wir sind nämlich beide Politiker! Vielleicht verschickt diese Bajuwarische Befreiungsarmee, oder wie das G'sindel heißt, neuerdings nicht mehr Briefbomben sondern Krokodile ... Wenn ich mir das genau überleg, dann muß das so gewesen sein!«

Walter Wurst fand immer mehr Gefallen an der Version, man habe ihm aus politischen Gründen nach dem Leben getrachtet. Vor seinem geistigen Auge sah er bereits die Schlagzeilen, die ihn als furchtlosen Helden feierten, den man auf heimtückische Weise umzubringen versucht habe ...

Doch da fiel ihm der verfluchte Hausbesorger ein, der ihn mit dem Cello-Kasten gesehen hatte. Und dieser

Scheißbauer hatte ihn ebenfalls damit gesehen. Wenn die Attentats-Version in den Zeitungen gemeldet würde, so war garantiert damit zu rechnen, daß diese beiden Kerle ihre Beobachtung öffentlich machten. Und dann würde alles nicht mehr zusammenstimmen. Nein, diese schöne Idee mußte er leider aufgeben.

»Ja, wenn ich mir das so recht überleg, so ist das Krokodil wohl tatsächlich als harmloses Findelkind zu uns gelangt«, schloß sich Wurst widerwillig der Theorie Streibls an. »Aber dran erkennt man, wem die Leute wirklich vertrauen, wenn sie sich in einer Notlage befinden und eine Gewissensentscheidung zu treffen haben. Dann hinterlegen sie ihr armes Krokodil eben nicht bei einer der Großparteien oder beim Goiserer, sondern bei uns – den Grünen!«

Der Tierarzt nickte verwirrt. Walter Wurst war überzeugt, bei den nächsten Wahlen mit der Stimme dieses Mannes fest rechnen zu können.

III

Das Gerücht, wonach bei Paulus Streibl – just als Walter Wurst bei diesem zu Besuch war – ein Krokodil quasi wie ein Findelkind hinterlegt worden sei, verbreitete sich in den Führungszirkeln der Grünen sehr rasch. Prompt wurden Stimmen laut, wonach dieser Vorfall keineswegs als Privatsache des Paradeunternehmers der Partei zu betrachten sei, sondern als politischer Vorgang behandelt werden müsse. Wanda wurde solcherart gewissermaßen für die Parteizentrale reklamiert, und dies entsprach völlig den Plänen von Wurst und Streibl.

Allerdings wurde diese Ansicht nicht von allen geteilt. Es gab da eine Gruppe von Leuten, die in den als anspruchsvoll gelten wollenden Wochenblättern als »hedonistisch, pragmatisch, theoriefrei, offen für Koalitionen, Establishment-anfällig, modern, wandlungsfähig, technologiekompatibel« charakterisiert wurden.

Aus diesem Kreis wurde angemerkt, es sei anachronistisch, wenn sich ihre Partei ein lebendes Wappentier halte. Noch dazu ein Krokodil, da man mit dieser Spezies gewöhnlich nur drei Dinge assoziiere: großes Maul, kleines Hirn, langer Schwanz – also wäre es eher angebracht, das Vieh dem Berufsverband der Skilehrer weiterzureichen.

Wurst und Streibl schickten sich umgehend an, diese Opposition diskret zu neutralisieren. Wo sie dabei ansetzen mußten, war klar: Beim Abgeordneten Vinzenz Plechl, der diese Strömung repräsentierte wie kein anderer. Wurst hatte gewöhnlich eine recht gute Gesprächsbasis mit diesem Abgeordnetenkollegen, der wie er sozusagen zum Politiker geboren war, seinen Werdegang aber auf der exakt entgegengesetzten Seite begonnen hatte. Plechl war Mitarbeiter des Parlamentsklubs der konservativen ÖVP gewesen, bevor er sich den Grünen angeschlossen und in deren Reihen Karriere gemacht hatte. Schließlich stammte er aus einer ultrakonservativen Wiener Familie. Sein Vater war Chefredakteur der abendländischsten Tageszeitung des Landes.

Dieser Umstand bescherte dem nunmehrigen Grünen-Politiker eine gute Presse selbst bei den weit rechts stehenden Blättern. Die etwas liberaleren Organe hatte er wiederum durch erstaunliche, seinen Vater betreffende Indiskretionen für sich eingenommen. So hatte die an solchen Details brennend interessierte Öffentlichkeit dank der Zeugenaussage des Juniors schon vor Jahren erfahren, Plechl senior freue sich wie ein Kind, wenn sein Leitartikel in der samstäglichen Presseschau des Radio-Mittagsjournals an erster Stelle zitiert werde. Und wenn der Chefredakteur am Sonntagvormittag in der Pressestunde des Fernsehens auftreten dürfe und daraufhin am Nachmittag von einem Tankwart im Waldviertel erkannt werde, versetze ihn das jedes Mal in Euphorie.

Allem Anschein nach war das Vater-Sohn-Verhältnis dadurch jedoch nicht getrübt worden. Für beide war die

Tatsache, öffentlich erwähnt zu werden, ungleich bedeutender als die Umstände und Zusammenhänge dieser Erwähnung. Also brauchte man einander wegen nebensächlicher Hinweise auf kleine menschliche Eigenheiten nicht gram zu sein.

Eine ähnliche Sicht der Dinge war desgleichen nicht unerheblich für den friktionsfreien Umgang, den Wurst und Plechl trotz radikal gegensätzlicher ideologischer Herkunft pflogen. Der ehemalige revolutionäre Marxist fand somit im Bürgersohn Plechl einen unvoreingenommenen Zuhörer, als er diesem erklärte, man solle das Krokodil-Phänomen keineswegs zum Anlaß nehmen, um die in einem Land wie Österreich als *Opinion Leader* nicht unerhebliche Berufsgruppe der Skilehrer vor den Kopf zu stoßen. Bestehe ohnehin die Gefahr, daß dieses Wählerreservoir zur Gänze der rechtspopulistischen Bewegung des Hägar Goiserer zufalle.

Den Rest der Überzeugungsarbeit leistete Paulus Streibl, indem er seinem Unternehmerkollegen Vinzenz Plechl einen interessanten Vorschlag unterbreitete. Dieser hatte sich nämlich nebstbei als Bauunternehmer selbstständig gemacht. Er spezialisierte sich auf den Bau von Wohnhäusern und Studentenheimen, die im Rahmen einer sogenannten *ökologischen Projektgesellschaft* errichtet wurden. Mit den Hinweis *ökologisch* ließ sich längst eine zahlungskräftige Kundschaft davon überzeugen, daß wahre Qualität eben etwas mehr koste.

Dieser Zweig seines vielfältigen Wirkens war für Vinzenz Plechl somit durchaus einträglich, und er hatte ein offenes Ohr, als Streibl in einem Vieraugengespräch anregte, der Kollege solle mit seinem Bauunternehmen die längst überfällige Installierung von ökologisch unbedenklichen Rekreationshilfen im *Grünen Haus* übernehmen. Diverse engstirnige Rückständige hatten bislang immer wieder gegen die Errichtung einer für Sitzungspausen dringend erforderlichen Sauna samt Nebeneinrichtungen wie etwa einer Sonnenbank in der Parteizentrale opponiert.

Das alles lasse sich nun sicher mit Zustimmung der Fundamentalisten bewerkstelligen, indem man die baulichen Maßnahmen in erster Linie mit der Schaffung eines artgerechten Refugiums für das der Partei durch höhere Gewalt in den Schoß gefallene Krokodil rechtfertige. Von diesem Vieh werde man sich gewiß eher früher als später auf elegante Weise wieder trennen können – und dann bedürfe es nur noch kleiner Modifikationen, um die zur Verbesserung der politischen Lebensqualität der Parteiführung erforderlichen Installationen herzustellen.

Diese Überlegung erschien Vinzenz Plechl einleuchtend. Ebenso war nichts gegen das von Streibl vorgebrachte Argument einzuwenden, kein anderes einschlägiges Unternehmen verfüge über so hervorragendes Know-how im ökologisch-technologischen Bereich wie das von Plechl, weshalb unbedingt diese Firma die Bauausführung übernehmen müsse. Um nicht den falschen Einruck von Nepotismus zu erwecken, könne ja nach außen hin ein von Plechl zu benennender Auftragnehmer in Erscheinung treten.

Dieser Plan war in jeder Hinsicht pragmatisch und vernünftig, also konnten sich die beiden Politiker rasch darauf verständigen und gemeinsam nennenswerte Opposition unterbinden.

Mithin wurde zügig mit den Baumaßnahmen begonnen. Schließlich drängte die Zeit. Streibl wollte Wanda endlich aus seiner Firmenzentrale, wo sie vorderhand von einem teilzeitverpflichteten Tierpfleger betreut wurde, in das in der ohnehin nahegelegenen Lindengasse befindliche Parteihauptquartier übersiedeln. Und Wurst wollte sie endlich dem Scheißbauer nahebringen. Der Abgeordnete warb in Parteikreisen bereits diskret für ein einmütiges Votum, mit welchem der verhaßte Robert Bauer zum Wanda-Verantwortlichen ernannt werden sollte.

Als die Übersiedlung des Krokodils ins *Grüne Haus* unmittelbar bevorstand, tauchte indes eine Hürde auf.

Und zwar in Gestalt der Obfrau des grünen Parlamentsklubs, Beatrice Mijatovic. Zu diesem Familiennamen war die Politikerin durch Heirat mit einem gebürtigen Montenegriner gelangt. Sie selbst entstammte – wie Vinzenz Plechl – den *Döblinger Bataillonen.* So wurden in Wien die wohlhabenden und konservativen Bewohner der westlichen Stadtbezirke genannt, die traditionell eine politische Hausmacht der ÖVP bildeten. Beatrice Stürzenbecher, wie sie ursprünglich geheißen hatte, war eine beispielhaft gut geratene Bürgertochter: Für ihre Lehrer war sie eine problemlose Schülerin gewesen, die ständig allen Lehrstoff hatte auswendig hersagen können und disziplinär nie auffällig geworden war. Auch das anschließende Studium der Jurisprudenz hatte sie ohne jeglichen Zeitverlust absolviert. Danach war sie zwar für kurze Zeit in eine rätselhafte Alkoholikerphase geraten. Doch das schien nur eine unerklärliche Episode im Leben dieser jungen Frau gewesen zu sein, die mangelnde Attraktivität und Brillanz stets durch Ehrgeiz und Beflissenheit zu kompensieren verstanden hatte.

Ihren beruflichen Werdegang hatte sie als Beamtin in einem Ministerium begonnen – dies nicht zuletzt durch Vermittlung ihres Vaters, der über einflußreiche Bekannte in der traditionell konservativen höheren Ministerialbeamtenschaft verfügte.

An ihrem ersten Arbeitsplatz kümmerte sich die überwiegend der roten Reichshälfte zugehörige Kollegenschaft nicht weiter um den politischen Hintergrund dieses Neuzuganges. Die ziemlich mollige junge Frau mit dem stets etwas fettig und strähnig wirkenden Haar galt als politisch geschlechtsloses Wesen. Das war sie wohl auch, bis ein die Lebensqualität ihrer Familie betreffender Vorgang dem ein Ende setzte: Nahe dem elterlichen Wohnhaus sollte eine neue Straße gebaut werden, die den Wert dieser Immobilie zu beeinträchtigen drohte. Um gegen dieses Vorhaben anzukämpfen, organisierte die Nachbarschaft eine Bürgerinitiative, der sich auch Beatrice Stürzenbecher anschloß. Auf diese Weise fand sie erste Kontakte zur Grünenbewegung, in der sie sich vor allem für den Tierschutz engagierte.

Ihre inzwischen vollzogene Verehelichung tat dem keinen Abbruch. Im Gegenteil, nachdem sie in rascher Folge zwei Kinder geboren und auf diese Weise den bürgerlichen Anforderungen hinsichtlich einer erfüllten Ehe entsprochen hatte, stürzte sie sich mit besonderem Ehrgeiz in ihre tierschützerische Tätigkeit. Und das mit spektakulärem Erfolg: Durch Zähigkeit, Fleiß und Umsicht gelang es ihr, einen im gesamten Stadtgebiet sein Unwesen treibenden päderastischen Tierquäler zu entlarven und der gerechten Strafe zuzuführen. Der Mann hatte es sich zu Angwohnheit gemacht, in öffentlichen Parks streunende junge Hunde mit Schokoladekeksen so lange zu füttern, bis diese Zutrauen zu dem vermeintlichen guten Onkel gefaßt hatten und ihm bei seinem Auftauchen schwanzwedelnd zuliefen. War dieser Grad des Vertrauens erreicht, zückte der Unhold jedoch mit einem Mal nicht mehr die gewohnten Schokoladekekse, sondern besonders scharfe Pfefferoni.

Über diesen Fall war in den Massenblättern der Stadt in großer Aufmachung berichtet worden, und das hatte der bis dahin namenlosen Parteigängerin der Grünen zu plötzlicher Popularität verholfen. Dies wiederum war ausschlaggebend für ihre Nominierung auf der Parlaments-Kandidatenliste ihrer Partei gewesen.

So zog Beatrice Mijatovic ins Parlament ein, wo sie schon nach kurzer Zeit zur Klubobfrau ihrer Fraktion gewählt wurde. Diese Wahl war nicht zuletzt zustande gekommen, weil sich die Platzhirsche unter den Grünen-Abgeordneten gegenseitig durch ihren Führungsanspruch blockierten. Letztendlich einigten sie sich auf die selbst für Grünen-Verhältnisse stets bemerkenswert schlecht gepflegte und gekleidete Neo-Politikern. Jeder ging davon aus, er werde die graue Maus für sich instrumentalisieren können.

Mit der neuen Position und den damit verbundenen

häufigen öffentlichen Auftritten wuchs freilich das Machtstreben auch dieser von Natur aus überaus ehrgeizigen Politikerin. So wurde sie schon nach kurzer Zeit selbst zu einem der Platzhirsche, die innerhalb und außerhalb der Partei stets danach trachteten, ihr Revier abzusichern und auszuweiten.

Die wichtigsten Verbündeten von Beatrice Mijatovic waren bei diesem Bemühen die Imageberater und Werbeexperten der Grünen. Dabei handelte es sich zumeist um nüchterne Profis, denen jegliche irrationalen Basis-Rituale fremd waren. Ihnen ging es nicht darum, was eine Person repräsentierte, sondern wie gut oder schlecht sie sich in die für die Grünen entwickelte Vermarktungsstrategie einbauen lasse.

In dem Punkt war Beatrice Mijatovic als Aushängeschild der Partei die Idealbesetzung schlechthin. Bei ihr bestand scheinbar nie Gefahr, sie könne aus dem Ruder laufen. Sie war in der Lage, alle Stellungnahmen und Erklärungen, die man ihr nach Marketingüberlegungen formulierte, blitzschnell auswendig zu lernen und bei jeder sich bietenden Gelegenheit herunterzurasseln: »Wir werden unsere thematische Vorreiterrolle noch stärker bei der Bevölkerung verankern. Wir müssen den Menschen klar machen, daß unsere Entwürfe keine Utopien, sondern schon morgen zu realisieren sind, und werden betonen, daß wir das Kind nicht mit dem Bade ausschütten wollen.« Derlei rundum ausgewogene Ankündigungen, mit denen eigentlich nichts gesagt und doch nahezu alles versprochen wurde, adoptierte die Politikern mit solcher Hingabe, daß sie bald schon von ihr selbst für eigene Gedanken gehalten wurden.

Niemand lernte so beflissen wie sie, wie man sich im Fernsehen einem Massenpublikum auf einnehmendste Weise präsentiert. Auch hinsichtlich ihres äußerlichen Erscheinungsbildes gehorchte sie widerspruchslos den Empfehlungen der Werbestrategen. Die Klubobfrau unterwarf sich mit eiserner Disziplin einer radikalen Abmagerungskur, in deren Zuge sie zur Vegetarierin konvertierte. Das ergab einen gegenüber den vegetarischen Wählerschichten gut verkäuflichen Aspekt. Beatrice Mijatovic verwandte dazu nunmehr alle erforderliche Zeit auf die Haar- und Körperpflege, um in der Öffentlichkeit stets mit dem verordneten Make-up, das ihr Gesicht in eine strahlende Maske verwandelte, sowie der dazu passenden Frisur aufzutreten. Ihre Garderobe wurde von Grund auf erneuert. Dies besorgten selbstverständlich die eigens von der Parteiführung engagierten Stylisten.

Natürlich traten in ihrer Partei wieder einmal einige uneinsichtige Kritiker auf den Plan, die behaupteten, diese ehemals zwar unscheinbare, doch relativ natürliche Person habe sich zur Marionette machen lassen, deren stetiges Lächeln nicht einmal wie festgefroren, sondern wie festgenagelt wirke.

Das konnte dem Erfolg von Beatrice Mijatovic keinen Abbruch tun. Sie war mit einem Mal der Liebling der Massenmedien und wurde von diesen zum herausragenden Zugpferd der Grünen erklärt. Dafür revanchierte sie sich reihum durch vielfältige, speziell auf das jeweilige Medium zugeschnittene Exklusivauftritte. Für die hauptsächlich das Kleinbürgertum erbauende *Kronenzeitung* arrangierte sie eine intime Familienfeier zum Muttertag: »Beatrice M. sagt, sie liebe dieses herrliche, gesegnete Land, in dem die Blumen und die Kinder gedeihen«, meldete das Blatt der gerührten Leserschaft. Für das auf ein sich zur Elite der Nation zählendes jüngeres Publikum abzielende Wochenmagazin *Facts* posierte sie als schnittige Inline-Skaterin. Dies zusammen mit dem Abgeordneten Vinzenz Plechl, der ebenfalls längst die Bedeutung konsequenter Imagewerbung begriffen hatte.

Auf seine etwas weniger spektakuläre, doch zielstrebige Art war es ihm nach und nach gelungen, die öffentliche Vormachtstellung der Parteifreundin wenigstens zu egalisieren. Was die parteiinterne Machtposition anlangte, hatte er die Kollegin vorderhand sogar überflügelt. Nach ihrem erstaunlichen Höhenflug war Beatrice Mijatovic nämlich in eine jähe Krise geraten. Im jüngsten Wahlkampf, der von den üppig honorierten Werbeleuten ganz auf ihre Person zugeschnitten worden war, hatte sie sich erstmals vollkommen überfordert gezeigt. Dementsprechend schlecht war das Wahlergebnis ausgefallen, auf das die Spitzenkandidatin mit einem Nervenzusammenbruch reagierte.

So lautete wenigstens die offizielle Version. Tatächlich war sie erneut dem Alkoholismus anheim gefallen und nächtelang saufend mit einem grünen Bezirksrat vom Alsergrund von Bar zu Bar gezogen. Da dieser Nachwuchsmandatar aufgrund seines Punker-Habitus eine überaus auffällige Erscheinung war, blieben die Zechgelage der Klubobfrau nicht unbemerkt. Was da vorging, sprach sich sogar bis zu ihrem Ehemann durch, der mitsamt den Kindern aus der ehelichen Wohnung auszog und sich seinerseits in den Alkohol flüchtete. Nachdem ihm die Polizei wegen Trunkenheit am Steuer den Führerschein abgenommen hatte, war ihm das Kunststück gelungen, mit seinem Wagen an einem Tag gleich zweimal alkoholisiert, doch dafür ohne Führerschein der Polizei in die Hände zu fallen. Da kam die Presse, die der stets als beispielhaft dargestellten Familie Mijatovic im Grunde durchaus wohlgesonnen war, nicht mehr umhin, über den Vorfall zu berichten. Damit schien das Bild von der treusorgenden Mutter, aufopfernden Gattin und zugleich allezeit verständigen Politikerin – alles in allem eine perfekte moderne bürgerliche Idylle – unreparabel ramponiert zu sein. In den Zeitungen wurde gemeldet, sie habe sich von ihren Ämtern beurlauben lassen und einen Kuraufenthalt angetreten. Es wurde allseits diskret verschwiegen, daß es sich dabei um eine Entziehungskur handelte. Solche noble Zurückhaltung war ansonsten keineswegs üblich und in diesem Fall wohl auf das exzellente Verhältnis der Patientin zu den Journalisten zurückzuführen. Nun lohnte es sich, daß der Politikerin nie eine von dieser

Seite vorgebrachte Idee zu blöd und kein ihr zugemuteter Auftritt zu peinlich gewesen war.

Und nun schickte sich Beatrice Mijatovic an, das durch ihre Krise verlorene Terrain zurückzuerobern. Sie hatte sich gleich nach dem Kuraufenthalt von den Imageberatern eine neue Frisur und ein neues Outfit entwerfen lassen. Solcherart ausgestattet, eilte sie schon wieder von einem zum anderen der zahlreichen Feste, die von den diversen Mitgliedern des grünen Führungszirkels aus den unterschiedlichsten Anlässen gegeben wurden. Tauchten doch bei jeder dieser Veranstaltungen wohlgesonnene Reporter auf, die gerne bereit waren, die strahlende Rückkehr der Hoffnungsträgerin auf das politische Parkett zu melden.

Als in dieser Situation das Krokodil-Gerücht die Runde zu machen begann und schließlich die Übersiedlung von Wanda ins *Grüne Haus* eine beschlossene Sache war, sah Beatrice Mijatovic die einmalige Gelegenheit gekommen, sich der Öffentlichkeit in alter Frische und Tatkraft zu präsentieren. Immerhin hatte sie sich im Wahlkampf schon einmal in einem Leoparden-Gehege fotografieren lassen. Also würde sie nun im Blitzlichtgewitter der Fotografen und vor laufenden TV-Kameras als parteioffizielle Pflegemutter des Krokodil-Findelkindes auftreten. Von dieser spontanen Idee war sie durch nichts und niemandem abzubringen.

Es waren vor allem die Parteifreunde Paulus Streibl und Walter Wurst, die versuchten, dieses Vorhaben der Klubobfrau zu durchkreuzen. Insbesondere der Abgeordnete Wurst geriet geradezu außer sich bei der Vorstellung, alle Mühen und Kosten der Krokodilbeschaffung letztendlich aufgewandt zu haben, um dieser ihm in jeder Hinsicht unterlegenen Person, die ihm gleichwohl im öffentlichen Interesse den Rang der bedeutendsten Persönlichkeit der Grünen abgelaufen hatte, einen großen Auftritt zu verschaffen. Abgesehen davon: Wie sollte er unter solchen Umständen die einmütige Wahl von Robert Bauer zum Wanda-Beauftragten einfädeln? Der Abgeordnete wußte schließlich aus Erfahrung: Diese Frau würde eine einmal eroberte Stellung unter keinen Umständen freiwillig wieder räumen.

Also versuchte sich Wurst mit der Parteibasis zu arrangieren, indem er anregte, fortan sollten alle öffentliches Aufsehen erregenden Funktionen im Bereich der Grünen nicht mehr mit ohnedies schon bekannten Leuten besetzt werden, sondern mit verdienten, doch bislang von der Öffentlichekit viel zu wenig beachteten Mitgliedern der Partei.

Dieser Argumentation standen jedoch medienpolitische Sachzwänge entgegen, in deren Zentrum die Wochenzeitschrift *Facts* stand. Genauer gesagt: die dieses Blatt beherrschenden Brüder Fink.

Sebastian – der Chefredakteur – und Kunibert Fink – der Verlagsleiter – waren zwei Leuchten ihrer Generation. Der aus der Warte des Establishments gesehen noch immer etwas jüngeren Generation. Vor allem aber waren sie Leuchten ihrer Zunft. Des Pressewesens. Diesem Gewerbe hatten sie sich schon als Halbwüchsige verschrieben und ihre Laufbahn im heimatlichen Salzburg mit der Herausgabe einer Schülerzeitung gestartet. Wo zu der Zeit in anderen Blättern dieser Art mit jugendlichem Überschwang gegen den Imperialismus und den multinationalen Monopolkapitalismus polemisiert wurde, waren im Fink-Organ bezahlte Inserate zu finden. Diese akquirierte – angefeuert von einer ambitionierten Mutter – Kunibert mit großer Begabung, während Sebastian seit jeher das Talent besaß, den Platz zwischen den Anzeigen mit Beiträgen zu füllen, die den Inserenten gefielen und den Rest des Publikums nicht überforderten. Die Brüder hatten immer schon mit einem ausgewogenen Verhältnis von intellektueller Schlichtheit und geschäftlicher Skrupellosigkeit agiert, was ihrer natürlichen Veranlagung entsprach. Wobei ein Faktor stets harmonisch den anderen zur Geltung brachte. Wenn die Brüder Fink – was sie häufig taten – zu Mitteln griffen, die man in jedem anderen Fall als krude

Erpressung hätte bezeichnen können, so waren die beiden allezeit fest davon überzeugt, lediglich vernünftige Vorschläge zu unterbreiten. Was man bei anderen Leuten als Verschlagenheit genannt hätte, rechneten sich die – allgemein so genannten – *Finkbuam* als Geschicklichkeit und Intelligenz an. Auf diese Weise brachten sie es schon sehr früh sehr weit. Nämlich zu Eigentümern und Herausgebern einer wechselnden Folge von Zeitschriften. Was immer die Brüder auf diesem Sektor hervorbrachten, geriet ihnen einfach, geschmacklos und doch ordinär – also rundum erfolgreich.

Die Finkbuam wurden allenthalben als die postmodernen Urenkel des seinerzeit von Karl Kraus wütend attackierten Pressezaren Imre Bekessy diffamiert, die dazu an Schmierigkeit Bekessys leiblichem Sohn Hans Habe um nichts nachstünden. Tatsächlich konnten sie zumindest auf dem Mediensektor als eine neue Erscheinungsform des *echten Österreichers* gelten. Als solche unterhielten sie seit ihren Anfängen einträgliche Kontakte zu allen mit etwas Macht und Geld ausgestatteten politischen Körperschaften. Zuerst fanden sie in dem von SPÖ und ÖGB dominierten Unternehmenssektor einen großzügig inserierenden Rückhalt. Das solcherart akkumulierte Kapital verflochten sie anschließend mit den Medienbastionen der ÖVP. Inzwischen hatten sie sich mit einem deutschen Großverlag zusammengetan und teilten sich mit ihm die üppig fließenden Erträge aus dem nunmehr von den Fink-Brüdern gelenkten Wochenmagazin *Facts*.

Dieses Blatt wurden von seinen Verächtern zwar als semianalphabetisches Gesinnungsdurchhaus abqualifiziert. Die politische Klasse des Landes sah in der Zeitschrift jedoch ein einflußreiches Organ, deren Chefs man dementsprechend zu hofieren habe. Das galt auch bei den Grünen – zumindest für deren Führungszirkel.

Somit konnte man eine von den Finken vorgebrachte Idee nie rundweg ablehnen. Und die hatten wieder einmal eine solche Idee, nachdem ihnen das Wanda-

Gerücht samt aktuellem Stand der damit verbundenen parteiinteren Debatten zugetragen worden war. Es war Sebastian Fink, der Chefredakteur, der hellsichtig eine Unterredung mit Paulus Streibl und Walter Wurst herbeiführte, um den beiden Politikern darzulegen, er könne sich einen von der bewährten Beatrice Mijatovic im *Grünen Haus* präsidierten Begrüßungsakt für das angeblich demnächst dort einziehende Krokodil sehr gut als Thema für eine *Facts*-Titelgeschichte vorstellen. Insbesondere dann, wenn die Partei sich mit einem angemessenen Druckkostenbeitrag einstelle. Doch das sei nur so eine Überlegung am Rande, die überdies nicht in seine redaktionelle Kompetenz falle. Darüber müsse man sich gegebenenfalls mit seinem Bruder, dem Verlagsleiter, unterhalten.

So oder so hänge die Berichterstattung über das geplante Ereignis jedenfalls von der Medienwirksamkeit der bei dieser Gelegenheit an erster Stelle in Erscheinung tretenden Person ab. Sollte es sich da um irgendeinen namenlosen Funktionär handeln, so passe die Sache nicht nur nicht ins Blattkonzept. In diesem Fall würde durchaus zu prüfen sein, ob ein ausgerechnet von den Grünen zu verantwortender barbarischer Akt von Tierquälerei vorliege ...

Streibl und Wurst wußten sofort, wie das zu verstehen war. Schließlich besaßen sie einschlägige Erfahrungen. Vor den letzten Wahlen hatten die Finken bei der Grünen-Parteiführung ebenso diskret wie nachhaltig deponiert, die Wahlkampfberichterstattung ihres Blattes über die Partei werde nicht zuletzt davon abhängen, welcher Anteil des Werbebudgets in *Facts*-Inserate investiert werde.

In dieser Situation hatte die Klubobfrau energisch dafür argumentiert, wenigstens für eine Million Schilling Anzeigen in dem Wochenmagazin zu schalten. Dieser Betrag entsprach etwa einem Prozent der Summe, die den Grünen inzwischen alljährlich unter diversen Förderungstiteln von der Staatskasse aus Steuergeldern überwiesen wurde. Es war somit ein stattlicher, doch keineswegs unaufbringlicher Betrag. Und er erwies sich als weitblickende Investition. Zwar konnte auch die gegenüber den Grünen überaus freundliche Berichterstattung des Blattes deren Wahlniederlage nicht abwenden. Als aber die folgende Krise der Klubobfrau ausbrach, schwieg *Facts* ebenso beharrlich über die wahren Umstände derselben, wie das Magazin anschließend die Rückkehr der Politikerin ins öffentliche Leben beflissen mit einfühlsamen Text- und Bildbeiträgen begleitete.

Zumindest für Beatrice Mijatovic hatte sich der Millionen-Deal somit absolut rentiert. Streibl und Wurst waren sogar davon überzeugt, die nunmehrige Fürsprache von Sebastian Fink in der Krokodil-Angelegenheit gehe gleichfalls auf das Konto jener Transaktion. Das Duo hegte den Verdacht, daß die Klubobfrau selbst hinter der Fink-Intervention zu ihren Gunsten stehe. Zweifellos hatte sie den Chefredakteur über die sich um Wanda anbahnenden Ereignisse informiert und ihm finanzielle Zusagen für den Fall ihrer Ernennung zur politischen Krokodil-Pflegemutter gemacht.

»Wenn du mich fragst, dann ist das eine hundsgemeine Scheiße, was dieser Trampel da wieder einmal inszeniert hat«, ärgerte sich Wurst nach der Aussprache mit dem Chefredakteur.

»Klar is des so«, bestätigte Streibl. »Wir hätten eben schon damals, als die Million für die Scheißfinken bewilligt worden is, genauer auf die Nebengeräusche hören sollen.«

»Und was tun ma jetzt?«

»Nix – es wird uns nix anderes übrig bleiben, als diese Schasgeigen diese G'schicht machen zu lassen.« Als Geschäftsmann war es für Steibl nicht fremd, sich mitunter in das Unabwendbare fügen zu müssen. »Wahrscheinlich müssen's dann in der Bildunterschrift extra drauf hinweisen, wer von den beiden abgebildeten Persönlichkeiten das Krokodil is ...«

Walter Wurst konnte über diesen Scherz nicht so

recht lachen. »Und was passiert mit dem Scheißbauer?« fragte er wütend.

»No, der hat dann halt noch a bissl Schonzeit – i mein, i will ja net jetzt als Besserwisser dastehen. Aber erinner dich bitte: I war gleich skeptisch, ob die Sache mit dem Krokodil so einfach geht, wie du dir das vorstellst ...«

»Blödsinn – das ist eine Grundsatzfrage!« fiel ihm der Abgeordnete barsch ins Wort, um jedoch umgehend auf eine konstruktive Linie einzuschwenken. »Das lohnt jetzt net, wenn wir zwei über diese Frage streiten. Wir müssen einen Ausweg suchen. Ich hab da so eine Idee: Es gibt ja immer wieder die Kritik, daß die Parteiführung zu zentralistisch agieren würde. Also gehen wir darauf ein und schick ma als Zeichen unserer föderalistischen Bemühungen die Wanda auf eine Tournee zu den Bezirksorganisationen. Und weil das *Grüne Haus* im siebenten Bezirk steht, fang ma logischerweise mit dem siebenten Hieb an – verbunden mit einer Ehrung verdienter lokaler Funktionäre. Wie zum Beispiel dem Scheißbauer ...«

»Jo, vielleicht geht das so«, überlegte Streibl. Er schien aber noch nicht restlos überzeugt zu sein: »Mir wär ja ehrlich gesagt noch immer lieber, wenn der einfach unter eine Straßenbahn kommen tät ... Aber gut, wir können ja über deine Idee nachdenken.«

Bei diesem Stand der Überlegungen vertagten sie sich.

Der von Beatrice Mijatovic präsidierte Empfang des Krokodils im *Grünen Haus* ließ sich jedenfalls nicht mehr verhindern. Streibl und Wurst konnten nicht einmal die – von der Klubobfrau in den zuständigen Gremien vorgeschlagene – Zahlung eines Druckkostenbeitrages in sechsstelliger Höhe für eine Wanda-Titelgeschichte im Magazin *Facts* abwenden.

Zwar hätte Streibl gute Argumente gegen diese Transaktion vorzubringen gehabt. Er war fest überzeugt, der News-Wert dieser Story werde alle Blätter ganz einfach dazu zwingen, Wanda auf die Titelseite zu knallen – egal, ob dafür etwas bezahlt werde oder nicht. Als Medien-Experte der Partei kannte er längst die bewährte Journalisten-Faustregel, wonach man eine Zeitung mit Tieren immer besser verkaufen kann als mit Menschen. Doch er wußte auch: Was immer er in einem noch so kleinen Kreis gegen die zur Debatte stehende Zahlung vorbrächte, würde umgehend den Finken hinterbracht werden. Und mit denen wollte er keinen Krieg. Die würden womöglich aus Rache über seine unternehmerischen Aktivitäten schreiben lassen.

Das konnte Streibl angesichts seiner heiklen geschäftlichen Situation keinesfalls brauchen. Also ließ er sich von den Parteigremien dazu ermächtigen, die den aktuellen Fall betreffenden Verhandlungen mit den Fink-Brüdern zu führen.

Dabei wies er dann darauf hin, welche Bombengeschichte man zu bieten habe. Andere Redaktionen würden für deren Veröffentlichung nicht nur nichts verlangen, sondern sogar stattliche Summe bezahlen, wenn man ihnen die Exklusivrechte einräumte ...

»Des is ein wichtiger Hinweis«, erklärte daraufhin Kunibert Fink, der Verlagsleiter. Er sah seiner eigentümlichen Körperhaltung und seines – selbst wenn er teure Anzüge trug – etwas schmuddelig wirkenden Äußeren wegen immer ein wenig aus wie der Glöckner von Notre Dame: »Wenn ma de G'schicht auf den Cover hauen, müß ma sie natürlich exklusiv haben!«

»Also was jetzt: Exklusiv oder Druckkostenbeitrag?« fragte Streibl genervt.

Beinahe hätten die Verhandlungen an der Stelle einen toten Punkt erreicht. Es war schließlich Sebastian Fink, der Chefredakteur, der einlenkte: »Gut, ich seh das ein, daß ihr das politisch net aushaltet's, wenn ihr die anderen Redaktionen von dem Ereignis ausschließt's. Red ma nur über den Druckkostenbeitrag – und wir machen das dafür als große Home Story auf.«

Man einigte sich auf den vorgesehenen sechsstelligen Betrag – plus die seitens der Finken abgegebene Zusage, ihr Blatt werde sich nebstbei aller unfreundlichen Berichterstattung über Streibls unternehmerische Tätigkeiten enthalten.

Der sollte wenigstens in einem Punkt recht behalten: Zwar mochte an der Basis der Grünen-Partei absolut keine Begeisterung über den Wanda-Coup aufkommen – doch die Massenmedien waren ganz verrückt nach der Krokodil-Geschichte. Zur offiziellen Übernahme des Tieres im Parteihauptquartier rückten so viele Reporter, Fotografen und Kameraleute an, als gelte es, über einen Regierungswechsel zu berichten. Im Konferenzraum herrschte ein heilloses Gedränge.

Und als Wanda an einem Halsband von der Klubobfrau endlich vorgeführt wurde, war das Chaos perfekt: Die Bildberichterstatter kämpften rücksichtslos um die besten Kamerapositionen, über ihren Köpfen knallten die von den Tonleuten begierig nach vorne gereckten Mikrophongalgen aneinander, und aus dem Hintergrund erscholl das wirre Stimmengewirr der Reporter, die sich mit ihren Fragen Gehör verschaffen wollen. Niemand konnte ein Wort verstehen, und weil das so war, wurde das allgemeine Geschrei immer lauter.

Als Beatrice Mijatovic eine vorbreitete Erklärung vortragen wollte, fiel ihr zu allem Überfluß das Mikrophon aus der Hand. Sie versuchte tapfer, weiterhin strahlend in die Kameras zu lächeln, während sie sich bückte, um das Gerät wieder aufzuheben.

In dem Moment übertönte ein markerschütternder Schrei allen anderen Lärm. Im nächsten Augeblick floß Blut in Strömen ...

IV

Alles in allem war die Einführung von Wanda in das politische Leben von Wien ein durchschlagender Erfolg. Das gaben die Ergebnisse der Meinungsumfragen eindeutig zu erkennen. Insbesondere die Popularitätswerte von Beatrice Mijatovic schoßen steil nach oben. Die Politikerin hatte nie zuvor – auch nicht vor ihrer Alkohol-Krise – ein dermaßen hohes öffentliches Ansehen genossen.

Das blieb naturgemäß nicht ohne Folgen. Seitens der *Kronenzeitung*, die normalerweise die Rechtspopulisten um Hägar Goiserer unterstützte und die Grünen noch immer kryptokommunistischer Tendenzen verdächtigte, wurde ihr angeboten, eine regelmäßige Kolumne zu verfassen. Dafür wäre man sogar bereit, die seit Jahrzehnten von der Präsidentin des Tierschutzvereines betreute Rubrik *Ein Herz für Tiere* zur Disposition zu stellen.

Es gab auch schon konkrete Überlegungen, unter welchem Titel diese neue Mijatovic-Kolumne erscheinen sollte: entweder *Eine Hand für Tiere* oder aber *Mit der linken Hand geschrieben*. Wobei die zweite Variante besonders realistisch war, denn die rechte Hand der Politikerin war ja von Wanda zum größeren Teil gefressen worden.

In dem Punkt meldeten sich aber die Imageberater der Partei warnend zu Wort: Das Wort *links* könne politisch falsch verstanden werden und entspreche insgesamt nicht dem *Corporate Design*, das man für die Grünen entwickelt habe. Als Folge dessen kam man in der Kolumnen-Frage nicht gleich zu einer Übereinkunft. Beatrice Mijatovic hatte noch aus der Intensivstation wissen lassen, sie wolle künftig im Parlament nicht zuletzt als Interessensvertreterin der InvalidInnen agieren. Womit ihr nebstbei ein Mandat nach den nächsten Wahlen auch für den Fall sicher war, daß es bis dahin abermals zu einer persönlichen Krise kommen würde oder unberechenbare Basisströmungen eine neuerliche Kandidatur der Klubobfrau zu verhindern trachteten.

Doch auch Wanda wurde trotz ihrer zuschnappenden Art im Grunde viel Sympathie, zumindest jedoch Aufmerksamkeit entgegengebracht. Es verging kaum ein

Tag, an dem sich nicht eine Fernsehanstalt beim Pressesprecher der Grünen meldete, um mit diesem über die Erwerbung der Exklusivrechte für die Berichterstattung vom Versöhnungstreffen zwischen Wanda und Mijatovic nach deren Spitalentlassung zu verhandeln. Einige besonders Ungeduldige wollten sogar einen Besuch des Krokodils am Krankenbett der Politikerin arrangieren. Das scheiterte allerdings am Einspruch der Spitalverwaltung, die politisch eine Domäne der SPÖ war. Dieser Umstand gab Anlaß zu Spekulationen, ob der Krankenbesuch von Wanda aus politischen Konkurrenzgründen vereitelt werde oder aber die insgesamt verkrustete Stadtverwaltungsbürokratie für den Akt ignoranter Unbeweglichkeit verantwortlich sei.

Sogar die Bundesregierung geriet aufgrund der Gestion des Unterrichtsministeriums in den Bannkreis der aktuellen Polemik, weil seitens dieser Behörde der vom Bildungssprecher der Grünen – einem vom Schuldienst freigestellten oberösterreichischen Lehrer – geäußerte Vorschlag abgelehnt worden war, Landschulkindern im Rahmen der Aktion *Österreichs Jugend lernt die Bundeshauptstadt kennen* einen Besuch bei Wanda im *Grünen Haus* zu ermöglichen.

Die Grünen waren jedenfalls dank ihres Krokodils in aller Munde, und diese Tatsache wurde parteiintern als glänzende Bestätigung für die These aufgefaßt, wonach man Politik heutzutage in erster Linie im Hinblick auf die Öffentlichkeitswirksamkeit zu machen habe.

Zwar waren Paulus Streibl und Walter Wurst absolute Verfechter dieser Linie, doch in dem Fall paßte ihnen die eingetretene Entwicklung nicht ins Konzept. Für das Duo war die aus dem Wanda-Biß resultierende neuerliche Aufwertung der Klubobfrau in höchstem Maße ärgerlich. Damit standen die beiden im Führungszirkel der Partei keineswegs allein. Und wie alle anderen konnten sie das selbstverständlich nicht zugeben. Für Streibl und Wurst gesellte sich dazu aber noch das Problem der ungelösten Scheißbauerfrage. Die vom Abgeordneten Wurst zur Debatte gestellte Idee einer Wanda-Tournee durch die Bezirksorganisationen der Partei hatte zwar in einigen Bundesländern eine durchaus positive Resonanz erfahren. Bei den Wiener Grünen schien jedoch niemand an einem Besuch des Krokodils interessiert zu sein. Insbesondere galt dies für die lokale Organisation des siebenten Bezirkes, wo dieser Robert Bauer sein parteischädigendes Unwesen trieb. Aus dieser Gliederung war eine Ehrung verdienter Funktionäre in Anwesenheit von Wanda brüsk abgelehnt worden. Die Parteiführung könne sich »des hysterische Krokodil in' Oasch schiaben«, hatte Bauer selbst die Visite zurückgewiesen.

Das war für Streibl und Wurst ein schwerer Rückschlag, denn die Zeit drängte. Der Abgeordnete war ganz allgemein davon überzeugt, der Kerl müsse besser heute als morgen für immer von der Bildfläche verschwinden.

Streibl wiederum konnte konkrete Gründe für die Dringlichkeit des Falles vorbringen. Einige von ihm in seiner Eigenschaft als Immobilienunternehmer gestartete Großprojekte, die im Rahmen der geltenden Bauordnung ganz einfach nicht zu realisieren waren, standen gleichwohl dank der guten Verbindungen, die er zum Planungsstadtrat unterhielt, kurz vor der Genehmigung seitens der zuständigen Behörde. Weiters hatte sich der rührige Alleskönner mit dem Chef des magistratischen Marktamtes darauf verständigt, die Betreiber eines wöchentlich im Streibl-Revier stattfindenden Kunstgewerbemarktes durch einen von Streibl-Vertrauten gegründeten Verein ersetzen zu lassen, um auf diese Weise seine Geschäftstätigkeit und vor allem seinen Einfluß erneut ein Stück auszuweiten. Und das waren bei weitem noch nicht alle aktuell anstehenden Unternehmungen, die der dynamische Mann im siebenten Bezirk abwickeln wollte, wo er nur eine nennenswerte Opposition zu befürchten hatte: die der Bauer-Bande, also die örtliche Bezirksorganisation seiner eigenen Partei. Daher war auch für Streibl höchste Eile bei der Endlösung der Scheißbauerfrage geboten.

Der Kaiser vom 7. Hieb überlegte ernsthaft, ob er hinter dem Rücken seines grundsatztreuen Freundes Wurst einen kleinen Unfall organisieren sollte, dem Bauer ohne Krokodil-Beistand zum Opfer fallen könnte. In dem Punkt hatte Streibl noch keine endgültige Entscheidung getroffen.

Desweiteren störte ihn das brachliegende Kapital, das Wanda vorderhand in seinen Augen darstellte. Schließlich war er es gewesen, der den Ankauf des Tieres finanziert hatte. Diese Investition sollte sich endlich amortisieren. Nötigenfalls unabhängig von der Scheißbauer-Frage. In der Hinsicht hatte der vielfältig engagierte Geschäftsmann auch schon eine Idee.

Er wandte sich auf informellem Wege an die gewichtigsten Mitglieder der Parteiführung und regte an, man solle das Krokodil doch nicht im *Grünen Haus* versauern lassen. Zumindest während der heißen Jahreszeit sei das Tier sicherlich an der frischen Luft eines Donau-Ufergeheges ungleich besser aufgehoben. Weiters könne man das Parteibudget entlasten, indem man Wanda während diese Periode der unternehmerischen Privatinitiative überlasse ...

Natürlich wußten alle Angesprochenen sofort, wer und was unter diesem Begriff zu verstehen war. Paulus Streibl hatte seinen geschäftlichen Wirkungsbereich nämlich vor einiger Zeit auf die Donauinsel ausgedehnt, die durch den Bau eines neuen Entlastungsgerinnes künstlich geschaffen worden und ein beliebtes Naherholungsgebiet für die Bevölkerung der Bundeshauptstadt war. Auf dieser Donauinsel befand sich eine der größten unter den zahlreichen von Streibl betriebenen Gaststätten. Zweifellos wollte er Wanda während des Sommers in diesem Uferlokal unterbringen, um mit dieser Attraktion neue Gästeschichten anzulocken.

Sein Vorschlag beruhte somit wohl eindeutig auf privatem Geschäftsinteresse. Auch der Zeitpunkt seines

Ansinnens war nicht unproblematisch. Berichteten die örtlichen Zeitungen doch seit etlichen Wochen regelmäßig von einem veritablen Krieg, den zwei verfeindete Gruppen von Donauinsel-Wirten gegeneinander und alle zusammen gegen den von der Stadtverwaltung eingesetzten Donauinselkoordinator, einem gewissen Senatsrat Bruno Gnam, ausfochten. Es ging dabei um Konzessionen und sonstige Bewilligungen sowie überhaupt um die Vormachtstellung auf diesem aussichtsreichen gastronomischen Entwicklungsgebiet. Die Kontrahenten warfen einander erbittert die Anwendung von Mafia-Methoden vor. Zumindest in dem Punkt behauptete wohl keine der beiden Seiten die Unwahrheit. War doch allgemein bekannt, daß insbesondere im Bereiche der Gastronomie der Übergang zwischen Geschäfts-, Halb- und Unterwelt fließend war.

Man konnte sicher sein, daß Streibl in diesem Krieg an führender Stelle mitmischte. Wenn es darum ging, etwas mehr Geld verdienen zu können, stand er nämlich stets in der ersten Reihe. Das war in den Hauptstädten der mehr oder minder benachbarten ehemaligen kommunistischen Staaten bei der Durchflutung aller Lebensbereiche mit marktwirtschaftlichen Prinzipien nicht anders gewesen. Auch in dem Fall hatte sich der Immobilienjäger umgehend zu großangelegten Beutezügen zwischen Moskau und Budapest, Warschau und Zagreb aufgemacht. Dem Vernehmen nach übertrafen die Mieteinnahmen, die er nun in jeder dieser Städte erzielte, längst seine im Wiener siebenten Bezirk erwirtschafteten Gewinne. Das wollte etwas bedeuten.

Das Angebot, Wanda zum Sommerurlaub auf sein Donauinsel-Anwesen zu holen, war somit eindeutig in Zusammenhang mit Streibls dortigen geschäftlichen Interessen – und das noch dazu vor dem Hintergrund des gegenwärtigen Donauinselkrieges – zu sehen. Das stimmte die konsultierten Grünen-Parteiführer überaus skeptisch. War aufgrund dieser Konstellation doch mit kritischen Presseberichten über die Verzahnung des politischen und des geschäftlichen Wirkens des Parteifreundes zu rechnen, die Schatten über die gesamte Partei werfen könnten.

Doch andererseits hatte jeder der Konsultierten schon den einen oder anderen kleinen Vorteil von Streibl empfangen. So einfach konnte man dessen Vorschlag somit nicht zurückweisen. Auch war zu berücksichtigen, daß das Krokodil-Findelkind eindeutig via Streibl zur Partei gekommen war – und er mithin ein besonderes Naheverhältnis zu Wanda geltend machen konnte.

Die letzten Zweifel zerstreute der Unternehmer, indem er ein Argument variierte, das er vordem bei jedem seiner Versuche, von den Grünen ins Parlament entsandt zu werden, aufgrund der Sturheit diverser Basiströmungen vergeblich vorgebracht hatte: »Meine Wahl wäre ein Beleg, daß es die uns nachgesagte Disharmonie mit der Wirtschaft nicht gibt.«

In diesem Fall nun lautete Streibls Formulierung: »Die zeitweilige Übertragung von Parteieigentum in privatwirtschaftliche Obhut wäre ein Beleg, daß wir es mit unternehmerischer Eigeninititiative ernst meinen!«

Das klang überzeugend und außerdem mußte über diese Frage nicht auf basisdemokratischer Ebene abgestimmt werden.

Also übersiedelte Wanda mit Beginn der Sommersaison in Streibls Ufergaststätte *Corrleone* auf die Donauinsel. Auch hier hatte sie auf Anhieb großen Erfolg. Der Publikumsandrang war enorm. Streibl konnte für die Konsumation an den dem Ufer nächstgelegenen Tischen erhöhte Sonderpreise verlangen lassen, und trotzdem herrschte stets ein Gedränge und Gezerre um diese besten Aussichtsplätze. Publikum aller Altersschichten starrte von dort aus gebannt auf das Wasser, um den Augenblick nicht zu versäumen, da das Krokodil wie ein Blitz auftauchen und nach einem Reiher oder dergleichen schnappen würde.

Der Wirt verdiente allein an diesen Ufertischen pro Tag so viel, wie ihm das gesamte Lokal pro Jahr an

Pachtschilling kostete. Diese Tatsache sprach für die geschäftsbelebende Wirkung von Wanda ebenso wie für das Verhandlungsgeschick, das Streibl bei der Festlegung der Jahrespacht seitens des magistratischen Donauinselkoordinators hatte walten lassen.

Trotzdem verschlechterte sich sein Verhältnis zu dem Senatsrat Gnam zusehends. Streibl wollte so rasch wie möglich die beiden an das *Corrleone* angrenzenden Gastwirtschaften dazupachten, um auf diese Weise mehr Auslauf für Wanda zu schaffen. Er ließ ein umfangreiches Dossier betreffend die absolute Unfähigkeit der gegenwärtigen Pächter dieser zwei Wirtshäuser anfertigen und ergänzend auflisten, welche großzügigen Investitionen in die Infrastruktur der nämlichen Lokalitäten er vorzunehmen gedenke. Auch tat er die Absicht kund, aufstrebende junge Unternehmertalente – nicht zuletzt solche, die den Reihen der im Rathaus regierenden gesellschaftlichen Kräfte entstammten – an der Geschäftsführung des neu zu schaffenden vereinigten Ufergaststättenkomplexes zu beteiligen. Diese Dokumente ließ Streibl begleitet von Unterstützungserklärungen namhafter Kommunalpolitiker jeglichen Lagers über ihm bestens bekannte Spitzenbeamte der Stadtverwaltung dem zuständigen Donauinselkoordinator zuleiten.

Doch der Senatsrat Gnam reagierte darauf mit einem wenig vielversprechenden Lokalaugenschein. Der Beamte monierte bei dieser Gelegenheit nicht nur die laut seiner schikanösen Auslegung mangelhafte Einhaltung bau- und feuerpolizeilicher Bestimmungen im *Corrleone,* sondern warf dazu die Frage der durch die einschlägigen Gesetze sicherheitstechnisch keineswegs gedeckte Haltung von Raubtieren in öffentlichen Gaststättenlokalitäten auf.

Das empfand Streibl als existenzgefährdenden Schlag unter die unternehmerische Gürtellinie. Doch er wahrte nach außen hin die Beherrschung und setzte nach zähen

Verhandlungen mit dem Senatsrat die Ansetzung eines gutachtlichen Verfahrens zur Klärung der Frage durch, ob im Falle dieses Krokodiles namens Wanda tatsächlich von einer Raubtierexistenz in dem vom Gesetzgeber intendierten Sinne die Rede sein könne. Streibl wußte: Ein solches Verfahren würde sich garantiert über Wochen oder gar Monate hinziehen – und damit war für ihn zumindest die laufende Saison gerettet. Andererseits konnte er aber bis dahin seine Übernahmepläne für die Nachbarlokale abschreiben. Das störte ihn außerordentlich.

Im Grunde seines Wesens war Paulus Streibl ein zutiefst konstruktiver Mensch. Also reagierte er auf die für ihn unerfreuliche Situation als erstes nicht mit einem aus dem Hinterhalt gestarteten Vergeltungsschlag gegen den Senatsrat, sondern mit einer Public Relations-Kampagne. Der als Politiker ebenso wie als Unternehmer weithin bekannte und geschätzte Senkrechtstarter lud in diesem Jahr zur Feier seines günstigerweise gerade bevorstehenden Geburtstages nicht auf die Dachterrasse seines Hauses am Siebensternplatz ein, sondern in das *Corrleone* auf die Donauinsel.

Die Einladungsliste war ein politisch-gesellschaftliches Gesamtkunstwerk. Auf ihr fanden sich die Namen aller bedeutenden Persönlichkeiten der Stadt aus allen für den Gastgeber relevanten Bereichen: Politiker, Journalisten, sonstige Sympathieträger und Meinungsbildner, als Abrundung prominente – oder zumindest in den Klatschspalten der örtlichen Zeitungen häufig genannte – Künstler und Sportler. Weiters Unternehmerkollegen des Geburtstagskindes und Vertreter der für dieses bedeutsamer Behörden. Um nicht den Eindruck zu erwecken, hier würde es sich um eine Bonzenversammlung handeln, wurden zur Abrundung auch sorgfältig ausgewählte Vertreter der grünen Parteibasis geladen.

Letzteres hauptsächlich auf Anregung von Walter Wurst hin, der unbedingt den verhaßten Robert Bauer unter den Gästen sehen wollte. Vielleicht, so hatte der Abgeordnete zu bedenken gegeben, könne man den Scheißbauer bei dieser Gelegenheit ja unauffällig in Wandas Revier locken ... Das wäre dann sozusagen die Krönung des Festes und dazu das sinnvollste Geburtstagsgeschenk, das man dem Gastgeber bieten könne.

Bis hin zur Vertreterin des Lesben- und Schwulenforums, die in Wiener Grünen-Kreisen neuerdings in einem nicht mehr zu vernachlässigenden Ausmaß an Einfluß gewonnen hatte, waren tatsächlich nahezu alle Eingeladenen erschienen. Zwar gab es unter den Gästen viele, die einander geflissentlich aus dem Weg gingen. Doch das war nicht weiter problematisch, denn das Areal des von Streibl gepachteten Lokals bot genug Auslauf. Somit wurden keinerlei Konflikte offenkundig, und die Vertreter der Nachrichtenmedien konnten unter Aufzählung der Namen Dutzender bekannter Persönlichkeiten von einem rundum gelungenen Fest berichten, das zu einer eindrucksvollen Würdigung der politischen ebenso wie der unternehmerischen Leistungen des Gastgebers geraten sei. Natürlich wurde der Ort des Geschehens werbewirksam gemeldet.

Streibl wußte: Diese Berichte würden ihren Eindruck auf den störrischen Donauinselkoordinator und andere Leute, die in strategisch bedeutsamen Positionen saßen, keineswegs verfehlen.

Bei dem ganzen Unternehmen hatte es nur einen einzigen Schönheitsfehler zu verbuchen gegeben: Robert Bauer war nicht erschienen. Die von Wurst umgehend veranlaßten Nachforschungen ergaben, daß der verhaßte Parteifreund just an diesem Tag an einer schweren Sommergrippe erkrankt war. Das mußte man ihm sozusagen aus Fügung höherer Gewalt durchgehen lassen.

Der Abgeordnete fand jedenfalls, der Scheißbauer habe sich eine neuerliche Chance verdient, und er wußte auch schon den Anlaß, ihm eine solche einzuräumen: Dank eines glücklichen Zufalls stand kurz nach dem

Geburtstag Streibls jener der Klubobfrau Beatrice Mijatovic an. Außerdem gab es deren Genesung vom Wanda-Biß zu feiern.

Natürlich hatte die Politikerin längst selbst die Absicht gehabt, aus diesen Anlässen ein eindrucksvolles Fest zu geben – dies jedoch im *Grünen Haus*. Das Argument, das Parteihauptquartier sei gewiß zu klein, um den zu erwartenden Gästeansturm fassen zu können, schmeichelte ihr hinreichend, um einer Verlegung in Streibls Gaststätte auf der Donauinsel zuzustimmen. Da der Pächter des Lokals versprach, in diesem Falle der Partei nur seine Selbstkosten zu verrechnen, sprachen alle rationalen Argumente für das Streibl-Angebot.

Dieses Mal wurde die Einladungsliste vornehmlich auf die Sektoren Politik und Massenmedien zugeschnitten und desweiteren das Kontingent der Parteimitglieder erheblich erweitert. Somit erschien es niemandem bemerkenswert, als sich Walter Wurst bei der Gastgeberin dafür verwandte, verdiente Funktionäre aus basisnahen Ebenen – wie beispielsweise Robert Bauer aus dem siebenten Bezirk – zu berücksichtigen.

Bei der Veranstaltung bildeten die außerhalb der Partei niemandem bekannten Basisfunktionäre freilich nur die Staffage. Die grüne Prominenz hingegen suchte emsig nach Gelegenheiten, um diskrete Hintergrundgespräche mit Medienvertretern zu führen. Die Reporter belagerten indes beharrlich die Gastgeberin. Sie wollten von der Klubobfrau noch unbekannte Details hinsichtlich ihrer weiteren politischen Pläne zu erfahren. Die Bildberichterstatter wiederum waren darauf versessen, die Rekonvaliszentin zusammen mit dem Krokodil abzubilden, von dem sie gebissen worden war.

In dem Punkt spielte Wanda freilich nicht mit. Sie hielt sich unter Wasser oder sonst irgendwo in ihrem Gehege verborgen und ließ sich ganz einfach nicht blikken. Einige Gäste fanden es daher angebracht, geschmacklos darüber zu blödeln, ob etwa dem Krokodil die Hand der Politikern nicht gemundet habe.

Doch nicht alle waren zu Scherzen aufgelegt. So etwa der Fotograf der Zeitung *Täglich alles,* dem von seinem Herausgeber die fristlose Entlassung für den Fall angekündigt worden war, daß er ohne Exklusivfoto von Mijatovic und Wanda zurückkomme. Den Tränen nahe, kniete der Mann am Rand des Krokodilgeheges und flehte das Vieh an, es möge doch endlich auftauchen. Als das alles nichts half, versuchte er aus purer Verzweiflung, über den Zaun zu klettern und sich selbst als Beute anzubieten, um Wanda auf diese Weise anzulokken.

Der Pressesprecher der Grünen konnte ihn im letzten Moment – und umständehalber unter Gewaltanwendung – von diesem selbstmörderischen Unternehmen abhalten. Die Szene wurde von allen anderen Kameraleuten und Fotografen begierig festgehalten. So wurden sie zumindest ein wenig für die nicht arrangierbaren Mijatovic-Wanda-Bilder entschädigt.

Keineswegs in Festlaune befand sich desweiteren der Abgeordnete Walter Wurst. Ihn nervte nicht nur der hysterische Zirkus, den die Zeitungsfritzen und Fernsehfuzzies um die in seinen Augen allenfalls mittelmäßige Klubobfrau veranstalteten, der von den Imageberatern für diesen Anlaß eigens ein neues Styling verpaßt worden war. Sie trat an diesem Abend mit einer dynamisch wirkenden Kurzhaarfrisur auf und trug den Stumpf der abgebissenen rechten Hand in einem Boxhandschuh verborgen.

Solche ärgerliche Einlagen seitens der Frau hatte Wurst ja schon desöfteren beobachten müssen. Viel mehr noch als dieses Theater machte ihn die neuerliche Abwesenheit des Scheißbauer wütend. Nachdem sich der Abgeordnete die längste Zeit vergeblich nach dem verfluchten Kerl umgesehen hatte, begann er diverse Parteifreunde über den Verbleib des Gesuchten zu befragen. Vorerst stieß Wurst auf niemanden, der ihm eine brauchbare Auskunft geben konnte.

Endlich fand er einen gleichfalls im siebenten Hieb tätigen Bezirksrat, der sich im Bilde zeigte: »Wos, den Bauerrobert suchst? I glaub ned, daß der kommt. I hab eahm nämlich auf dem Weg daher in der Straßenbahn 'troffen – z'ammen mit seiner Oiden. De zwa san in die Lobau umi – zan zelt'ln. De verbringen nämlich schon seit Jahrzehnten im Sommer a jedes Wochenende in da Lobau drüben, wenn si des irgendwie einrichten laßt. Immer mit'n Zelt. Sei Oide hod scho im Taschl die Schnitzl für morgen und im Einmachglasl den Erdäpfelsalat mitg'habt. Also wird der wohl ned daher kommen. Du waßt ja eh, wie er is, der Robert: Der mag diese ganzen Schickimickiauftrieb ned ...«

Mehr mußte Walter Wurst nicht hören. Ihm war auf der Stelle klar, was nun zu tun sei. Heute nacht oder nie, schoß es ihm durch den Kopf. Er machte sich sofort auf, um Streibl zu suchen, und flüsterte diesem aufgeregt ins Ohr, er solle umgehend den teilzeitbeschäftigten Tierpfleger herbeizitieren, da man nach dem Ende des Festes noch eine kleine Exkursion mit dem Krokodil unternehmen müsse.

Streibl starrte seinen Partner zuerst ungläubig an. Er konnte sich keinen Reim auf dessen Vorhaben machen. Da es aber im Moment unmöglich war, die Angelegenheit zu diskutieren, ließ er tatsächlich den Tierpfleger verständigen.

Der mußte etliche Zeit warten, bis er in Aktion treten konnte. Die letzten Gäste verließen das Fest nämlich erst kurz vor Morgengrauen. Als der Zeitpunkt endlich gekommen war, instruierte der inzwischen von Wurst ins Bild gesetzte Streibl den Tierpfleger: »Kommen's, kitzeln's mir des Krokodil gach da außer und tun's es hinten in meinen Lieferwagen hinein. Wir machen mit dem Viech jetzt nämlich noch einen kleinen Ausflug.«

»Hörn's, Chef, i halt des für unverantwortlich«, wollte der professionelle Wanda-Betreuer dieses Ansinnen abschmettern. »Des Tier is von dem ganzen Wirbel, der da heut war, eh schon total fertig mit die Nerven. Deswegen hat's sich ja auch versteckt. Des braucht jetzt a Rua, damit's sich erholen kann ...«

»Gusch, Oberg'scheiter!« wies ihn Streibl barsch zurecht. »Da passiert, was i sag! Verstanden?«

Wurst war der Meinung, kalmierend in Erscheinung treten zu sollen. »Ich weiß, Sie wollen nur das Beste für das Tier«, sprach er beruhigend auf den Tierpfleger ein, »aber Sie können mir glauben, i hab mich da ganz genau informiert und die neuesten wissenschaftlichen Erkenntnisse studiert. Ich hab ja gleich geahnt, was heute auf das arme Tier zukommen wird und mich deshalb vorbereitet. Also glauben's mir, das Krokodil braucht jetzt dringend ein bisserl Luftveränderung – oder besser gesagt: Wasserveränderung. Deshalb fahr ma mit ihm jetzt in die Lobau hinüber und suchen ihm ein schönes ruhiges Platzerl, wo's baden kann.«

»Mi laust der Aff!« verkündete der Tierpfleger kopfschüttelnd. Da er aber seinen für Tierpflegerverhältnisse überaus gut bezahlten Wanda-Job nicht verlieren wollte, lockte der Mann das Krokodil tatsächlich aus dessen Versteck hervor, indem er die Brunftschreie eines Pavians imitierte. Mit geübten Griffen gelang es ihm, Wanda eine Maulsperre anzulegen, sie zu fesseln und in den Laderaum des bereitstehenden Lieferwagens zu hieven. Streibl saß bereits am Steuer.

Der Weg hinüber zur Lobau war nicht weit. Es handelte sich bei diesem Ort um eine in den Donau-Auen gelegene Ansammlung von Teichen, die in Wien seinerzeit als die Riviera des Proletariats gegolten hatten. Insbesondere war die Lobau eine Hochburg der Arbeiter-Nudistenbewegung gewesen. Die gab es zwar in organisierter Form längst nicht mehr, doch innerhalb der Linken der Stadt lebte die Tradition fort, den größten der Teiche als Nacktbadestrand zu nützen. Besondere Naturfreunde campierten hier sogar am Wochenende.

Streibl lenkte den Lieferwagen im Schrittempo so nahe als möglich an das Ufer heran, an dem in einigem Abstand gleich mehrere Zelte aufgeschlagen waren. Er stellte den Motor ab und musterte das Gelände. Hinter einer der Planen schien sich jemand heftig zu bewegen. Zugleich war lautes Gestöhne und Gekeuche zu hören.

»Das is typisch für die alte Sau«, zischte Wurst seinem Partner zu. »I wett, das is er!«

»Los, kommen's, holen's das Viech heraus und lassen's es da zum Wasser gehen«, forderte Streibl den Tierpfleger auf. »Wir zwei warten derweil im Auto!«

»Hörn's, doch ned da! Mir scheint, da drinnen pudern grad zwei – das geht doch ned!« widersprach der Wanda-Betreuer.

»Er muß immer alles besser wissen«, erregte sich Wurst mit kaum verhaltenem Zorn.

Streibl wollte sich auf keine Debatten einlassen: »Können Sie net einmal einfach tun, was ma Ihnen anschafft?«

»Hörn's, Chef, des ged do ned – da wird grad gepudert!«

»Ja eben – deshalb! Das beruhigt ein Krokodil – haben's das net g'wußt? Da fühlt es sich dann wohl und wird ganz zahm!«

»Ka Schmäh?« Der Tierpfleger war so gut wie sprachlos.

»Bewegen's endlich Ihren bladen Oasch!« herrschte ihn Streibl an.

Auf diese klare Aufforderung hin stieg den Mann endlich aus.

Kurz darauf watschelte Wanda – vorerst scheinbar noch unschlüssig – über die Uferwiese. Doch bald nahm sie Kurs auf das Zelt, dessen Planen eben wieder heftig bebten. Das schien sie abzuschrecken. Das Krokodil drehte im letzten Moment jäh ab. Dabei versetzte es mit dem Schwanz dem Zelt einen heftigen Schlag.

Das schien den Zeltinsassen nicht verborgen geblieben zu sein. Im nächsten Augenblick kam ein hünenhafter nackter Mann – es handelte sich bei ihm keineswegs um den eher schmächtig gebauten Robert Bauer, das war gleich zu sehen – gefolgt von einer gleichfalls nackten Frau mit resoluten Bewegungen aus dem Zelt gekrochen.

»Welches Oaschloch ...!« riefen die beiden im Chor – doch dann verstummten sie beim Anblick des regungslos verharrenden Krokodiles für einige Atemzüge. Um gleich darauf markerschütternde Entsetzensschreie auszustoßen und in wilder Panik davonzulaufen.

Dieses Geschrei alarmierte die Insassen der benachbarten Zelte. Sie alle reagierten exakt gleich wie das von Wanda aus ihrem Tun gerissene Paar. Wenigstens zwei Dutzend nackte Leute flohen Hals über Kopf in Richtung Zufahrtstraße. Das Ehepaar Bauer befand sich augenscheinlich nicht unter ihnen.

»Mir scheint, das war ka gute Idee – aber bitte, i hab's ja gleich g'sagt«, wandte sich der Tierpfleger an den durch das Wagenfenster das Geschehen verfolgenden Streibl.

»Sie Trottl, jetzt fangen's des Viech doch endlich ein, bevor ein Unglück g'schieht!« brüllte Streibl, nachdem er die Fassung wiedererlangt hatte.

Doch da war es schon zu spät: Wanda war mit einem Mal nicht mehr zu sehen – wie vom Erdboden verschluckt.

»Ja suchen's doch, Sie Hirsch!« forderte Wurst den Tierpfleger auf. »Los! Hupfen's ins Wasser und tauchen's nach ihr! Wahrscheinlich is sie untergetaucht!«

Doch dazu war der Tierpfleger nicht zu bewegen. Er beharrte stur darauf, man müsse als erstes die Polizei verständigen. Wurst und Streibl blieb nichts anderes übrig, als dieser Empfehlung zu folgen.

Nachdem sie endlich eine Wachstube gefunden hatten, schickte Streibl seinen Partner Wurst vor – weil dieser ja mit der Immunität des Parlamentariers ausgestattet war. Der Abgeordnete, der sich von früher Jugend an als gewissermaßen natürlicher Feind der Polizei empfunden hatte und der als Politiker nie eine Gelegenheit ungenützt ließ, um Polizeibeamte jeglichen Ranges abzukanzeln, trat in diesem Fall nahezu unterwürfig auf. Weil ihm in der Eile nichts Besseres einfiel, sagte er ausnahmsweise die Wahrheit – oder eben nahezu: »Wissen's, Herr Inspektor, das Viecherl hat eine sehr unruhige Nacht gehabt, und deshalb haben wir es sozusagen in eine ruhige Gegend äußerln führen wollen – und dabei is es uns leider ausgekommen ...«

Diese Abgängigkeitsanzeige löste einen Großalarm aus. Die Polizei riegelte die Lobau umgehend weiträumig ab. An den aus dem Grund gesperrten Donaubrükken kam es bald zu erschütternden Szenen. Es war nämlich ein drückend heißer Sommersonntag, also strömten schon am frühen Vormittag Zehntausende Menschen den jenseits des Flußes gelegenen Badegebieten zu. Da man sie kurz vor dem Ziel anhielt, ohne dafür eine plausible Erklärung abzugeben – um keine Panik auszulösen, war vorderhand eine Nachrichtensperre hinsichtlich Wandas Verschwinden verhängt worden –, reagierten die Leute über die Maßen empört. Es wurde lauthals über die Polizei, die Stadtverwaltung, die Bundesregierung und den Staat in seiner Gesamtheit geschimpft.

Innerhalb des Absperrungsriegels wurde fieberhaft nach dem entkommenen Krokodil gesucht. Angehörige der Sondereinheit *Cobra,* die ursprünglich zum Zwecke der Terrorismusbekämpfung aufgestellt worden war, durchstreiften mit schußbereiter Waffe das unübersichtliche Gebiet, um ahnungslose Lobau-Besucher zu evakuieren und Wanda aufzustöbern. Da keine zweckdienlichere Schutzkleidung zur Verfügung stand, trugen sie dabei Stahlhelm und kugelsichere Weste. Dieser Umstand sollte einige Tage später vom Sicherheitssprecher der Grünen – es handelte sich bei ihm um den zuvor als Bildungssprecher tätig gewesenen oberösterreichischen Lehrer – in einer Presseerklärung heftig kritisiert werden.

Nach mehreren Stunden ergebnisloser Suche – im Polizeipräsidium war inzwischen ein Kristenstab zusammengetreten – fand man Wanda endlich friedlich schlafend im Hühnerstall eines einschichtig am nördlichen Rand der Lobau gelegenen kleinen Anwesens. Sie hatte sich offenkundig an den Hühnern gütlich getan und dann eine Siesta einzulegen beschlossen. Das Krokodil wurde, ohne Aufsehen zu erregen, in sein Refugium auf dem Gelände der Gaststätte *Corrleone* zurückgebracht.

Es war vorderhand niemand daran interessiert, den kleinen Zwischenfall an die große Glocke zu hängen. Wurst und Streibl war die Sache durchaus ein wenig peinlich. Seitens der Polizei und der anderen informierten Behörden wiederum zog man es vor, sich nach Möglichkeit nicht mit Politikern anzulegen, da man dabei meist den Kürzeren zog.

Der veröffentlichende Sektor der Öffentlichkeit erlangte von dem Vorfall erst einige Tage später Kenntnis – aufgrund eines Koordinationsfehlers: Nämlich durch die Presseerklärung des Grünen-Abgeordneten Rupert Simbrunner, in welcher dieser die unprofessionelle Ausrüstung der Polizei bei der Krokodilsuche engagiert kritisierte: »Wie die Tatsachen beweisen, kann ein Krokodil überall auf der Welt entkommen, weshalb man auch überall auf einen solchen Einsatz vorbereitet sein müßte. Es ist ein beispielloser Skandal, welche Blöße sich die Wiener Polizei in diesem Fall gegeben hat ...«

Der Politiker hatte auf dem Wege der trotz Geheimhaltung sofort kursierenden Gerüchte von der Wanda-Geschichte erfahren und die Gelegenheit für günstig gehalten, auf sich in seiner neuen Funktion als Sicherheitssprecher aufmerksam zu machen.

Der Grünen-Pressesprecher hatte alle Hände voll zu tun, um diese Kritik als Mißverständnis darzustellen und zurückzuziehen. Er rief jeden einzelnen Chefredakteur persönlich an und bat, die Angelegenheit zu vergessen, um nicht bei der Bevölkerung völlig grundlos Panik auszulösen. Ihm war durchaus klar, welche Wendung die gegen die Polizei gerichtete Polemik im vorliegenden Zusammenhang nehmen könnte. Womöglich käme jemand auf die Idee, nach den Ursachen der nicht gleich glücklich verlaufenen Krokodilsuche zu fragen. Die ganze Angelegenheit würde sich dann aller Voraussicht nach gegen die Grünen als die für Wanda politisch verantwortliche Partei kehren.

Noch jemand hatte auf dem Gerüchtewege von dem bedauerlichen Vorfall erfahren: der Donauinselkoordinator Senatsrat Bruno Gnam. Er sah nun die Gelegenheit gekommen, etwas gegen die Extravaganzen des Gaststättenpächters Paulus Streibl zu unternehmen, der ihm trotz der Verschaffung etlicher Vorteile immer wieder Schwierigkeiten bereitete. Also machte der Beamte seine bereits beim seinerzeitigen Lokalaugenschein im *Corrleone* geäußerten Einwände gegen die durch die einschlägigen Bestimmungen keineswegs gedeckte Raubtierhaltung in einem öffentlichen Gaststättenlokal aktenkundig. Dieses Dokument leitete der Senatsrat der magistratischen Gewerbeaufsichtsbehörde zu, von der es in Kopie zum Zwecke der Einholung einer Stellungnahme dem Gaststättenpächter zugeleitet wurde.

Paulus Streibl war alarmiert. Er wußte aus Erfahrung: Sobald ein solcher behördenübergreifender Akt vorlag, ließ sich die Sache nicht mehr so einfach auf informellem Wege – etwa indem man durch Interventionen höheren Orts für eine Innendienstversenkung des störrischen Beamten sorgte – aus der Welt schaffen. Also mußten nun wohl andere Saiten aufgezogen werden. Doch welche?

Streibl führte eine vertrauliche Unterredung mit seinem Gastwirtskollegen Peter Walkensteiner herbei, mit dem ihn eine Interessensübereinstimmung in dem seit Wochen schwelenden Krieg der Donauinsel-Wirte verband. Die beiden Männer hatten in dieser Auseinandersetzung die gleichen Feinde – bis hin zum Donauinselkoordinator. Derlei stiftete Freundschaft. Desweiteren war Walkensteiner ein Mann mit vielfältigen Erfahrungen. Schließlich war er als Gastronom nicht nur auf der Donauinsel engagiert, sondern betrieb in den unterschiedlichsten Gegenden von Wien eine stetig wachsende Kette von verschiedenartigsten Lokalen. Die Palette reichte von Cocktailbars und Discotheken bis hin zu Glückspieler-Treffs und Animier-Lokalen. Die letzteren waren Geschäftszweige, in denen Streibl vorderhand noch unerfahren war. Es hatte ihn immer schon gewundert, wie es möglich sei, für derartige Unternehmungen bei den nach außen hin ihre Seriosität hervorkehrenden Banken gewiß nicht unerhebliche Kredite locker zu machen. Denn zweifellos war das gesamte Walkensteiner-Imperium auf dem Kreditwege finanziert und somit sehr krisenanfällig. Der Mann mußte folglich über Techniken und Fähigkeiten verfügen, die Streibl in der eingetretenen Situation nur nützen konnten. Doch er wollte nicht mit der Tür ins Haus fallen, also sein Problem über einen Umweg zur Sprache bringen. Daher beschloß er, zuerst einmal das Thema Geld anzuschneiden. Auf diese Weise konnte man seiner Erfahrung nach ein unverkrampftes Klima schaffen.

»Sag, wie machst du das«, eröffnete er die Unterhaltung mit seinem Kollegen, »ständig les ich in der Zeitung von neuen Lokalen, die du grad aufgemacht hast – das muß doch einen Mördergulden kosten. Werfen deine Wirtshäuser tatsächlich so viel ab?«

Walkensteiner fühlte sich geschmeichelt. Immerhin war auch Streibl inzwischen in der Branche kein kleiner Fisch mehr. Dazu wußte man über seine exzellenten politischen Kontakte Bescheid. Also sprach es für die eigene Bedeutung, wenn man von so jemandem ratlos auf seine Erfolge angesprochen wurde.

»Jessas, was soll i sagen«, tat Walkensteiner leutselig kund, »was so eine Hütten abwirft, kannst dir ja denken. Das allein bringt einen nicht aus dem Schneider. Dafür muß man schon das Radl immer größer und schneller drehen – und das geht ned ohne Kredite.«

»Das hab i mir gedacht«, warf Streibl ein. »Wenn in der Zeitung von einer Lokaleröffnung bei dir berichtet wird, werden immer ein paar Bankdirektoren aufgezählt, die da anwesend waren. Da kann man sich natürlich denken, warum die dabei sind.«

»Eben – du weißt ja selbst, wie des geht: Wenn die Banken einmal genug ausgespuckt haben, geben's auch noch mehr her, damit das Werkl ned zusammenbricht.«

»Stimmt«, bestätigte Streibl, »das is im Immobiliengeschäft ganz gleich. Gut, i hab da meine Kontakte, damit einmal ein Anfang gemacht wird. Aber wie machst du das?«

»No, ganz einfach«, erklärte Walkensteiner und blähte sich dabei selbstgefällig auf – um im nächsten Moment stutzend innezuhalten. »Sag, mir scheint, du willst mich da aushorchen. Willst etwa gar selbst in den Zweig einsteigen? Du, i sag dir, des tät ich nicht ohne erfahrenen Partner machen! Ich mein, i könnt mir vorstellen, daß wir zwei uns da gut ergänzen könnten ...«

»Na, na, na, i hab da im Moment überhaupt keine Pläne«, wies Streibl den Verdacht zurück. »Ich mein, jetzt, wo du mich auf die Idee bringst, würd i natürlich niemals niemals sagen. Und wenn ich sowas machen tät, dann natürlich nur mit einem erfahrenen Partner, wie du einer wärst. Aber jetzt einmal geht's mir bei meiner Frage nur ganz allgemein darum, wie man sich Freunde fürs Leben schafft unter Leuten, mit denen man eigentlich sehr wenig gemeinsam hat.«

»I versteh ned, wie du des meinst?«

»Schau, i hab da grad wieder einmal einen Wickel mit dem Gnam vom Rathaus. Der hat mich in der Reißen, und i hab mir gedacht, es müßt ja auch eine elegante Art geben, um dem Menschen beizubringen, daß des ein Blödsinn is. Deshalb sind mir deine Bankdirektoren eing'fallen. Von denen braucht man auch immer wieder einmal was, und die sind ja vermutlich auch net immer die einfachsten Menschen.«

»Ah, dich hat der Gnam auch in der Reißen? Na, des ist typisch für den Rattler – mi nervt er nämlich schon die längste Zeit. Der glaubt, er kann sich aufpudeln, indem er uns gegeneinander ausspielt. Weil wenn ma den ein bißl direkter angeht, findet sich ja garantiert gleich ein Oaschloch von Konkurrent, der des ausnützen will und sich bei dem Schastrommler einweimperlt und zum Beispiel ausgerechnet meine Hütten von der Gemeinde pachten will. Weil uns Wirten nämlich die Einigkeit fehlt!«

Walkensteiner befand sich mit seiner Überlegung auf einer goldrichtigen Linie, konstatierte Streibl zufrieden: Es müßten sich mehrere Insel-Wirte zusammentun, um gemeinsam gegen den Koordinator-Kasperl vorzugehen. »Sieh'st, genau das hab i anregen wollen«, sagte der *Corrleone*-Chef. »Wir zwei san uns ja zum Beispiel schon einmal einig. Das is ein guter Anfang! Doch wie geht ma weiter vor?«

»Hörst, du machst mir Mut!« Walkensteiner schien ehrlich begeistert zu sein, endlich jemanden gefunden zu haben, der mit ihm gemeinsame Sache machen wollte: »Wenn wir zwei uns zusammentun, machen sicher auch noch andere mit. Und dann lad ma zuerst einmal alle zusammen den Gnam zu einer Aussprache vor. Dabei findet sich garantiert eine Gelegenheit, ihn in irgendwas einzuwickeln, aus dem er sich ned mehr so einfach auspacken kann. Du hast ganz recht, das könnt bei dem ganz gleich funktionieren, wie bei den Bankmenschen ...«

»Und wie funktioniert's bei denen?«

Walkensteiner blähte sich erneut auf und erklärte bedeutungsschwanger: »Hast du einen Mann erst bei den Eiern, dann folgen Herz und Verstand von selbst!«

»I versteh net?« Streibl verstand wirklich nicht.

»No, ganz einfach, was hält die Welt in Schwung: Hasen, Hasen, Hasen!«

»Hasen? Du meinst Weiber?«

»Natürlich! Schau, bei den Bankenhawerern mach i des immer so: I sag ihnen zuerst, daß es in meiner neuen Hütten ausgesuchte Hasen geben wird, weil das belebt das Geschäft. Und i sag ihnen, daß sie doch einmal als mein Gast vorbeikommen sollen, um sich das anzuschauen, wie gut das funktioniert, weil meine Hasen die ausgesuchtesten überhaupt san. No, also finden's gleich viel leichter zur Überzeugung, daß man sich bei meinem neuen Projekt mit einem Kredit beteiligen sollte. Und dann kommen's natürlich auch immer – um sich vom guten Geschäftsgang zu überzeugen. Und mit der Zeit ist man so verhawert miteinander, daß die sich das genau überlegen, ob's auf eine blöde Idee kommen sollten. So irgendwie könnt ma das ja auch mit dem Gnam machen ...«

»Hörst, du bist ein Genie!« Streibl war hingerissen. Auf eine solche Idee wäre er selbst tatsächlich nie gekommen. Das lag nicht zuletzt an seinem ziemlich unspektakulären Zugang zur Frauenfrage. In dem Punkt war er hauptsächlich von den im sozialdemokratischen Kleine-Leute-Milieu vorherrschenden puritanischen Sitten geprägt worden. Sein Konflikt mit der Parteiführung der burgenländischen SPÖ war nicht zuletzt in der allgemein bekannten Praxis der Häuptlinge begründet gewesen, politische Entscheidungen im Rahmen süffiger Gelage mit anschließendem unzüchtigen Damenprogramm zu treffen.

Auch in der Hinsicht hatte sich Streibl bei den Grünen besser aufgehoben gefühlt. Da traf er überwiegend auf Leute, denen man gleichfalls kein donnerndes Sexualleben nachsagen konnte. Dies schon deshalb, weil sie viel zu sehr mit der Rettung Österreichs und der Welt – in dieser Reihenfolge – beschäftigt waren, um privat auffällig werden zu können. Letzteres galt beispielsweise für Streibls Partner Walter Wurst. Von dem behaupteten zwar manche ehemalige Weggefährten aus dem Verband sozialistischer Studenten, er habe sie seinerzeit häufig dazu animieren wollen, ihn beim Besuch einer Porno-Show im Prater zu begleiten. Doch das lag lange zurück. Die einzige nennenswerte Aussage zu diesem Thema, die Streibl von seinem intimsten Parteifreund jemals gehört hatte, war während einer gemeinsamen Autofahrt zu einer Parteiveranstaltung nach Linz erfolgt. Wurst hatte irgendwo auf der Westautobahn unvermittelt und ohne erkennbarem Anlaß plötzlich festgestellt: »Es gibt nix Komischeres, als wenn eine Feministin die G'schicht hat.« Er verwendete dabei den volkstümlichen Ausdruck für Monatsblutung.

Streibl hatte darauf indigniert und verwirrt geschwiegen. Kehrte Walter Wurst doch ansonsten stets die vorzüglichen Kontakte hervor, die er zu feministischen Kreisen unterhalte, deren Anliegen ihm in politischer Hinsicht »ganz wichtig« seien. Doch diesen kleinen Widerspruch hatte Streibl nicht weiter dramatisch empfunden. Auch unnachsichtige Verfechter der reinen Lehre nahmen mitunter menschliche Züge an.

Was hingegen Walkensteiners Anregung betraf, in der Gnam-Frage *Hasen* einzusetzen, war Streibl zweierlei gleich klar: Erstens ließ sich jede Idee noch verbessern, und zweitens würde der Wirtskollege diese Angelegenheit in die Hand nehmen müssen. Der Unternehmerpolitiker fühlte sich in dem Punkt nicht ausreichend kompetent: »Und du kennst solche Weiber, die tun, was man ihnen anschafft, und nachher net blöd herumreden?«

»Klar!« bestätigte Walkensteiner. »Des gehört gewissermaßen zu meinem Unternehmenskapital.«

Er hatte nicht übertrieben. An einem der folgenden Abende hing an der Eingangstür des *Corrleone* ein Schild mit der Aufschrift *Geschlossene Gesellschaft*. Eine von Streibl und Walkensteiner ausgesuchte Schar von Donauinsel-Wirten traf sich zu einem geselligen Arbeitsessen mit dem Donauinselkoordinator. Der hatte die an ihm ergangene Einladung zwar vorerst ablehnen und antworten wollen, er stehe für dienstliche Kontakte nur während der Amtsstunden in seiner Kanzlei zu Verfügung. Dann war es ihm aber doch günstiger erschienen, das ohnedies schon gereizte Klima durch eine solche Absage nicht weiter zu belasten. Allerdings war er auf harte Auseinandersetzungen gefaßt.

Doch nichts dergleichen geschah. Streibl hielt in seiner Eigenschaft als Gastgeber eine kleine Rede, in der er die Verdienste des Senatsrats würdigte. Die Meinungsverschiedenheiten, zu denen es mitunter leider gekommen sei, beruhten gewißt nur auf bedauerlichen Mißverständnissen. Und um solche künftig zu vermeiden, sollte man die Kontakte abseits des Dienstweges kräftig intensivieren. Aus dem Grund habe man sich hier und heute getroffen ...

Die anwesenden Gasthauspächter applaudierten heftig, und der Senatsrat nickte erleichtert. Als kurz darauf eine riesige Torte an die Tafel gebracht wurde, erinnerte er sich gleichwohl spontan an Gangsterfilme, in denen aus einem solchen Torten-Turm plötzlich ein Scharfschütze auftauchte. Doch diese Sorge erwies sich als unbegründet.

Schon bald floß der Sekt in Strömen, und nach einiger Zeit stießen die von Walkensteiner organisierten Damen zur Gesellschaft: »Genug für alle!«, wie der Mann zutreffend versprochen hatte. Demzufolge löste sich die Versammlung in ungeniert ihren Trieben freien Lauf lassende Zweierblöcke auf. Ein Paar nach dem anderen zog sich zur Finalisierung der Angelegenheit zurück, und mit einem Mal saß der Donauinselkoordinator mit der Blondine, die sich an seine Seite gesellt hatte, allein am Tisch.

Es war eine heiße Sommernacht, und dem schon etwas illuminierten Senatsrat erschien es somit natürlich, als ihn die Frau Nachbarin nach ausgiebigem Geknutsche einlud: »Komm, Schatzi, gemma nackibadi!«

Er blickte unschlüssig um sich. Doch da waren keine Zeugen zu sehen. Alle anderen waren inzwischen vermutlich schon einen Schritt weiter. Also beschloß Gnam, sich einen kurzen Ausbruch aus seinem höhepunktlosen Beamtenleben zu gönnen.

»Gnädigste, warum nicht!« rief er aufgekratzt und schritt entschlossen voran. Seiner Kleidung entledigte er sich allerdings erst an der in Dunkelheit gehüllten Uferböschung. Trotz der Finsternis drängte es ihn, seine Nacktheit von den Fluten verbergen zu lassen. Er sprang behende die Böschung hinab und hechtete – dabei einen Jodler ausstoßend – ins Wasser.

Dies sei der letzte Laut gewesen, den sie von diesem Herrn gehört habe, gab die Dame später zu Protokoll. Sie habe sich nämlich ein wenig geniert, dem Drängen des Senatsrates nachzugeben, und sei daher dessen Aufforderung, nackt im Fluß zu schwimmen, nur sehr zögerlich nachgekommen. Er hingegen sei nicht zu halten gewesen und in der von ihm an den Tag gelegten Eile geradewegs in das eigenartigerweise plötzlich nicht mehr umzäunte Krokodilgehege gesprungen ...

Mit Walkensteiners Hilfe konnte sie von Streibl rasch davon überzeugt werden, in dem Punkt wohl einem Irrtum zum Opfer gefallen zu sein. Dank seiner guten Verbindungen gelang es dem *Corrleone*-Wirt, die zuständigen amtlichen Stellen für die Version zu gewinnen, es liege ein bedauerlicher Unglücksfall vor: Offenkundig habe der Inselkoordinator bei seinem Sprung ins Wasser eine Herzattacke oder derlei erlitten und sei ertrunken. Die Leiche schien wohl abgetrieben worden zu sein. Sie blieb jedenfalls verschwunden.

V

Robert Bauer hatte nach und nach genug Gerüchte aufgeschnappt, um sich zusammenreimen zu können, warum die Polizei an dem bewußten Sonntag morgen schwerbewaffnet in der Lobau aufgekreuzt war. Er kannte keineswegs die volle Wahrheit, doch was er wußte, ließ ihn vor Wut kochen.

Der für die Medienöffentlichkeit namenlose Bezirksfunktionär der Grünen hatte sein Zelt an diesem Wochenende wie stets weitab von allen anderen und verborgen von dichtem Unterholz am Ufer eines kleinen Tümpels aufgeschlagen. Viele der regelmäßigen Lobau-

Besucher kannte er von seinen mannigfaltigen politischen Aktivitäten her. Es reichte ihm vollauf, ihnen unter der Woche bei irgendwelchen Sitzungen, Versammlungen oder Demonstrationen zu begegnen. Am Wochenende wollte er seine Ruhe haben und sich ungestört mit seiner Frau unterhalten können.

Mit der war er seit inzwischen schon über dreißig Jahren verheiratet. Das konnte in dem politischen Milieu, in dem er sich bewegte, als weithin einsamer Rekord gelten. In diesen Kreisen wurde die Menschheit so sehr geliebt, daß man häufig vergaß, mit den Leuten seiner nächsten Umgebung rücksichtsvoll zu verkehren. Da existierten Begriffe wie *Beziehungsarbeit leisten* oder *partnerschaftlicher Rechte- und Lastenausgleich*. Doch im alltäglichen Umgang herrschten überwiegend nackter Egoismus und gedankenlose Rücksichtslosigkeit vor. Also standen Streit und Trennungen auf der Tagesordnung.

Robert Bauer hingegen war seiner Lebensgefährtin – der Tochter eines Eisenbahners, die er an ihrem Arbeitsplatz als Verkäuferin eines Warenhauses kennengelernt hatte – seit jeher mit jenem Respekt begegnet, den er von anderen sich gegenüber für wünschenswert hielt. Dazu hatte es keiner konkreten Vorsätze oder Vereinbarungen bedurft. Diese Haltung entsprach ganz einfach dem natürlichen Wesen dieses Mannes, der seiner losen und mitunter rüden Reden wegen von vielen für ein ewiger Krawallbruder gehalten wurde. In der Tat steckte hinter der rauhen Schale ein sensibler Kern. Dazu verfügte er über ein ausgeprägtes Gerechtigkeitsempfinden, das ihn auch in alltäglichen Angelegenheiten davor abhielt, anderen etwas zuzumuten, was er sich selbst nicht antun lassen wollte.

Bauer war in allem ein Mann der nächstliegenden Tat und nicht der hochfliegenden großen Worte. Für ihn hatte es schon als selbstverständlich gegolten, einen angemessenen Teil der Hausarbeit zu übernehmen, bevor dies noch in feministischen Manifesten gefordert wurde. Dabei war es gelegentlich zu skurilen Einlagen gekommen, die in seiner sporadischen Zerstreutheit begründet lagen. So hatte ihm eines Morgens seine Frau den Plastiksack mit den Küchenabfällen in die Hand gedrückt, damit er diesen auf dem Weg zur Arbeit in den vor dem Haustor abgestellten Müllcontainer werfe. Gedankenverloren war er die Treppen hinabgestapft, am Container vorbei zur Straßenbahn-Haltestelle geschlendert und quer durch die Stadt zu seinem Arbeitsplatz gefahren. Erst da hatte er sich des Abfallsakkes besonnen, den er noch immer in der Hand hielt. Doch er war weiterhin zu sehr mit seinen Gedanken beschäftigt gewesen, um ihn hier in den nächstbesten Container zu werfen. Also hatte er sich abermals in die Straßenbahn gesetzt, um zu seinem Wohnhaus zurückzukehren und den Müll dort einzuwerfen.

Erst in dem Moment war ihm die Absurdität seiner Handlungsweise bewußt geworden, und er hatte über sich selbst lauthals zu lachen begonnen sowie diese Anekdote noch über Jahre bei jeder Gelegenheit erzählt. Robert Bauer unterschied sich nämlich auch durch seinen nie versiegenden Humor von vielen in seiner politischen Umgebung. Es störte ihn nicht, wenn eine Pointe auf seine Kosten ging, solange sie ausreichend komisch war. Er neigte eben nicht dazu, von der eigenen Bedeutung derart ergriffen zu sein, um nicht über sich selbst lachen zu können.

Das hatte ihn bei seiner beruflichen ebenso wie bei seiner politischen Tätigkeit häufig vor nachhaltiger Verbitterung bewahrt. Er war nämlich in beiden Sektoren viel herumgekommen und hatte dabei viele Schläge einstecken müssen. Als Sohn eines von den Nazis in den letzten Kriegstagen umgebrachten Widerstandskämpfers war er schon in seiner Kindheit zum Außenseiter gestempelt worden. Umständehalber hatte er seit jeher zu materieller Bedürfnislosigkeit ebenso geneigt, wie zu einem unbezähmbaren Rebellentum gegenüber allen selbstgerechten Autoritäten. Das war nebst der Mittellosigkeit seiner Mutter dafür ausschlaggebend gewesen, daß er nie ein Studium hatte absolvieren können und gleich nach den Pflichtschuljahren ins Arbeitsleben eigetreten war. Er hatte eine Taschner-Lehre begonnen, doch diese nach einem Streit mit dem Chef – einem latenten Nazi – vorzeitig abgebrochen. Als nächstes war er als Zwicker in einer Schuhfabrik tätig gewesen und dort in den Betriebsrat gewählt worden.

Damit hatte Robert Bauers politische Laufbahn begonnen. Er war in das Jugendsekretariat des Gewerkschaftsbundes berufen worden – und schon bald in regelmäßigen Streit mit den notorischen Bedenkenträgern geraten, die beim ÖGB unter den leitenden Funktionären vorherrschten. Auch war ihm der enge Rahmen der traditionellen Gewerkschaftsarbeit rasch zu eng geworden. Robert Bauer hatte sich schon damals zu jeder Front hingezogen gefühlt, an der gestritten wurde. Egal, ob es um Provokationen seitens unverbesserlicher Nazis, den Vietnamkrieg der USA, die Schaffung selbstverwalteter Kulturzentren auf dem Wege von Gebäudebesetzungen oder aber die Rechte der nationalen Minderheiten des Staates ging. Robert Bauer war bei solchen Anlässen immer gleich auf den Barrikaden anzutreffen gewesen – doch das nie als Abgesandter irgendwelcher Parteien oder Sekten, die sich im Besitz der umfassenden Wahrheit wähnten.

Im Gegenteil – mit diesen Leuten, die ihn abschätzig einen *Sponti* nannten, stritt er sich seit jeher. In seinen Augen waren diese Sektierer im Grunde alle gleich. Egal, wen sie vertraten – *Kommunistische Partei, Kommunistischer Bund, Gruppe revolutionärer Marxisten, Internationale kommunistische Liga* und was es da ansonsten noch alles an *Stärkste der Parteien* gegeben hatte: Die Maulhelden der Weltrevolution erschienen ihm als kleinkarierte Spießer, die aus purer Angst vor unangenehmen Einsichten weder Zweifel noch Fragen kannten, doch stets endgültige Antworten in ihren Aktentaschen mit sich herumtrugen. Und die knallten sie sich gegenseitig andauernd mit haarspalterischem Eifer um die Ohren. Vor jeder noch so kleinen Demonstration vergingen nächtelange Vorbereitungssitzungen mit erbitterten Auseinandersetzungen der diversen Sekten-Häuptlinge über weltbewegende Details wie etwa die Frage, wer auf der Abschlußkundgebung wie lange sprechen dürfe und welcher Aussagen er sich dabei zu enthalten habe, um nicht der lebenslänglichen Ächtung seitens des revolutionären Weltgewissens oder zumindest der Verbannung aus dem nächsten Demonstrationsvorbereitungsausschuß anheimzufallen.

Robert Bauer hatte bald einsehen müssen, daß es den Überbauräten gar nicht so sehr um die Rechte der nationalen Minderheiten, der Schaffung eines Kulturzentrums – oder was eben ansonsten gerade auf der Demonstrations-Tagesordnung stand – ging. Die wollten in erster Linie Aufmerksamkeit für ihre jeweilige Sekte finden. Wenn sie die Macht dazu gehabt hätten, wären von ihnen wohl alle politischen Konkurrenten verboten und deportiert worden.

Auf diese Weise hatte sich die ohnedies ziemlich bedeutungslose außerparlamentarische Linke des Landes in vollständige Agonie manövriert.

Robert Bauer hatte sich durchaus schon damals mitunter gefragt, warum eigentlich er mit solchen Leuten gemeinsame Sache mache. Und sich vorderhand mit der Antwort begnügt, ihm gehe es um die Sache – dafür müsse man eben jeglichen Mitstreiter in Kauf nehmen. Tatsächlich war alles wohl etwas vielschichtiger gewesen, wie er später erkannte. Bei allem Hang zum Einzelkämpfer hatte er letztendlich doch irgendwo dazugehören wollen – zwar nicht zu einer bestimmten Partei oder Sekte, doch zur *Linken* in ihrer Gesamtheit. Das war er sich zumindest aus Abscheu gegenüber der kleinbürgerlichen Gesellschaft schuldig gewesen, deren Niedertracht ihm schon als Kind nicht verborgen geblieben war. Alle die duckmäuserischen Anpassler und vormaligen Nazi-Mitläufer hatten ihre Nachkommenschaft von ihm fernzuhalten getrachtet: *Des Zigeunerkind* war der inzwischen kahl und grau gewordene Robert Bauer seines dichten schwarzen Haarschopfes und seiner dunklen Augen wegen damals von den Nachbarn genannt worden. Und wenn sie vom Schicksal seines Vaters erfuhren, tuschelten sie über *den Verräta-Buam.*

Solche Ausgrenzungen hatte es in der linken Szene nie gegeben. Da war man höchstens klammheimlich neidisch auf jemanden, der tatsächlich den *Großen Proletariernachweis* erbringen konnte und zu allem Überfluß seine lupenreine antifaschistische Herkunft zu beweisen in der Lage war. Schließlich handelte es sich bei den Wortführern überwiegend um exakt jene Kleinbürger-Sprößlinge, denen seinerzeit unter Androhung von Hausarrest verboten worden war, mit Kindern wie Robert Bauer zu spielen. Sie hatten mit ihren Eltern zwar in politischer Hinsicht radikal gebrochen, deren Spießer-Mentalität aber keineswegs abgelegt.

Wenn er rückhaltlos ehrlich sein wollte, mußte sich Bauer später eingestehen, wie stark er aus beiden Gründen mit diesen Leuten verflochten war. Einserseits standen sie – zumindest dem deklarierten Anspruch nach – politisch mit ihm auf derselben Seite. Andererseits bereitete es ihm eine nahezu masochistische Lust, nun doch noch als ihr Spielkamerad – *Genosse* genannt – agieren zu können. Rückblickend gesehen war alle linksradikale Revolutionsmeierei ja eine ziemliche Kinderei gewesen. Oder der Versuch, das Erwachsenwerden zumindest auf politischer Ebene hinauszuzögern.

Bei diesem Spiel wiederum konnte Bauer häufig beweisen, daß er trotz schlechterer Startchancen listiger und trickreicher, vor allem aber tatkräftiger war als die behütet aufgewachsenen Bürgerkinder. Immer wieder gelang es ihm, deren in ausgedehnten Geheimkonferenzen ihrer jeweiligen Sekte ausgetüftelten Strategien zu durchkreuzen, indem er auf Vollversammlungen durch spontane Manöver die angestrebte Beschlußlage auf den Kopf stellte sowie die selbsternannten Sekten-Häuptlinge dem Spott und Hohn aller nicht restlos auf sie eingeschworenen Anwesenden preisgab. Dafür wurde er von den Überbauräten gehaßt, doch seines unbestreitbaren Unterhaltungswertes wegen zu einer gleichwohl in der Szene weithin populären Figur.

Letztendlich funktionierte das Zusammenwirken wie bei einem alten Ehepaar, bei dem ursprüngliche Gemeinsamkeiten längst von gegenseitigem Haß überwuchert wurden – doch das aus purer Gewohnheit nicht mehr voneinander lassen kann. Die linke Szene war zu allem Überfluß ja auch viel zu klein und überschaubar, um einander dauerhaft aus dem Weg gehen zu können. Was immer da entstand – von der Anti-Atomkraft- bis hin zu Friedensbewegung: Im inneren Zirkel trafen stets dieselben Leute aufeinander. Da gab es ganz einfach kein Entrinnen, sofern man sich nicht gänzlich von aller Politisiererei zurückziehen wollte. Und das wiederum kam Robert Bauer nicht in den Sinn. Ohne dabei persönliche Ambitionen zu entwickeln, war die Politik seine größte Leidenschaft. Und sie war für ihn gewiß auch ein Ersatz für fehlende berufliche Herausforderungen.

Da er in diesem Bereich mangels der für einen qualifizierten Job erforderlichen Zeugnisse ohnedies nur beschränkte Möglichkeiten besaß, fehlte es ihm an Karriere-Ehrgeiz. Zwar hätte er in der ÖGB-Bürokratie bei guter Führung durchaus aufsteigen können. Doch dieser Preis war ihm angesichts der dort herrschenden Umstände zu hoch. Also galt er als Unbequemer, den man lieber heute als morgen losgeworden wäre.

Dazu kam es dann im Gefolge einer persönlichen Krise. Als die linke Szene, in der er sich bis dahin entfaltet hatte, gänzlich marginalisiert und weithin in Agonie versunken war, begann Robert Bauer mit einem Mal, dem Alkohol kräftiger zuzusprechen, als ihm das guttat. Es dauerte nicht lange, bis es eine reine Definitionsfrage war, ob man ihn einen Trinker oder aber einen Alkoholiker zu nennen habe. Jedenfalls griff er schon mittags zur Flasche, erledigte die ihn im ÖGB zugewiesenen minderen Aufgaben nur noch schlampig oder gar nicht und blieb immer öfter seinem Arbeitsplatz fern.

Zwar war Alkoholismus auch in der Gewerkschaftszentrale keineswegs ein fremdes Phänomen. Es gab da viele Frustrierte, die im Suff einen Ausweg suchten. Doch wer einmal beim ÖGB angestellt war, konnte nicht so einfach vor die Tür gesetzt werden. Im Fall von Robert Bauer reichte indes der Hinweis seines Chefs aus, wonach eine denkender Arbeiter nicht trinke und ein trinkender Arbeiter nicht denke, um den Angestellten zur Kündigung zu bewegen.

Er arbeitete in der Folge als Kellner, Nachtportier, Versicherungsvertreter, Lagerarbeiter und Bürobote – allerdings in jeder dieser Stellungen nur kurze Zeit. Im Suff suchte er ständig Streit und wurde daher überall bald wieder vor die Tür gesetzt. Irgendwann konnte er sich der Tatsache nicht mehr verschließen, ganz unten angelangt zu sein. Es gab nur noch einen Menschen, der rückhaltlos zu ihm stand. Nämlich seine Frau, die längst als Aufräumerin arbeitete, um wenigstens die Miete für die gemeinsame Wohnung verdienen zu können. Ihr gelang es endlich, Bauer zu einer Entziehungskur zu bewegen. Als er die hinter sich gebracht hatte, verschaffte sie ihm über sozialdemokratische Beamte, die ihren Mann von lange zurückliegenden politischen Aktivitäten her kannten, eine Anstellung in der Gemeindeverwaltung. Robert Bauer wurde Sozialarbeiter. Konkret hatte er sich als Bewährungshelfer um eben aus der Haft entlassene straffällige Jugendliche zu kümmern.

Dieser Job war für ihn selbst die beste Bewährungshilfe. Hatte er doch endlich einen Beruf, in dem er einen Sinn sah. Und er hatte Erfolg, denn Robert Bauer war exakt der Typ, der mit diesen schwierigen Burschen richtig umgehen konnte. Er sprach seiner Herkunft wegen ihre Sprache und wußte sich trotz seiner kleinen, schmächtigen Gestalt stets auf Anhieb den nötigen Respekt zu verschaffen. Ein kleiner Schraubstock-Händedruck reichte meist aus, um für klare Verhältnisse zu sorgen. Und wenn Robert Bauer jemanden mit einem eindringlichen Blick aus seinen auffallend dunklen Augen fixierte, so verfehlte das selten die erwünschte Wirkung. Kurzum, die jugendlichen Strizzis respektierten ihn und hörten auf ihn. Im Gegenzug pflegte er ihnen gegenüber die Dinge nie zu eng zu sehen. Er deckte stillschweigend so manche kleinere Verfehlung, um die Burschen vor ärgeren Rückfällen zu bewahren.

Zu Robert Bauers großer Überraschung wurden seine Erfolge von der zuständigen Rathaus-Behörde sogar zur Kenntnis genommen und anerkannt. Jedenfalls verschaffte man ihm eine günstige Wohnung im siebenten Bezirk, der im Zentrum des ihm zugewiesenen Arbeits-Rayons lag.

Solcherart wieder ins Gleichgewicht gelangt, sah sich Robert Bauer nach neuen politischen Betätigungsmöglichkeiten um. Das war just zu jener Zeit, als sich die grün-alternative Bewegung auch in Österreich zu formieren begann. Also wurde er da aktiv.

Das war nicht gänzlich überraschend. Ohne allen missionarischen Eifer und ohne daraus einen Kult zu machen, war das Ehepaar Bauer schließlich schon immer der Natur zugewandt gewesen. Jedenfalls waren sie beide seit dem Beginn ihrer Bekanntschaft passionierte Lobau-Besucher. Im Frühjahr und Herbst hingegen waren sie nach Möglichkeit an jedem Wochenende zu ausgedehnten Wanderungen ins Waldviertel oder ins Burgenland aufgebrochen. Obwohl er im Grunde ein leidenschaftlicher Stadtmensch war, hatte Robert Bauer jedenfalls schon eine Sensibilität für Umweltprobleme besessen, bevor dies noch modern und politisch karriereversprechend war.

Trotzdem dauerte es einige Zeit, bis er einen Zugang zu seinen neuen politischen Gefährten fand. Bei diesen handelte es sich insbesondere anfangs um eine eigenartige Mischung von sittlich strengen Weltverbesserern, sich ständig – und das wohl nicht immer aus fremdem

Verschulden – zurückgesetzt fühlenden Außenseitern, pfiffigen Konjunkturrittern, ewig beleidigten Querulanten und Trittbrettfahrern aller Art. Sie besaßen fast durchwegs keinerlei politische Erfahrungen, sprühten vielfach vor missionarischer Ignoranz oder waren von erschütternder Naivität – doch klammheimlich sahen sich die meisten bereits als künftige Abgeordnete im Parlament sitzen. Wo sonst schließlich konnte man öffentlich alles das sagen, was man immer schon hatte vorbringen wollen – und dafür wurde man auch noch fürstlich bezahlt. Dieser Aspekt war selbst den Naivsten nicht verborgen geblieben.

Es gab schließlich bereits Vorbilder und Beispiele: Die Grünen in der BRD, die gleichfalls aus den Nichts gekommen waren und inzwischen in etlichen Abgeordnetenhäusern vertreten waren, ja da und dort sogar schon vor der Übernahme von Regierungsämtern standen.

Solche Entwicklungen passieren in Österreich seit jeher und auf allen Gebieten später. Hier pflegt man in nahezu jedem Sektor mit entsprechender Verzögerung deutsche Prozesse zu kopieren. Im vorliegenden Fall schien das sogar erfolgversprechend zu sein. Es bestand augenscheinlich auch in diesem Land ein Bedarf nach einer Alternative zu den etablierten politischen Parteien, der ausreichend stark war, um sogar einer in vielfältige interne Widersprüche verstrickten Chaotenversammlung realistische Chancen zu bieten.

Das erkannten vor allem die Häuptlinge der selbst an den Universitäten längst von der Bildfläche verschwundenen linksradikalen Sekten. Sie fraßen kräftig Kreide, säuberten ihr Vokabular von allen marxistischen Floskeln und nahmen statt dessen Umweltschlagworte in ihr Repertoire auf. Solcherart gerüstet, traten sie plötzlich bei Grünen-Versammlungen auf. Sobald man dort begann, Kandidatenlisten für die Teilnahme der neuen Partei an anstehenden Wahlen zu erstellen, gingen die bis dahin brotlosen Berufsrevolutionäre – in Geschäftsordnungstricks bewandert und dazu dank ihrer Routine redegewandter als alle Anfänger – wie eine Dampfwalze in die Offensive.

Robert Bauer waren alle diese Leute und ihre Methoden wohlbekannt. Er verfolgte das Geschehen in seiner neuen politischen Heimat mit gebührender Skepsis. Doch da hier vorderhand die Felle von Bären verteilt wurden, die noch gar nicht erlegt waren, hielt er sich aus den Machtkämpfen weitgehend heraus. Auf Vollversammlungen ließ er sich höchstens mitunter zu einem sarkastischen Zwischenruf verleiten – dessen Botschaft aber wiederum von den Neulingen meist nicht verstanden wurde. Also mußten die zu Umweltexperten konvertierten Überbauräte darauf nicht eingehen. Es war einzig die Folge ihrer anhaltenden internen Hahnenkämpfe, daß nur einige von ihnen auf Anhieb den Sprung in die Gremien der neuen Partei schafften, wo sie sogleich eine Hausmacht unter den Ahnungslosen rekrutierten, um die alten Konkurrenten außen vor zu halten. Keiner von ihnen betrieb diese Strategie so nachhaltig wie der Sozi-Bonzensohn und vormalige revolutionäre Marxist Walter Wurst, den Bauer seit jeher nur *des Würschtl* nannte.

Dessen scheinbar unaufhaltsamen Aufstieg verfolgte er kopfschüttelnd, doch ohne es als notwendig zu erachten, etwas dagegen zu unternehmen. Bauer hielt das in erster Linie für eine vermutlich unabdingbare Kinderkrankheit der jungen Partei, von der sie sich zur angemessenen Zeit schon selbst kurieren werde.

Als schließlich auch die Nachwuchsabteilungen der *Döblinger Bataillone* bei den Grünen einrückten und da rasch wichtige Positionen zu besetzen begannen, reagierte der Altlinke Bauer zuerst einmal mit Erstaunen. Er erwartete als nächstes eine heftige ideologische Auseinandersetzung zwischen den von rechts und den von links gekommenen Bürgerkindern. Doch nichts dergleichen geschah. Die verbündeten sich rasch ungeachtet ihrer politischen Herkunft kreuz und quer bei der Aufteilung von Ämtern und Mandaten. Und wenn sie gegeneinander intrigierten, dann mit den gleichen Zielen sowie losgelöst von ihren Ursprüngen. Da bildeten etwa die Abgeordneten Wurst und Plechl ein Tandem, das gemeinsam gegen interne Konkurrenten jeglicher Richtung agierte.

Politische Grundsatzfragen schienen allmählich absolut keine Rolle mehr zu spielen. Es ging nur noch um persönliche Ambitionen – das nicht selten auf noch prinzipienlosere Art, als man sie den Karrieristen der alteingessenen Parteien nachbsagte.

Drohte doch noch einmal da oder dort eine Grundsatzdebatte zu entflammen, so traten sofort die professionellen Werbe- und Imageberater warnend und kalmierend in Aktion. Schließlich sollte das Produkt *Grüne* verkäuflich bleiben. Wäre diese Voraussetzung nicht mehr gegeben, so würde das die Existenzgrundlage aller – auch künftiger – grüner Berufspolitiker zerstören.

Das wollte naturgemäß keiner von ihnen. Wer es in dieser Partei noch nicht zum bezahlten Funktionär gebracht hatte, hoffte wenigstens, dieses Ziel demnächst zu erreichen. Dieser Grundkonsens ließ alle eingehenderen Richtungsdebatten eher früher als später verstummen, und die Partei verwandelte sich schleichend in ein beliebiges Gesinnungsdruchhaus.

Dies galt zumindest für den erweiterten Zirkel der Barone der Grünen, die sich von den einfachen Mitgliedern und lokalen kleinen Funktionären längst weit genug abgesetzt hatten, um zumeist ungestört von Basisströmungen schalten und walten zu können.

Die waren bei der Formulierung politischer Programme nur noch ein Störfaktor. Wenn es darum ging, erfolgversprechende Ziele und Strategien zu bestimmen, so hörte man in Führungskreisen lieber auf die Meinungsforscher und derlei professionelle Berater. Manche von denen hatten zwar die bei ihnen von den Grünen in Auftrag gegebenen Studien für viel Geld nicht nur dieser Partei, sondern im Anschluß auch gleich noch an die Konkurrenz verkauft. Doch solche

Betriebsunfälle nahm man hin, ohne daraus Konsequenzen zu ziehen. Letztendlich kam es faktisch nur darauf an, die richtige Werbelinie zu finden. Und wenn in den unteren Regionen jemand zu arg aufmuckte, so konnte man dieser Person immer noch eine bezahlte Position verschaffen. Auf diese Weise war nahezu jedes Personalproblem zu lösen.

Leute wie Robert Bauer, die absolut nichts werden wollten und trotzdem sehr aktiv in der Partei mitarbeiteten, waren vereinzelte Fossilien. Das wußte Bauer inzwischen durchaus. Er hatte ursprünglich gehofft, der ganze von den Werbemuftis ausgeheckte Schwachsinn werde sich von selbst widerlegen. Doch die Tatsachen waren leider andere. Umso würdeloser sich die Mandatsträger und Spitzenkandidaten im Wahlkampf auf Geheiß der Berater hin bei den Massenmedien anschmissen, desto besser fielen die Wahlergebnisse aus. Das hatte Robert Bauer resigniert zur Kenntnis nehmen müssen. Politisch ein weiteres Mal anderswo ganz von vorne anzufangen – dafür schien es ihm in seinem Fall zu spät zu sein, nachdem er in schon einigermaßen fortgeschrittenem Alter sein ganzes Emotionskapital in diese Bewegung investiert hatte.

Im Stillen dachte er längst über den Zeitpunkt seines Rückzuges von aller Politisiererei nach, von der er gleichwohl nicht so einfach lassen konnte. Zumindest bis zur Erreichung der beruflichen Pensionsgrenze wollte er noch durchhalten. Das glaubte er sich – und vielleicht auch ein wenig der Idee, die ihn im Grunde nach wie vor unterstützenswert erschien – schuldig zu sein. Bis dahin hatte er zwar noch einige Jahre vor sich. Allerdings begann er sich jetzt zunehmend mit politischen Randthemen wie etwa die sexuelle Freiheit in Altersheimen zu beschäftigen. Und er wurde mit einem Mal hellhörig für alle pessimistischen Prognosen hinsichtlich der Rentenproblematik.

Das ging so weit, daß er eines Tages einen ehemaligen Kampfgefährten aufsuchte, der inzwischen als einschlägiger Experte im Sozialministerium tätig war. »Sog, da wird dauernd darüber geredet, daß die Renten nimmer sicher san ...« eröffnete er seine Erkundigung.

»Ach, alles Panikmacherei«, versicherte der Experte. »In den nächsten zehn Jahren passiert garantiert nichts. Danach könnte es allerdings eng werden ...«

»Sog, ham's dir ins Hirn g'schissen, du Trottel? Genau dann wird's ja für mich interessant!« brauste Bauer jäh auf. »Du, i sag dir: reißt's eich z'amm! I hab von mein vierzehnten Lebensjahr an einen jeden Lohnstreifen aufg'oben! I kann auf den Groschen genau ausrechnen, was mir zusteht. Und eins sag i dir, damit'st es schon jetzt waßt: Wenn i mei Renten ned pünktlich kriag, geh i mit der Puffn auf'd Nationalbank und heb die Marie auf sizillianisch ob! I schwör dir des!«

Ähnlich wütend wie bei dieser Unterredung reagierte Bauer auf die Nachricht von dem in der Lobau zeitweilig entkommenen Partei-Krokodil. Er hatte beim Anblick der schwerbewaffnet das Unterholz durchkämmenden Polizisten geglaubt, diese seien auf der Suche nach einem entsprungenen Häftling oder dergleichen. In eine solche Sache – das sagte ihm seine Lebenserfahrung – mischte man sich besser nicht ein. Also hatte er sich im Dickicht verborgen und gewartet, bis der Spuk vorüber war.

Als dann nach einigen Tagen kein Zweifel mehr darüber bestehen konnte, wer oder was tatsächlich gesucht worden war, malte sich Robert Bauer aus, was unter anderen auch ihm hätte passieren können. Das weckte seinen Zorn, obwohl er nicht ahnte, daß Wandas Dislozierung in der Tat ihm gegolten hatte. Der von parteiinternem Herrschaftswissen weitgehend abgeschnittene kleine Funktionär vermutete in der abstrusen Krokodil-Geschichte von allem Anfang an einen weiteren von den Werbe- und Imageberatern ausgeheckten Schwachsinnsakt. Diesen Leuten war offenkundig nichts zu blöd, um die Grünen in die Massenmedien und damit ins Gerede zu bringen. Dagegen schien kein Kraut gewachsen zu sein, denn die Parteischamanen befolgten augenscheinlich, ohne eine Sekunde nachzudenken, auch noch den dümmsten Ratschlag, der von dieser Seite vorgebracht wurde.

Normalerweise fand sich Robert Bauer achselzuckend mit dieser Tatsache ab. Doch nun war der Punkt erreicht, da er nicht mehr länger schweigen wollte. Und eine günstige Gelegenheit, die Sache zur Sprache zu bringen, stand gerade an. Nämlich eine allen Mitgliedern offenstehende Landesversammlung.

Die war eigentlich einberufen worden, um eine wichtige Änderung der Parteistatuten vorzubereiten. Konkret ging es dabei um die Benennung des nominellen Parteioberhauptes. Dieses ranghöchste Aushängeschild der Grünen wurde bislang *BundessprecherIn* genannt. Historisch gesehen war das ein Ausdruck des Kampfes gegen jeglichen Personenkult. In der Tat wurzelte dieser Verlegenheitsbegriff eher im kollektiven Bestreben aller Mediokren, jeden um einen Kopf kürzer zu machen, der sich erdreistete, den seinen über das allgemeine Mittelmaß zu erheben. Im Grünen-Milieu gab es kaum ein schlimmeres Schimpfwort als *Promi*. Wer es geschafft hatte, sich aus eigener Kraft einen Namen zu machen, stand in diesen Kreisen generell unter Verdacht. Sein Aufstieg mußte also zumindest dort, wo das noch möglich war – eben innerhalb der Partei –, verhindert werden. Einer der ungeschriebenen Grundsätze der Grünen war es somit, eine Bewegung der Namenlosen zu sein.

Seit man allerdings Mandatsträger stellte, die notgedrungen öffentlich tätig waren, war der Anspruch auf Anonymität faktisch nicht mehr aufrecht zu erhalten. Das nagte schwer an vielen jener, von denen man weiterhin bloß wußte, daß sie keiner kannte – und es ließ auf der anderen Seite die durch ihr öffentliches Wirken zu einem gewissen Bekanntheitsgrad gelangten Parteigänger das ursprünglich von ihnen selbst lauthals geforderte Keuschheitsgelübde in Sachen Personenkult rasch vergessen.

Die der *Neuen Klasse* angehörenden Grünen-Promis verschanzten sich gewöhnlich hinter der Formel, sie nützten ihre dank der Partei erworbene Prominenz ja bloß dazu, für die Partei zu wirken. Doch die Werbeleute wollten längst schon von diesem Feigenblatt nichts mehr wissen. Sie wünschten, eindeutige Führungspersönlichkeiten präsentieren zu können, da sich ihrer Lehrmeinung nach ein politisches Produkt nur in personalisierter Form verkaufen lasse.

Mit einer gewissen Verspätung zwar, doch irgendwann waren zumeist sogar die Gralshüter reiner grüner Lehre bereit, unumstößliche Realitäten anzuerkennen. So etwa jene, daß ihre Partei mitnichten eine Gemeinschaft von durch die Bank Gleichen sei, in der es allenfalls *SprecherInnen* geben könne – doch nie einen Chef.

Kurzum, der Boden schien aufbereitet, um die Bundessprecher-Funktion durch jene eines Parteivorsitzenden (oder einer Parteivorsitzenden selbstverständlich) zu ersetzen.

Eine dementsprechende Statutenänderung war seit langem still, doch beharrlich vom Abgeordneten Vinzenz Plechl und dessen Vertrauten betrieben worden. Der Chefredakteurs-Sohn hatte sich – soweit solche Überzeugungsarbeit bei ihm überhaupt noch nötig war – von seinem Vater zur Einsicht bringen lassen, dieser Schritt sei zur Ausweitung des Wählerpotentials der Grünen unumgänglich. Auf diese Weise signalisiere man nämlich nach außenhin sozusagen das Erwachsenwerden der Partei und mache den ehemaligen Tummelplatz von Randgruppenchaoten für umweltbewußte bürgerlich-liberale Kreise wählbar.

Natürlich hatte Plechl senior einen konkreten Kandidaten für den ersten ohne Umschweife so zu nennenden Parteivorsitzenden der Grünen im Auge: seinen Herrn Sohn, der in dieser Frage mit dem Papa restlos übereinstimmte.

Da gerade wieder einmal die Neubesetzung der Position des Parteioberhauptes bevorstand, setzte Plechl junior nun zum Endspurt an, um die Vorsitzenden-Frage in zuerst statutarischer und dann personeller Hinsicht im Sinne seiner Pläne einer Entscheidung zuführen zu lassen. Da es aber leider nicht reichte, dahingehend in den Führungsgremien zu einer Übereinkunft zu gelangen, wurde eine Serie von Landesversammlungen einberufen.

Jene der Wiener Organisation fand im Parteihauptquartier statt – dem *Grünen Haus* in der Lindengasse. Schon ein oberflächlicher Blick über die Versammelten bot einen Eindruck von den geänderten Verhältnissen. Hier saßen überwiegend keine stillenden Frauen und strikkenden Männer mehr beisammen, sondern vielbeschäftigte Persönlichkeiten. Der Landesgeschäftsführer, der in erster Linie dank erwiesener Unscheinbarkeit in dieses Amt gelangt war, ersuchte die Anwesenden mit warmen Worten, ihre Handys abzustellen, um Störungen in der Lautsprecheranlage zu vermeiden.

In dem Moment betrat Robert Bauer ein wenig verspätet, doch festen Schrittes den Raum. Ohne sich hinzusetzen, fuchtelte er mit beiden Armen in der Luft und fiel dem Versammlungsleiter lauthals ins Wort: »I hob einen Antrag zur Geschäftsordnung, und Anträge zur Geschäftsordnung gehen bekanntlich vor!«

Das war uralter Sitzungsbrauch, also nicht zu leugnen. Resigniert seufzend wies der Landesgeschäftsführer zum Rednerpult, hinter dem sich Robert Bauer umgehend aufpflanzte: »Also, i hob einen Antrag zur Geschäftsordnung, nedwahr – und zwar einen Antrag auf Änderung und Erweiterung der Tagesordnung. Aus Gründen der Dringlichkeit verlang i, daß jetzt z'erst einmal ned über den Vorturnerseich palavert wird, sondern darüber, ob bei uns ein paar Depperte wahnsinnig worden san. I verlang als Tagesordnungspunkt eins a Debatte über des Scheißkrokodü! Seid's eh alle einverstanden?«

Im Versammlungsraum wurde spontanes Gelächter

laut. Es waren ausreichend einfache Mitglieder anwesend, die den Unterhaltungswert des Antragstellers zu schätzen wußten und daher sofort ihre Zustimmung bekundeten. Vinzenz Plechl und seine sorgfältig an den neuralgischen Punkten des Raumes plazierte Gefolgschaft hingegen war im Augenblick ebenso sprachlos wie alle anderen vorderhand noch nicht erklärten Bewerber für das Amt des Parteivorsitzenden, dessen Schaffung beschlossen werden sollte.

Da gab es nämlich einige, die sich die Strategie zurechtgelegt hatten, anfangs mit basisnahen Argumenten gegen die angestrebte Statutenänderung aufzutreten. Erst in einer späteren Phase der Debatte gedachten sie, auf den Plechl-Antrag einzuschwenken, um – wie dann zu erklären sein würde – die Einheit der Partei nicht zu gefährden. Und um den Gegnern des vorliegenden Änderungsantrages die Zustimmung zu demselben zu erleichtern, planten diese Strategen, letztendlich sich selbst als Kompromißkandidat zur Wahl des ersten Vorsitzenden zur Verfügung zu stellen.

Doch daraus wurde wohl nichts, denn Robert Bauer griff die unüberhörbar mehrheitliche Zustimmung zu seinem Geschäftsordnungs-Antrag umgehend auf, um sein Thema zur Sprache zu bringen. »Des is eindeutig die Mehrheit«, erklärte er und ließ dabei seinen Blick über die Versammelten schweifen. »In diesem Sinne gilt also die neuche Tagesordnung. Bitt g'horsamst: Ich beantrage, in dieselbe einzutreten, und melde mich zum Tagesordnungspunkt eins zu Wort. Weil bis jetzt noch keine anderen Wortmeldungen vorliegen, bitte ich den Vorsitzenden, mir das Wort zu erteilen« – er warf einen kurzen Seitenblick zum apathisch dasitzenden Landesgeschäftsführer – »und ergreife somit dasselbe. Als'dann, Herrschaften, es geht also um des Scheißkrokodü ...«

»So red man nicht über ein Tier!« rief in dem Moment eine engagierte Tierschützerin empört dazwischen.

»Beruhig di«, versuchte Bauer die Parteifreundin zu

besänftigen, »i schimpf ja eigentlich ned über des Viech, sondern über die Affenköpf, die damit herumblödeln und auf diese Weise unschuldige Leut gefährden ...«

In dem Moment erfolgte der nächste Zwischenruf, den der Sprecher der auch in den Reihen der Grünen überaus kleinen und unbedeutenden Fraktion der theoretisch fundierten Anarchisten vorbrachte: »Wie oft soll i das noch sagen: Es gibt keine Unschuldigen!«

Der Abgeordnete Walter Wurst, der eigentlich zu dieser Landesversammlung gekommen war, um sich gegebenenfalls einem an ihn ergehenden Ruf, sich als Kompromißkandidat für das zu schaffende Amt des Parteivorsitzenden zur Verfügung zu stellen, nicht zu entziehen, begriff sofort, welche unvorhergesehene Möglichkeit durch Bauers überraschende Intervention entstanden war.

»Unverhofft kommt oft«, raunte er seinem Sitznachbarn Paulus Streibl eine alte steirische Volksweisheit zu. Dann strebte er entschlossen zum Rednerpult. »Zur Geschäftsordnung! Ich melde mich zur Geschäftsordnung zu Wort!« eröffnete Wurst seinen Beitrag und schubste zugleich den überrumpelten Bauer aus der Reichweite des Mikrophons: »Ich möchte nämlich den Antrag unseres lieben Freundes Robert Bauer nicht nur – was selbstverständlich wäre – unterstützen, sondern noch ausweiten ...«

»Jo hallo, wo san ma denn – i hab meinen Antrag ja no gar ned vollständig eingebracht!« warf der Vorredner aus dem Hintergrund ein, was indes von Wurst souverän ignoriert wurde: »In diesem Sinne möchte ich dem Antragsteller herzlich für seinen Antrag danken, denn es stimmt leider wirklich, daß in der Krokodilangelegenheit Fehler begangen wurden. Keine politischen Fehler! Das möchte ich ausdrücklich festhalten, und ich darf den Versammlungsleiter auffordern, das protokollieren zu lassen: keine politischen Fehler! Wohl aber sind bedauerliche organisatorische Pannen passiert, die auf eine ungeklärte politische Verantwortungsfrage zurückgehen und die nie wieder vorkommen dürfen! Und um das gewährleistend sicherzustellen, stelle ich den Ergänzungsantrag zum Antrag unseres lieben Freundes Bauer, einen politisch-organisatorischen Krokodilverantwortlichen einzusetzen ...«

Weiter kam auch Wurst nicht: »Zur Geschäftsordnung!« ließ sich der Abgeordnete Vinzenz Plechl vernehmen. »Ich stelle einen Antrag zur Geschäftsordnung, und Anträge zur Geschäftsordnung gehen bekanntlich vor!«

Wurst fixierte Plechl, der sein Partner in vielen Intrigen gewesen war, mit einem giftigen Blick, den dieser freilich nicht wahrnahm. Plechl war viel zu sehr damit beschäftigt, die eingetretene Situation zu korrigieren. Er hatte seine gesamte Gefolgschaft mobilisiert, zuverlässig an dieser Landesversammlung teilzunehmen, um bei der von ihm angestrebten Abstimmung über die Parteivorsitzendenfrage einen ausreichenden Rückhalt zu besitzen. Und nun wurde mit einem Mal über das Krokodil diskutiert. Eine solche Debatte konnte sich erfahrungsgemäß über Stunden hinziehen – und dann würde womöglich die Vorsitzenden-Debatte vertagt. Oder aber, man würde erst zu einem Zeitpunkt den ihn interessierenden Tagesordnungspunkt aufrufen, da die Beschlußfähigkeit der Versammlung nicht mehr gewährleistet war. Derlei konnte leicht passieren. Es müßten sich bloß etliche der Anwesenden – genervt durch eine endlose Krokodil-Diskussion – vorzeitig verabschieden. Plechl wußte wohl, daß dafür insbesondere seine eigene Gefolgschaft anfällig war. Schließlich handelte es sich bei seinen Freunden überwiegend um vielbeschäftigte Leute. Zudem waren die neuen Generationen der *Döblinger Bataillone* nicht so diszipliniert wie die ehemaligen Linksradikalen, wenn es darum ging, den Sitzungsverlauf so lange hinzuziehen, bis nur noch wenige ausharrten und die ursprünglichen Mehrheitsverhältnisse auf den Kopf gestellt waren.

Plechl hielt es jedenfalls für angebracht, dem auf der

Stelle vorzubeugen. »Ich stelle den Antrag, zur ursprünglichen Tagesordnung zurückzukehren!« begehrte er bereits auf dem Weg zum Rednerpult, an dem sich Wurst inzwischen entschlossen festklammerte. »Ich bitte, die Verfahrensordnung nicht zu verletzen!« verlangte der Abgeordnete. »Dagegen wird nämlich verstoßen, wenn jemand einen Geschäftsordnungsantrag einbringt, während ein anderer Geschäftsordnungsantrag noch nicht behandelt, ja noch nicht einmal endgültig formuliert ist. Weiterer Bestandteil meines Antrages ist nämlich der Antrag, das zur Debatte stehende Krokodil der beantragten Debatte beizuziehen, damit sich jeder ein Bild davon machen kann, was zur Debatte steht!«

Dabei handelte es sich um einen spontanen Einfall von Wurst, der auf diese Weise nicht nur die Intervention Plechls abschmettern, sondern vor allem auch einen Versuch starten wollte, die von ihm seit langem vergeblich gesuchte Möglichkeit zur Endlösung der Scheißbauerfrage auf der Stelle zu schaffen.

Zu seiner großen Freude fand er mit diesem Vorschlag mehrheitlich Anklang. Aus dem Saal wurden jedenfalls zustimmende Rufe laut, die vermutlich auf den vielfachen Wunsch zurückzuführen waren, den Versammlungsverlauf etwas unterhaltsamer zu gestalten.

Da zum Glück der mit Wandas Betreuung beauftragte Tierpfleger zugegen war, dauerte es nur wenige Minuten, bis das Krokodil tatsächlich in den Raum geschafft und auf einem Tisch nächst dem Rednerpult deponiert wurde.

An dem stritten Wurst und Plechl noch immer über die Geschäftsordnungsfrage, wie der weitere Verlauf der Tagesordnung statutarisch korrekt auszusehen habe. Wurst hielt das Mikrophon mit eisernem Griff fest. Zugleich versuchte er, Robert Bauer zu arretieren, der kopfschüttelnd dabeigestanden war und sich nun angesichts des nahen Krokodils zurückziehen wollte. »Mir scheint, da san alle narrisch worden!« rief er ein ums andere Mal, was aber folglich der anhaltenden Auseinandersetzung zwischen Wurst und Plechl glatt unterging.

»Wir sollten überhaupt die Gelegenheit der Einsetzung eines Krokodilverantwortlichen zu einem Schritt zur Verbreiterung der personellen Führungsressourcen unserer Partei nützen«, versuchte Wurst sein Projekt ungeachtet der etwas chaotischen Situation voranzutreiben. Für einen Augenblick ließ er Bauer los, um den herandrängenden Plechl abzuwehren.

»So geht das nicht! Bitte schön, so geht das nicht!« hielt dieser erregt entgegen. »Bitte, schaut's euch das an!«

Plechl trat provoziert von dem handgreiflich seine Position verteidigenden Wurst ein paar Schritte zurück und wies mit anklagender Geste zum Rednerpult: »Bitte, was soll man davon halten ...«

Im nächsten Augenblick stieß Plechl einen Schmerzensschrei aus. Er war in der Hitze des Gefechtes zu nahe an den Krokodil-Tisch geraten, und Wanda – vom herrschenden Wirbel ohnedies verstört – hatte sofort von hinten zugeschnappt. Sie erwischte den Abgeordneten an einer seiner empfindlichsten Stellen.

Umständehalber wurde Vinzenz Plechl bäuchlings auf der Bahre des sehr rasch eingetroffenen Rettungswagens abtransportiert. Seine Verletzung erwies sich als nicht besonders schwer. Allerdings prognostizierten die Ärzte schon bei der ersten Untersuchung einen zeitaufwendigen Heilungsverlauf.

Dies veranlaßte den Abgeordneten, noch vom Krankenbett aus einen Änderungsantrag zu seinem ursprünglichen Antrag auf Schaffung der Funktion eines/einer Partei*vorsitzenden* zu formulieren. Sein neuer Vorschlag lautete auf Partei*vorsteher*.

VI

Niemand war daran interessiert, den bedauerlichen Unfall des Abgeordneten Plechl an die große Glocke zu hängen. Am wenigsten er selbst. Egal ob er nun anstrebte, Parteivorsitzender oder aber Parteivorsteher zu werden: Es machte ganz einfach keinen guten Eindruck, als Kandidat für ein so bedeutendes Amt von einem Krokodil in den Hintern gebissen worden zu sein.

Was hingegen seine vorderhand noch unerklärten Konkurrenten bei der bald fälligen Wahl des Parteioberhauptes der Grünen anlangte, so wollten sich diese möglichst noch einige Zeit bedeckt halten – und dazu zählte auch, keinesfalls als jemand ertappt zu werden, der Parteiinterna in der Öffentlichkeit lanciert. Als eine solche interne Angelegenheit wurde nämlich Wanda und alles, was mit ihr zusammenhing, längst betrachtet. Also waren die festbesoldeten Beschwichtigungshofräte der Partei wie schon desöfteren ebenso eifrig wie erfolgreich bemüht, die Vertreter der Massenmedien davon abzuhalten, über den kleinen Zwischenfall bei der Wiener Landesversammlung zu berichten. Dies war schon deshalb nicht übermäßig schwierig, weil es bei solchen Parteikonferenzen der Grünen seit jeher eher stürmisch zuging – einmal hatte eine Spitzenkandidatin für Parlamentswahlen während der Versammlung, bei der über die Kandidatenreihung abgestimmt wurde, eine Herzattacke erlitten und auf schnellstem Weg in die Intensivstation eingeliefert werden müssen. Solchen Turbulenzen wurde daher kein besonderer News-Wert mehr beigemessen.

In den politischen Kreisen der Hauptstadt wurde die Sache gleichwohl emsig besprochen, und somit erreichte die Kunde von der nachhaltigen Sitzfleischverletzung des Abgeordneten Plechl auch die anderen Parteien, bei denen man ohnedies schon seit einiger Zeit darüber rätselte, was von dieser Krokodil-Geschichte der Grünen zu halten sei. Man hatte in den diversen Parteisekretariaten nicht ohne Neid registriert, wie häufig die Konkurrenz dieses Tieres wegen in Presse, Rundfunk und Fernsehen beachtet wurde. Und das führte naturgegeben zu Überlegungen, ob man sich nicht selbst mit einem leibhaftigen Wappentier ausstatten sollte.

Bei den beiden etablierten Großparteien reagierte man auf diese Frage mit der gewohnten Schwerfälligkeit. Ganz anders verhielt es sich hingegen bei der rechtspopulistischen *Freiheitlichen Bewegung*, wie sich die vormalige *Freiheitliche Partei* auf Initiative ihres Vorsitzenden Hägar Goiserer hin nunmehr nannte.

Dieser aus einer oberösterreichischen Nazi-Familie der ersten Stunde stammende Mann hatte aus dem ursprünglichen Sammelbecken für ehemalige Nazis eine rechtsextreme Gruppierung neuen Zuschnitts geschaffen. In ihr agierten nun in erster Linie rabiate Kleinbürger jüngeren Alters, die zu einer überaus schlichten Weltsicht, doch unverrückbaren Ansichten neigten. Das waren vornehmlich Leute, die meinten, an ihrem Wesen müsse die Welt genesen – was bislang von Ausländern, Kommunisten, Künstlern sowie anderen Volksschädlingen und Sozialschmarotzern verhindert worden sei. Es handelte sich also vorwiegend um Personen, die sich zu Höherem berufen fühlten und alle nur denkbaren Verschwörungen dafür verantwortlich machten, daß niemals der Ruf an sie ergangen war, die Macht im Staate zu übernehmen.

Genau das war das erklärte Ziel von Hägar Goiserer, bei dem es sich gewissermaßen um eine verspätete Nachgeburt jener Generation handelte, die den gemeingefährlichen Hampelmann aus Braunau seinerzeit zu ihrem Führer erkoren hatte. Der mochte zwar spätestens seit dem Ende der von ihm angerichteten Weltkatastrophe in zivilisierten Kreisen als der absurdeste Verbrecher der Menschheitsgeschichte gelten. In der Familie Goiserer wurde er gleichwohl weiterhin verehrt, als sei nichts geschehen. Derlei kam auch in anderen Familien gar nicht so selten vor. Meist verabschiedete sich jedoch der Nachwuchs mehr oder weniger gründlich von der politischen Borniertheit der Nazi-Generation. Dies schon deshalb, weil unter den Jungen als lächerliche Figur galt, wer sich mit seinen Alten gemein machte.

Ganz anders hingegen Hägar Goiserer. Er trat bereits als Halbwüchsiger bei Redewettbewerben des Turnerbundes so auf, als sei es ein tragischer Irrtum der Vorsehung, daß das deutsche Volk – einschließlich der österreichischen Beutegermanen – nicht mehr so recht als die den Gipfel aller Zivilisation markierende Herrenmenschenrasse angesehen wurde. Und er hatte damit Erfolg. Man hielt ihn nicht nur in deklarierten Nazi-Zirkeln für ein politisches Naturtalent.

Da er desweiteren ebenso ehrgeizig wie rücksichtslos war, schaffte Goiserer schon in jungen Jahren den Sprung an die Spitze der Ehemaligen-Partei, für die er notgedrungen eine neue Klientel suchen mußte, da die alten Nazis ja langsam wegstarben. Diese neue Gefolgschaft fand der von keinerlei Skrupeln gebremste Mann in jener neuen Generation rabiater Kleinbürger, die bis zu seinem Auftauchen politisch eher heimatlos gewesen waren. Und er fand sie unter Leuten, die Goiserer an schlichtem Gemüt und übersteigertem Geltungsdrang nahe kamen. Gelangten diese doch im Sog ihres Idols selbst zu Mandaten und Ämtern. Sie waren endlich wer im Staate.

Die Sache funktionierte auf geradezu atemberaubende Weise, weil die neue Generation von Ewiggestrigen von ihrem Anführer mit opportunistischer Kaltschnäuzigkeit zur modernsten existierenden politischen Kraft ausgerufen wurde. Dies stimmte insofern, als man sich bedenkenlos an jede aufkommende Mode anhängte, von der man sich eigene Vorteile versprach.

In diesem Sinne erblickte Hägar Goiserer im Krokodil der Grünen sehr bald einen originellen Mode-Gag, den er noch überbieten wollte, um die Aufmerksamkeit der

Massenmedien wie gewohnt auf sich zu lenken. Er hatte schon bald eine Idee, wie das zu bewerkstelligen sei: Goiserer dachte an einen ausgewachsenen Karawankenbären, den er zum lebendigen Aushängeschild seiner Freiheitlichen Bewegung machen wollte.

Das war im Grunde naheliegend, denn der gebürtige Oberösterreicher galt längst als Kärntner. Dort hatte er sich durch unermüdliche Stammtischauftritte seine erste politische Hausmacht geschaffen, und dort war er desweiteren zu beträchtlichem Vermögen gelangt: Einem riesigen Forstbetrieb, der seinerzeit von den Nazis arisiert und einem ihrer treuen Parteigänger überschrieben worden war, bei dem es sich dank eines glücklichen Zufalles um einen Verwandten von Hägar Goiserer handelte. Dieser Arisierungsgewinnler wiederum hatte vor einigen Jahren beschlossen, noch zu Lebzeiten alle Erbschaftsangelegenheiten auf möglichst steuerneutrale Weise zu regeln, und die Ländereien dem aufstrebenden Politiker geschenkt, von dem er sich Onkel nennen ließ.

Die Latifundie umfaßte das gesamte am Fuße des Gebirgszuges der Karawanken gelegene Bärental – also lag für dessen nunmehrigen Besitzer der Gedanke nahe, einen Karawankenbären zum neuen Aushängeschild seiner Partei zu machen. Allerdings mußte Goiserer rasch erkennen, wie selten diese Tiere inzwischen geworden waren. Zwar hörte man mitunter von einem solchen herumstreunenden, auf abgelegenen Bergweiden Rinder reißenden Bären – doch als nun dringend ein Exemplar gebraucht wurde, zeigte sich weit und breit keines. Hägar Goiserer überlegte bereits, ob er dafür in einer bundesweiten Plakataktion den Burgtheaterdirektor Peymann, die Schriftstellerin Elfriede Jelinek oder sonstige sattsam bekannte Feinde seiner Bewegung verantwortlich machen sollte. Ein solcher Frontalangriff gegen linke Künstler war nämlich in jeder Hinsicht gefahrlos und kam erfahrungsgemäß bei breiten Wählerschichten gut an.

Nach eingehender Beratung mit seinen Vertrauten sah er allerdings ein, daß in diesem Fall die Zusammenhänge vermutlich doch etwas zu kompliziert waren, um daraus politisches Kapital schlagen zu können. Vor allem aber würde er auch auf diese Weise nicht an den von ihm begehrten Karawankenbären gelangen. Also beschloß Goiserer, das Projekt vorderhand ad acta zu legen und statt dessen eine Kampagne gegen das Grünen-Krokodil zu starten. Da gab es gewiß irgendwelche Unregelmäßigkeiten aufzudecken. Zum Beispiel die Frage der steuerlichen Korrektheit. Schließlich mußte jeder kleine, mittellose Hundebesitzer für sein Haustier einen gar nicht so geringen Betrag an Hundesteuer zahlen. Und wie verhielt es sich mit den Privilegierten – dieser *linken Schickeria*, wie Goiserer die Grünen abzuqualifizieren pflegte, obwohl die längst darauf bedacht waren, nicht mehr dem linken Spektrum zugerechnet zu werden –, die sich ein Krokodil leisten konnten? Womöglich steuerfrei!

Hägar Goiserer rieb sich voller Vorfreude die Hände, wenn er an den Skandal dachte, den er in dem Zusammenhang entfachen würde. Das sei endlich wieder ein durchschlagendes Stammtischthema, dessen war er gewiß. Er würde diese Grünen, die sogar von der bürgerlichen Presse inzwischen viel zu kritiklos behandelt wurden, mitsamt ihrem Krokodil vor sich hertreiben und als künftige Koalitionspartner für eine der gegenwärtigen Regierungsparteien glattweg unmöglich machen. Das wiederum würde letztendlich bedeuten, daß ohne ihn und seine Bewegung keine Regierung mehr gebildet werden könnte.

Genau das war sein Ziel: Hägar Goiserer wollte an die Regierung gelangen. Er wollte Regierungschef werden. Und zwar nicht irgendein Bundeskanzler, sondern der Begründer der *Dritten Republik*, wie er sein ehrgeiziges Projekt nannte: die *Dritte Republik Österreich*. Im engsten Kreis seiner Vertrauten verkürzte man diesen etwas umständlichen Begriff einfach auf das *Dritte Reich*.

Um dieses Ziel zu erreichen, war Goiserer entschlossen, nach und nach alle anderen Parteien auszuschalten. Da ihm der Zufall offenkundig gerade dazu die Gelegenheit in Gestalt dieses Krokodils gab, nahm er sich zunächst vor, die Grünen aus dem Feld zu schlagen.

Jedenfalls hielt es der Führer der Freiheitlichen Bewegung für angebracht, alles über das Vieh zu erfahren. Es dauerte nicht lange, bis ihm klar war, wer ihm die Informationen zu beschaffen habe: nämlich Franz Pischenreiter, ein vormaliger Journalist, der dem Parteichef Goiserer ein Mandat im Europaparlament zu verdanken hatte. Somit einen Posten, der mit hohem Einkommen und wenig Arbeit verbunden war. Leider aber auch mit nur sehr geringer öffentlicher Wahrnehmung. Das schmerzte den Europa-Parlamentarier sehr, denn er wäre immer schon gerne eine vielbeachtete Persönlichkeit gewesen.

Um dieses Vorhaben zu realisieren, war das kleinstädtische Kleinbürgerkind Pischenreiter politisch und beruflich stets sehr flexibel gewesen. Die Suche nach den richtigen Aufstiegsrouten setzte mit dem Beginn seines Studiums an der Wiener Universität ein, an der damals die Linken die Lufthoheit über den Lehrsälen innehatten. Also war auch der aus einem ziemlich konservativen Elternhaus stammende Student zum Linken konvertiert. Konkret hatte er sich dem Studentenverband der Kommunistischen Partei angenähert. In diesem Verein war es nämlich einfacher als bei den Maoisten oder Trotzkisten, stets die richtige Position zu vertreten sowie als Intellektueller akzeptiert zu werden. Hier wurde der jeweils aktuelle politische Kurs nicht von redegewandten – mitunter tatsächlich belesenen – städtischen Bürgerkindern vorgegeben, sondern vom Polit-Büro der Gesamtpartei, die sich dabei wiederum an die in Moskau ausgegebenen Richtlinien hielt. Die Antworten auf alle wichtigen Fragen wurden somit selten geändert. Man konnte sie einfach auswendig lernen und dann gewiß sein, den Marxismus-Leninismus auf wissenschaftlicher Basis zu beherrschen. Derlei beruhigte und ersparte anstrengende Debatten in den eigenen Reihen.

Zwar galt die KPÖ samt ihren vielfältigen Zweigorganisationen in allen anderen linken Kreisen als ein ziemlich verknöcherter Verein, in dem sich revolutionärer Anspruch und kompromißlose Spießergesinnung auf geradezu lachhafte Weise vermengten. Doch genau diese eigentümliche Mischung war es wohl, die junge Leute vom Lande wie Franz Pischenreiter anzog. Eigentlich hatte er ja immer schon einen ohnmächtigen Haß gegen die selbstgewissen intellektuellen Blender empfunden, die ihn ihre Überlegenheit stets spüren ließen. Die ihn arrogant abkanzelten, wenn er bei einer Uni-Diskussion das Wort ergriff, um seinen Anspruch auf Bedeutung anzumelden. Und die ihn auf diese Weise dem mitleidlosen Hohn und Spott ihrer Adepten preisgaben.

In der KPÖ hingegen waren Tugenden gefragt, die sich Pischenreiter schon während seiner Schulzeit angeeignet hatte: Beflissenheit, korrektes Nachsprechen von Lehrsätzen, sich an den Autoritäten orientieren, bis man von diesen selbst zu einer solchen ernannt wird ...

Trotzdem war Pischenreiter dem kommunistischen Studentenverband formal nie beigetreten. Er galt als Sympathisant – als einer, um den man sich noch etwas bemühen mußte. Wenn Wiens Kommunisten am 1. Mai in geordneter Formation über die Ringstraße marschierten, dann war Franz Pischenreiter zwar dabei – doch er hielt sich tunlichst am Rande. Man hätte genausogut behaupten können, er sei jeweils bloß zufällig zur selben Zeit am selben Ort in dieselbe Richtung spaziert.

Damit hatte er sicherlich weitblickend gehandelt, denn auf solche Weise konnte er später mit Fug und Recht behaupten, nie Mitglied einer Partei und immer schon ein *Unabhängiger* gewesen zu sein. Der Status war vor allem wichtig, wenn man in dieser Stadt als Journalist Karriere machen wollte. Und das wollte Pischenreiter unbedingt, nachdem er sein Studium abgeschlossen hatte und sich fortan Doktor Franz Pischenreiter nennen durfte.

Der akademische Titel kontrastierte zwar auffällig mit seinen unverbesserlich mangelhaften Kenntnissen der Rechtschreibung und Grammatik. Doch das kleine Defizit wurde nur an seinem ersten Arbeitsplatz störend gewürdigt: in der Redaktion einer kleinen linksgerichteten Zeitschrift, die dem ambitionierten Akademiker ohnedies keine ausreichenden Aufstiegschancen bot. Also übersiedelte er bald zum Fernsehen, wo das gesprochene Wort die hauptsächliche Arbeitsbasis war – und somit orthographische Unzulänglichkeiten kaum auffielen.

Dies galt zumal im engeren neuen Wirkungsbereich von Pischenreiter, der seine TV-Karriere als Assistent des Präsentators einer beim Publikum überaus beliebten Tier-Sendung begann, in der nach entwichenen Haustieren gefahndet wurde, man praktische Ratschläge in Sachen Tierhaltung erteilte sowie engagiert gegen jegliche Art von Tierquälerei zu Felde zog.

Doktor Pischenreiter durfte während dieser Sendungen zwar nur hinter dem Präsentator sitzen und diesem mitunter ein kurzes Stichwort liefern. Er kam aber gleichwohl regelmäßig ins Bild. Das steigerte seine Bedeutung und verschaffte ihm nach und nach den Ruf, ein ausgewiesener Tierexperte zu sein.

Alle weiteren Karriereschritte im Bereich des Fernsehens funktionierten nicht so recht, obwohl es Pischenreiter nicht an Bemühungen mangeln ließ. Er tat sich privat zwischenzeitlich mit der Tochter des sozialdemokratischen Zentralbetriebsratsobmannes zusammen und verfaßte für diesen das Mitteilungsblatt der SPÖ-Betriebsratsfraktion im ORF. So gelangte Pischenreiter an mancherlei nützliches Insiderwissen über den Stand der in dem Hause allezeit mit einem erlesenen Sortiment an Intrigen ausgetragenen Kämpfe um die betriebsinternen Führungspositionen. Dieses Wissen wiederum verschaffte ihm manchen wertvollen Zugang zu einflußreichen Persönlichkeiten des Unternehmens. Wenn er aber wieder einmal dazu ansetzte, sein eigenes TV-Magazin gestalten und präsentieren zu dürfen, so landete er dabei jedes Mal einen schmählichen Mißerfolg. Alle von Pischenreiter in dem Zusammenhang gestalteten Pilot-Sendungen wurden von der zuständigen Hauptabteilungsleiterin – eine dieser arroganten linken Intellektuellen, denen nichts gut genug war – als dilettantischer, völlig unorigineller Schmarren eines Mitarbeiters abqualifiziert, der ebenso unfähig wie bar jeglicher selbstkritischen Distanz zu seiner erschütternden Leistung sei.

Zwar versuchte Pischenreiter nach jeder dieser gnadenlosen Zurechtweisungen, den Zentralbetriebsratsobmann und andere Mächtige des Hauses für sein Projekt zu gewinnen sowie von diesen die Hauptabteilungsleiterin abdeckeln zu lassen. Nachdem ihnen die jeweilige Pilot-Sendung vorgeführt wurde, war jedoch keiner der Herren bereit, nachhaltig für den Kollegen Doktor Pischenreiter in den Krieg zu ziehen.

Der sah darin stets einen Akt von würdeloser Feigheit und opportunistischer Illoyalität. Und diese Haltung erschien ihm nach und nach als typisch für jene ignoranten Sozialdemokraten, auf die er leider zwischenzeitlich gesetzt hatte.

Mit einer solchen Sicht der Welt sowie der hausinternen Zustände war Pischenreiter im ORF nicht allein. In dem großen Unternehmen gab es viele, die sich gleich ihm zu Höherem berufen fühlten, doch deren Aufstieg von einer Mafia verhindert wurde, die aus Leuten bestand, denen es offenkundig irgendwie gelungen war, durch dunkle politische Kanäle nach oben zu gelangen, und die sich nun fraktionsübergreifend stützten, um ihre Positionen zu verteidigen.

Einer dieser Kritiker, die Tag für Tag in der Kantine hinter vorgehaltener Hand nach Rache riefen, hatte einen Ausweg gefunden, indem er sich der Partei von

Hägar Goiserer anschloß, die den Mann prompt in den niederösterreichischen Landtag entsandte. Das wurde von Pischenreiter aufmerksam registriert. Nach und nach reifte in ihm die Einsicht, wie ungerecht man Goiserer behandelte. Die linken Intellektuellen, die Pischenreiter inzwischen selbst zur Genüge als hassenswert kennengelernt hatte, machten sich geradezu einen Sport daraus, den Chef der Freiheitlichen zu verunglimpfen.

Genau über dieses Thema konnte sich Pischenreiter sehr schnell mit Goiserer verständigen, nachdem es dem Fernsehjournalisten gelungen war, über Vermittlung seines nun bei den Freiheitlichen tätigen ehemaligen Kollegen von dessen Parteichef zu einem vertraulichen Gespräch empfangen zu werden. Die beiden Männer gehörten nicht nur derselben Generation an. Sie entstammten weiters aus einem ähnlichen Milieu und einer benachbarten Gegend. Und sie waren beide seit langem vom Ehrgeiz besessen, allen obergescheiten Klugscheißern vorzuführen, wer tatsächlich die Elite des Staates war.

Goiserer stieß sich nicht am Umstand, daß Pischenreiter bei diesem Versuch seinerzeit ein wenig auf linke Abwege geraten war. Im Gegenteil, das paßte dem Politiker im Moment sehr gut ins Konzept. Seine Bewegung war inzwischen wohl an die Grenzen des von ihr bislang ausgeschöpften Wählerpotentials gelangt. Im rechten Spektrum war für sie nicht mehr viel Neues zu holen. Im Gegenteil: Der rechtsextreme Ruf, in dem Goiserers Partei stand, hatte sie in eine unangenehme Isolation geführt. Also war es angebracht, nunmehr völlige Offenheit auch in andere Richtungen zu signalisieren. Da kam Goiserer ein verkanntes Genie mit linken Jugendsünden, wie Pischenreiter eines war, gerade recht. Er bot dem zwar nicht übermäßig, aber doch ein wenig bekannten Fernsehmenschen an, auf der Liste der Freiheitlichen für das Europaparlament zu kandidieren. Der Entschluß fiel dem Parteichef nicht sonderlich schwer. Erstens handelte es sich bei dem Parlament seiner Überzeugung nach um eine völlig unnötige, jedenfalls aber absolut einflußlose Einrichtung. Also war es im Grunde egal, wen man dorthin entsandte. Zweitens bestand die traditionelle Gefolgschaft Goiserers – auch wenn man sich betont jugendlich und modern gab – aus eher bodenständigen Menschen, die kein besonderes Bedürfnis hatten, zuviel im Ausland herumreisen zu müssen. Die wollten alle lieber ein Mandat im Nationalrat oder in einem Landtag – mithin gab es bei den Bewerbern für das Europaparlament kein Gedränge. Einen Menschen wie diesen Pischenreiter dorthin zu schicken war folglich genau die richtige Lösung, um ein Signal zu setzen, das nichts kostete.

Natürlich war Doktor Franz Pischenreiter weit davon entfernt, etwas von den Überlegungen seines neuen Protektors zu ahnen. Er war spontan hingerissen von der Bedeutung, die er künftig erlangen würde. Eigentlich hatte er ja immer schon Politiker werden wollen, gestand sich der Journalist ein. Für ihn bestand kein Zweifel, seines anerkannten Expertenstatus in Tierangelegenheiten wegen von Goiserer erwählt worden zu sein. Die Sache erschien Pischenreiter sonnenklar: Mit einem aus dem Fernsehen weithin bekannten und kompetenten Tier-Sprecher wollten die Freiheitlichen ein bislang von ihnen faktisch nicht beachtetes politisches Feld abdecken und sich solcherart neue Wählerschichten erschließen. Das sollte ihm recht sein. Seiner künftigen Geltung würde das keinen Abbruch tun. Pischenreiter war überzeugt, seine Kandidatur für Goiserers Partei werde wie eine Bombe einschlagen.

Das geschah dann allerdings doch nicht, denn der wendige Parteiführer hatte Pischenreiter nicht als einzigen Überraschungskandidaten für das Europaparlament auserkoren. Da schamlose Geltungssucht und krankhafter Ehrgeiz weit verbreitete Charakterzüge waren, gelang es Goiserer, noch einen anderen ursprünglich als linksstehend geltenden Journalisten für seine Kandidatenliste anzuwerben. Und da dieser andere Kandidat noch dazu aus einer jüdischen Familie stammte, erregte er als neuer Parteigänger des vielfach ins Nazi-Eck gerückten Goiserer bei weitem größeres Aufsehen als Pischenreiter. Der wurde schon während der Wahlkampagne kaum beachtet.

Inzwischen gehörte er gleichwohl dem Europaparlament an. Seine Bedeutung war deshalb aber nicht gestiegen. Von den anderen Mitgliedern des abwechselnd in Brüssel und Straßburg tagenden Parlaments wurden die Goiserer-Leute aus Österreich nahezu wie Parias behandelt. Jedenfalls mied und ignorierte man sie nach Möglichkeit. In Österreich selbst wiederum kümmerte sich kein Mensch darum, was im fernen Brüssel und in Straßburg geschah. Und auch innerhalb der Partei, für die Pischenreiter nun tätig war, zeigte niemand das geringste Interesse an den tierpolitischen Konzepten, die der für den nämlichen Sachbereich zuständige Sprecher der Freiheitlichen auszuarbeiten versprach.

In dieser für ihn insgesamt sehr frustrierenden Situation erreichte den Neo-Freiheitlichen die überraschende Nachricht, sein Parteiführer wolle ihn in einer Tier-Angelegenheit dringend sprechen.

Pischenreiter begann, sich gründlich auf diese Aussprache vorzubereiten. Da einerseits nebenbei die Bemerkung gefallen war, das rätselhafte Krokodil der Grünen werde ein Konsultationsgegenstand sein, und andererseits die Freiheitlichen vor einiger Zeit unter dem Titel *Österreich zuerst* ein leider nicht hinreichend erfolgreiches Volksbegehren gegen den Zuzug von Ausländern gestartet hatten, glaubte der Tier-Sprecher zu wissen, was gefragt sein würde. Er verfaßte einen flammenden Appell gegen die schleichende Verdrängung der angestammten österreichischen Arten durch zwielichtiges exotisches Exportvieh, welche Entwicklung eine erbbiologisch überaus gefährliche rassische Durchmischung der heimischen Tierwelt befürchten lasse. An diese grundsätzliche Einlassung knüpfte er den Vorschlag, die Freiheitlichen sollten sich ein symbolträchtiges Parteitier zulegen. Um sich dabei aber eindeutig positiv von den Grünen mit ihrem fremdländischen Krokodil abzusetzen, solle die Wahl unbedingt auf ein eindeutig österreichisches – bevorzugt germanisch-alpenländisches – Exemplar fallen ...

Als Pischenreiter daran ging, seinen Vorschlag zu konkretisieren, wollte ihm nicht gleich die geeignete Art einfallen. Zuerst dachte er an ein Reh – doch das erschien ihm bei näherer Prüfung als zu scheu und flüchtig, um die gewünschten Assoziationen herzustellen. Jegliche Hasenart kam in dem Sinne erst recht nicht in Frage. Schon eher dünkte ihm ein Hirsch in Betracht zu kommen – zumal wenn es sich um einen prächtig gebauten Zwölfender handeln würde.

Doch dann verwarf er auch diese Idee. Stand doch zu befürchten, daß diesfalls in manchen Bevölkerungskreisen nur noch von *de Hirschen* gesprochen werde, wenn von den Freiheitlichen die Rede sei. Ähnliches galt für die von Pischenreiter als nächstes geprüfte Gamsbock-Alternative. Das lag etwas zu nahe am Gasbock, wie man in Österreich einen Ziegenbock nennt.

Endlich glaubte der Tier-Sprecher die Königsidee gefunden zu haben: Ein Karawankenbär mußte es sein! Das war geradezu ideal und genial zugleich. Pischenreiter dachte an die Karawanken, von deren Fuß sein Führer aufgebrochen war, um dieses Land zu erwecken. Er dachte an das Bärental, in dessen Wälder sich dieser Führer immer wieder meditierend zurückzog, um Antworten auf die bedeutenden Fragen der Menschheit zu finden ...

Da er als Kind begeistert bei der Messe ministriert hatte, war Pischenreiter durchaus bald klar, in welche geradezu biblische Dimensionen er Hägar Goiserer mit diesen Andeutungen rückte. Doch das schien dem hinsichtlich Beflissenheit wieder einmal zu seiner Höchstform auflaufenden neuen Parteigänger nicht sonderlich übertrieben zu sein. Und in jedem Fall würde mit der Assoziationskette Goiserer-Karawanken-Bärental-Karawankenbär-Freiheitliche Bewegung der unauflösliche Zusammenhang zwischen der Partei und ihrem Führer zum Ausdruck gebracht: Goiserer verkörperte ad personam die Freiheitlichen, und diese waren gewissermaßen ein kollektiver Gesamtgoiserer – welche Symbiose in Karawankenbärengestalt trefflichst veranschaulicht wurde.

Nachdem Pischenreiter seine Überlegungen mit leuchtenden Augen und vor Ergriffenheit bebender Stimme dem Parteiführer unterbreitet hatte, blickte ihn dieser indes mit einem Ausdruck von Ungeduld in den sorgfältig gebräunten Zügen an: »Und was glaubst, woher wir einen solchen Bären nehmen?«

Pischenreiter verstand nicht gleich: »Na, aus den Karawanken natürlich! Wie der Name schon sagt: Karawankenbär!«

»Sag, haltst du mi für blöd?« Das Gesicht Goiserers, das gewöhnlich wirkte, als sei es von Marketingexperten zur Bewerbung von Geländewagen oder sonstiger rustikaler Produkte der gehobenen Preisklasse entworfen worden – nur hoffnungslose Zyniker dachten bei seinem Anblick eher an den Gebrauchtwagenhandel – verzerrte sich jäh zu einer aggressiven Fratze: »Mir scheint, du haltst mich für blöd! Aber das is ja typisch, für diese linke Schickeria! Ihr haltet's mich alle für blöd! Na wart, euch bring ich alle noch dorthin, wo ihr viel Zeit haben werdet's zum Nachdenken, wer da wirklich die Blöden san!«

»I versteh net«, entgegnete Pischenreiter erschrocken. »Was soll i mit der linken Schickeria zu tun haben? I hab mit dem G'sindel nie etwas zu tun g'habt! I schwör's! Mir geht es nur um den Karawankenbären, und der lebt nun einmal in den Karawanken – i schwör's dir!«

Zugleich ahnte er vage den veränderten Stellenwert, den er nunmehr für seinen Führer besaß. Der vermochte zwar mit einem kernigen Skilehrer-Charme ganze Massenversammlungen für sich einzunehmen und in Einzelgesprächen jedem halbwegs eitlen Menschen den

Eindruck zu vermitteln, er halte ihn für bedeutend. Doch auf beharrlichen Widerspruch reagierte Goiserer mit unverhaltenem Jähzorn. Und wen er einmal in seine Abhängigkeit gebracht hatte, den pflegte er spüren zu lassen, wer wem bedingungslos gehorchen müsse.

Vielleicht habe er sich von einem Umstieg auf eine politische Karriere doch etwas zu viel versprochen, ging es Pischenreiter durch den Kopf.

Doch in dem Moment schien Goiserer wieder einlenken zu wollen: »Ja, ja, i weiß, das hat eigentlich nichts mit dir zu tun. I bin nur ein bissl unter Zeitdruck. Und auf die Idee mit dem Karawankenbären bin i schon lang selbst gekommen. Nur – das Blöde ist: Es gibt faktisch keine Karawankenbären mehr. Jedenfalls hat sich schon die längste Zeit keiner mehr gezeigt. Du solltest dich vielleicht einmal darum kümmern, was da zu tun wär ...«

Pischenreiter nickte beflissen und notierte diesen Auftrag. Beinahe hätte er darüber nicht gleich registriert, daß sein Führer nun offenbar zum eigentlichen Anlaß der Aussprache kam: »Da gibt's dieses schimmlige Krokodil von den Grünen, über das jetzt überall berichtet wird. Die Sache interessiert mich. Das heißt, ich vermute, da is irgendwas im Busch, worauf wir reagieren sollten ...«

»Nein, nein, i hab mich natürlich gleich erkundigt«, warf Pischenreiter eilig ein. »Ein solches Krokodil lebt nicht im Busch, das lebt ...«

Weiter kam er nicht: »... im *Grünen Haus*!« schnitt ihm Goiserer lautstark das Wort ab. »Steht ja ständig in der Zeitung! Dazu brauch i dich net, um das zu wissen. Du sollst für mich in Erfahrung bringen, was über das Krokodil noch nicht in der Zeitung gestanden ist – hast verstanden? Also alles ...«

ALLES notierte Pischenreiter pflichtschuldig mit ungelenk gemalten Großbuchstaben. Er hatte Mühe, das schnelle Diktat seines Chefs zu Papier zu bringen: »... woher kommt das Viech wirklich? Ist dafür etwas bezahlt worden? Was frißt es, und wen hat es schon alles gebissen? Mit welchen Folgen? Mir scheint, da wird nämlich wieder einmal etwas verschleiert! Wer genau ist der Verantwortliche für das Viech? Wie schaut das mit den gesetzlichen Bestimmungen, mit den Steuern und so weiter aus? Gibt's politisch relevante Meinungsumfragen zu dem Thema? Welche Pläne haben die Gfraster mit dem Viech? Also kurz: Alles!«

Pischenreiter unterstrich das Wort *ALLES* nochmals.

Nachdem die Audienz beendet war, begann er darüber nachzudenken, wie es ihm gelingen könnte, diesen Auftrag auszuführen. Es gab offenbar wohl keinen anderen Weg, als mit den Eigentümern dieses verfluchten Krokodils in direkten Kontakt zu treten, um sie unter einem Vorwand auszuhorchen. Unter den wichtigen Leuten der Grünen gab es allerdings nur zwei, die Pischenreiter halbwegs kannte. Da war einmal der Abgeordnete Walter Wurst. Mit dem hatte der nunmehrige Freiheitliche zu Zeiten seiner journalistischen Anfänge kurzfristig derselben Redaktion angehört. Wurst hatte dort gerade einen Putsch gegen den Chefredakteur anzuzetteln versucht und auch Pischenreiter auf die Seite der Aufständischen bringen wollen. Der war aber als Folge seines noch nicht ganz abgebrochenen Naheverhältnisses zum kommunistischen Studentenverband nicht bereit gewesen, mit einem Trotzkisten gemeinsame Sache zu machen – als welcher Wurst aus gutem Grund gegolten hatte. Der inzwischen zum ideologischen Blockwart der Grünen konvertierte Ex-Kollege schien somit nicht ganz der richtige Gesprächspartner zu sein.

Ein wenig günstiger war die Lage hinsichtlich des grünen Paradeunternehmers Paulus Streibl. Den hatte Pischenreiter kennengelernt, als der seinerzeitige Gendarm und SPÖ-Jugendfunktionär diverse Redaktionen mit Material gegen seinen damaligen Parteichef versorgt hatte. Der Kontakt war auch danach nicht ganz abgerissen, da die beiden beim ORF wieder aufeinander gestoßen waren. Streibl hatte nunmehr die Grünen im Kuratorium dieses Unternehmens vertreten. In der Funktion war er eine gelegentliche Anlaufstelle für Pischenreiter gewesen, wenn dieser in seiner Funktion als Meldegänger des Zentralbetriebsratsobmanns diversen Kuratoren diskreditierendes Material über unliebsam gewordene ORF-Häuptlinge zuzustellen gehabt hatte.

Also rief Pischenreiter bei Streibl an, um mit dem Grünen ein Gespräch zu vereinbaren: »Nix Konkretes – i hab mir nur gedacht, man sollte unsere guten Kontakte nicht abreißen lassen.«

Streibl glaubte naturgemäß kein Wort, doch er verstand sich als Mann ohne Berührungsängste. Dazu war er neugierig, was ausgerechnet die Freiheitlichen von ihm wollen könnten. Und insgesamt erschien es ihm nützlich, bei jeder Partei über einen Ansprechpartner zu verfügen. Ein solcher fehlte ihm bei Hägar Goiserers Bewegung ohnedies. Also schlug Streibl eine Aussprache in seinem Penthouse am Siebensternplatz vor.

Pischenreiter war spontan beeindruckt vom herrschaftlichen Gepräge, durch das sich seinem Empfinden nach die Wohnung des ehemaligen Landgendarms auszeichnete. Der Besucher rutschte ein wenig unbehaglich im lederbezogenen Polstermöbel hin und her, in das ihn der Gastgeber plaziert hatte. Er versuchte, einen möglichst unverfänglichen Gesprächseinstieg zu finden. »Hübsch hast es da«, sagte Pischenreiter endlich.

»Ja, ja, ich kann mi net beklagen«, bestätigte Streibl. »Zumindest in dem Punkt net.«

»Mein Gott, wenn i denk – deine Bude damals unten in Mattersburg, wo wir uns ein paarmal getroffen haben: I muß sagen, da hat sich schon sehr viel verändert!« spann Pischenreiter das Thema fort. Er wußte noch immer nicht so recht, wie er das Gespräch auf den ihn interessierenden Punkt bringen sollte.

Streibl nahm den Faden sofort auf: »Ja, ja, natürlich hat sich viel verändert – aber das passiert ja eigentlich überall. Bei dir ja auch, wie man waß. I muß sagen, i war schon einigermaßen überrascht, wie i g'hört hab, daß du plötzlich für den Goiserer antrittst. I mein, das geht mi natürlich nix an, und jeder muß schauen, wie er weiterkommt. Aber sag, hat dir des net viele Feinde eingebracht, daß du jetzt mit denen z'ammen bist?«

Pischenreiter reagierte ein wenig verlegen. Bei aller Aussicht, endlich die ihm angemessen erscheinende Bedeutung zu erlangen, war es ihm durchaus etwas peinlich, auf seine neue politische Heimat angesprochen zu werden. Das galt zumindest im Hinblick auf Leute wie Streibl, dessen Übersiedlung von den Sozialdemokraten zu den Grünen man zumindest im ideologischen Sinne nicht als radikalen Gesinnungswechsel auslegen konnte. Der Mann war dem Anschein nach seinen Grundsätzen treu geblieben – und dabei offenkundig noch dazu reich geworden.

Aus Pischenreiters Perspektive war das eine bemerkenswerte Leistung. Er hielt es daher für angebracht, seinen Frontwechsel in einem etwas anderen Licht erscheinen zu lassen. Das brachte ihn auf eine spontane Idee. »Wart's ab«, sagte er vieldeutig, »was die Angelegenheit betrifft, so ist das letzte Wort noch nicht gesprochen.«

»Ah jo?« Streibl merkte interessiert auf: »Hast etwa gar schon Streit mit deinem neuen Herrn Führer? Der scheint mir ein bissl Alleinherrscher-Allüren zu haben – stimmt's? Man hört ja immer wieder, daß der einen jeden total fertigmacht, der in seinem Verein nicht hundertprozentig nach seiner Pfeifen tanzt.«

An dem Gerücht war leider etwas dran, soviel hatte Pischenreiter inzwischen durchaus schon erfahren. Doch das wollte er sich nicht eingestehen, und zugeben wollte er das erst recht nicht. Daher winkte er sofort ab: »Na, na, des Problem hab i net. I mein, kann ja sein, daß der sich gegenüber irgendwelchen Unterläufeln manchmal ein bissl hantig zeigt. Aber des is net mein Problem. Als Unabhängiger bin i ja sozusagen unangreifbar. Es geht mehr darum, warum i das Angebot überhaupt ang'nommen hab, für die Freiheitlichen ins Europaparlament zu gehen ...«

»Damit dort endlich ein g'scheiter Mensch sitzt?« warf Streibl ein.

Pischenreiter war gegenwärtig nicht in der Verfassung, den hämischen Unterton dieser Frage herauszuhören. »Ach geh, das Parlament kann mir g'stohlen werden«, erklärte er mit großer Geste. »Dort wird ja nur endlos herumpalavert, und herauskommen tut dabei überhaupt nix. Damit tät ich meine Zeit net verplempern, wenn das nicht zugleich eine hervorragende Gelegenheit wär, den Goiserer und seine Partei von innen her kennenzulernen ...«

»Und was hast davon?« Streibl verstand das Argument nicht.

»Ja, natürlich, das kann man wahrscheinlich nur verstehen, wenn man weiß, was leidenschaftlicher Journalismus is«, erklärte Pischenreiter geheimnisvoll. »Schau, i kann dir jetzt natürlich noch lang nicht sagen, was genau da läuft. I kann dich nur an eines erinnern: Als ich im Journalismus ang'fangen hab, war ich sozusagen eine Art österreichischer Wallraff – du verstehst? Also einer, der sich so richtig irgendwo eing'schleust hat, wenn dort was zu erfahren war, was nicht hätt bekannt werden sollen.«

»I erinner mi, da waren ein paar solche Sachen«, bestätigte Streibl. Seinerzeit war es unter jungen Reportern tatsächlich modern gewesen, im Wallraff-Stil zu recherchieren. Ein wenig zumindest. Und Pischenreiter hatte das mitunter gleichfalls versucht. Streibl erinnerte sich vage an einige derartige Artikel. Es war in keinem Fall um großartige Dinge gegangen. Da war eher der Wille für das Werk gestanden. Doch die Andeutung, die in Pischenreiters Hinweis steckte, ließ ihn hellhörig werden: »Sag gleich, du bist also so eine Art trojanischer Spion in dem Goiserer-Verein?«

Pischenreiter war begeistert von dem Einfall, den er

eben ins Spiel gebracht hatte. Er grinste zufrieden über das ganze Gesicht: »Kannst dich noch erinnern, was der alte Kreisky oft g'sagt hat: ›Ich sage nicht, daß ich nicht ...‹ Muß i deutlicher werden?«

»Von mir aus nicht«, antwortete Streibl. »Nur eines hätt i gern g'wußt: Warum erzählst du mir des?«

»Is doch logisch – denk nach: Was immer da läuft – wie g'sagt, i hab dir natürlich überhaupt nix g'sagt! –, was immer also laufen könnt: Man muß an nachher denken. Wenn die Bombe hochgeht, dann soll man wissen, wohin man in Deckung gehen kann – verstehst? Da wird nämlich aller Voraussicht nach sehr scharf auf mi g'schossen werden. Und in so einer Lage braucht man einen Rückhalt – auch politisch! Also muß man eben rechtzeitig vorbauen ... Hast jetzt verstanden?«

»Eh klar!« Streibl nickte. Er glaubte durchaus zu wissen, wohin der Hase lief. Vor allem war ihm der Umstand klar, daß er nun auf der Hut sein müsse. Die Sache konnte genausogut eine hundsgemeine Falle sein. Vielleicht plante Goiserer ja, seinen Pischenreiter unter der von diesem eben vorgetragenen Legende bei den Grünen einzuschleusen und dann zu behaupten ... Nun, was immer der Kerl diesfalls behauptete: Die Sache würde auf einen großen politischen Skandal hinauslaufen, der seiner Partei und noch mehr ihm selbst großen Schaden zufügen könnte. Streibl meinte das gewissermaßen im Urin zu spüren. Er wußte: Nun durfte er kein unbedachtes Wort sagen!

Doch um nicht zu verraten, was er vermutete, mußte er wohl so tun, als steige er auf das Spiel ein: »Hörst, damit des klar is: I weiß von nix! I kann dir daher auch keinen Ratschlag geben, was du tun sollst und was nicht ... I red mit dir jetzt nur als mit einem Menschen, den was i von früher her kenn und dem i ganz allgemein meine Unterstützung zusag für den Fall, daß er vielleicht einmal aus politischen Gründen in die Scheißgassen kommt und dann Hilfe braucht – also, was konkret hast dir vorg'stellt, daß jetzt passieren soll?«

Pischenreiter beschloß, seinen genialen Einfall auf der Stelle auszubauen: »Schau, die Sache is nämlich die: Der Goiserer – aber das hab i dir nie im Leben g'sagt! –, der will von mir, daß i mich bei euch einschleus'! Und zwar wegen dem Krokodil, das ihr da habt's. Des Viech is ihm scheinbar net geheuer, und daher will er von mir, daß i alle Geheimnisse ...«

»So ein Blödsinn!« warf Streibl spontan ein. »Was soll's denn da für Geheimnisse geben wegen dem Krokodil?« Im nächsten Moment fiel ihm ein, daß im Zusammenhang mit Wandas Wirken tatsächlich einige Dinge existierten, die nicht unbedingt an die große Glocke gehängt werden sollten. Diese Einsicht bewog ihn dazu, seinen Einwand nicht weiter zu vertiefen.

Pischenreiter ging ohnehin nicht näher darauf ein: »Um genau zu sein: I weiß ja eigentlich selbst no net, was er mit dem Krokodil will und was er da vorhat. Aber i krieg das schon noch heraus! Keine Sorge, das erfahr i bestimmt noch. Nur, versteh mi: Damit i des herausfinden kann, muß i ihm a bissl Material liefern. Einen Köder sozusagen. Und dabei sollst du mir helfen, wenn das möglich wär ...«

»Hm, was mach ma da?« Streibl wußte im Moment wirklich nicht, was die für ihn günstigste und sicherste Vorgehensweise sein würde. »Weißt was«, schlug er vor, »i hilf dir natürlich aus alter Freundschaft, so gut i kann. Aber da muß i jetzt zuerst einmal klären, wie ma des anlegen. I denk darüber nach, und dann red ma noch einmal. Einverstanden?«

Pischenreiter war einverstanden. Die Unterhaltung klang mit allgemeinen Überlegungen hinsichtlich der politischen Zukunft des Landes unter besonderer Berücksichtigung der beiden Gesprächspartner aus. Pischenreiter spielte inzwischen nämlich ernsthaft mit dem Gedanken, nötigenfalls spektakulär zu den Grünen überzulaufen. Vorausgesetzt natürlich, diese garantierten ihm ein Mandat. Und zwar nicht im Europaparlament, das hier niemanden interessierte, sondern im

Nationalrat in Wien. Er hielt Streibl für den richtigen Mann, um ein solches Manöver einzufädeln, und er wollte diesem daher gleich einmal schonend beibringen, was die Zukunft vielleicht bringen werde.

Nachdem der Besucher endlich gegangen war, verständigte Streibl sofort seinen Vertrauten Walter Wurst, um mit dem die Angelegenheit zu besprechen. Die beiden einigten sich, zum Schein auf Pischenreiters Manöver einzusteigen und dem Goiserer-Gesandten Zugang zum Krokodil zu verschaffen. Etwa unter der Tarnung eines Tierpflegers – um die Sache dann als heimtückischen Spionage-Akt des politischen Gegners zu entlarven.

»I hab's!« triumphierte Streibl. »Wandagate! Des wird die Schlagzeile! Wandagate! Die Mutter der Skandale!«

»Und wir erledigen gleichzeitig den Scheißbauer!« jubelte Wurst.

»Wie des? Was hat der mit dem Goiserer zu tun?« Streibl schüttelte ungläubig den Kopf.

»Das wird eben der geniale Übergag«, trumpfte Wurst auf. »Der Scheißbauer wohnt ja gleich in der Nähe vom *Grünen Haus*. Also wer ma das so organisieren, daß er zufällig vorbeikommt, wenn der Pischenreiter bei der Wanda ist. Und daß er glaubt, da gibt's einen Einbruch und einschreitet. Und patsch ...«

»Na, hoffentlich funktioniert des«, seufzte Streibl. »Apropos, weil ma grad von dem Scheißbauer reden – i hab total vergessen, was da konkret war. Nämlich, warum wir unbedingt ihn wegräumen wollen ...«

»Was is denn das für eine blöde Frag?« brauste Wurst sogleich auf. »Da gibt's einen Beschluß! Oder hast das vielleicht auch vergessen?«

»Na, daran erinner i mi schon – nur hab i vergessen, warum ...«

»Was soll das?« rief Wurst erregt. »Ein Beschluß ist ein Beschluß, und alles andere ist dann egal!« Der Abgeordnete war vor allem deshalb so wütend, weil er inzwischen selbst vergessen hatte, welcher konkreter

Verbrechen der grundsätzlich störende Parteifreund Robert Bauer schuldig war.

VII

Walter Wurst war schon seit einiger Zeit mit der Welt nicht zufrieden. Die Dinge liefen ganz einfach nicht so recht in seinem Sinne. Der Politiker, der als der mächtigste Mann in den Reihen der Grünen gegolten hatte und der sich für den mit Abstand brillantesten Kopf in der Partei – somit des politischen Lebens in seiner Gesamtheit – hielt, war in gewisser Weise schleichend demontiert worden.

Es hatte lange gebraucht, bis ihm das selbst bewußt geworden war. Doch inzwischen konnte er sich dieser Einsicht nicht mehr entziehen. Zuerst waren ihm alle Führungsämter, die er in der Partei und deren Parlamentsfraktion innegehabt hatte, abhanden gekommen. Dies zwar nie auf dramatische Weise und in gewisser Hinsicht sogar mit seiner Duldung. Schließlich hatte der Abgeordnete stets zu jenen gezählt, die davor warnten, die Grünen zum Karrieresprungbrett für irgendwelche ehrgeizige Prominente degenerieren zu lassen. Natürlich war es ihm in erster Linie darum gegangen, unliebsame Konkurrenten im Kampf um Spitzenpositionen und öffentliche Beachtung auszuschalten. Walter Wurst war sich als Prominenter selbst vollauf genug. Er wollte keine Götter neben sich dulden – oder allenfalls welche, in deren Glanz er sich sonnen konnte, ohne befürchten zu müssen, sie könnten ihm ein Amt streitig machen. Ein bekannter Skirennläufer oder Schlagersänger ohne jegliche politische Ambitionen: Mit derlei Leuten zeigte er sich bei Gelegenheit gerne. Das war mit Presse-, mitunter sogar Fernsehpräsenz verbunden und konnte von ihm intern als uneigennützige Öffentlichkeitsarbeit im Dienste der Partei ausgelegt werden.

Jedenfalls hatte Walter Wurst den Part des nie an persönliche Ambitionen denkenden Parteiarbeiters mit solcher Hingabe zu spielen versucht, daß er letztendlich gar nicht anders konnte, als nach und nach seine herausgehobenen Funktionen an andere abzutreten. Andernfalls wäre er wohl früher oder später als unglaubwürdiger Sesselkleber abgestempelt worden.

Ein wenig hatte es ihn desweiteren gereizt, zu beweisen, daß man nicht unbedingt der gewählte Sprecher der Partei oder der Fraktion sein mußte, um Macht und Einfluß zu besitzen. Einige Zeit lang gefiel er sich in der Rolle der grauen Eminenz, die aus dem Hintergrund die Fäden zieht.

Aber die Fäden waren ihm offenkundig nach und nach entglitten. Man folgte seinen Anregungen inzwischen weithin nicht einmal mehr dann, wenn er sie verbunden mit der Drohung aussprach, der Partei und überhaupt der Politik den Rücken zu kehren. Darauf reagierten zunehmend mehr Parteifreunde mit demonstrativer Gleichgültigkeit oder gar hämischen Kommentaren. »Wovon will er denn dann eigentlich leben?« lautete die in diesem Zusammenhang immer wieder gestellte bösartige Frage.

Solcherart drückten sich längst nicht bloß ein paar alte Feinde wie dieser unkontrollierbare Robert Bauer aus. Derlei Respektlosigkeiten wurden inzwischen sogar schon von Leuten geäußert, die ihre politische Existenz der öffentlichen Zugkraft von Walter Wurst verdankten. So sah er die Lage jedenfalls. Für den Abgeordneten stand nämlich fest: Er war es gewesen, der die Grünen ins Parlament katapultiert hatte. Also waren alle Mandatare der Partei erst durch ihn zu solchen geworden.

Doch Dankbarkeit war offenkundig keine politische Kategorie. Dieser seinerzeit vom allmächtigen Bruno Kreisky – unter dessen Präsidentschaft der damalige Studentenfunktionär Wurst begleitet von Rachegelüsten die SPÖ verlassen hatte – oft zitierte Satz stimmte wohl leider.

Angesichts solcher Umstände zweifelte der Abgeordnete durchaus mitunter daran, ob die von ihm zusammen mit seinem Partner Paulus Streibl beschlossene Endlösung der Scheißbauerfrage tatsächlich ausreichen würde, um die unerfreulichen Verhältnisse grundlegend zu ändern. In dem Punkt wollte Wurst trotzdem nicht zurückstecken – auch wenn er inzwischen vergessen hatte, weshalb genau der verfluchte Kerl beseitigt werden sollte. Dies allein schon deshalb, weil Wurst stets mit wütender Ungeduld reagierte, wenn etwas, das er sich in den Kopf gesetzt hatte, nicht klappte. Das Scheitern aller bisherigen Versuche, den Scheißbauer in Wandas Zuschnappbereich zu locken, war ein solcher Fall.

Damit nicht genug: Walter Wurst fühlte sich zu allem Überfluß alleingelassen und unfair kritisiert. Sein Partner Paulus Streibl schien nämlich nicht mehr so recht bei der Sache zu sein. Dem Anschein nach liefen dessen Geschäfte im Moment so gut, daß er meinte, es sich leisten zu können, die Scheißbauerfrage zu vernachlässigen. Streibl entwickelte jedenfalls von sich aus keine Initiativen mehr, um diese Geschichte endlich zu einem erfolgreichen Abschluß zu bringen. Und es genügte ihm offenkundig nicht, nichts mehr zu unternehmen. Bei ihrem letzten Gespräch hatte er es sogar für angebracht gehalten, Walter Wurst mit Hinweis auf Wandas bisheriges Versagen mangelnder Durchsetzungskraft zu zeihen. »Du reißt ständig irgendwelche Projekte an, aber ziehst keines wirklich durch«, hatte Streibl erklärt. »Du mußt langsam aufpassen, daß d' net bald als Schaumschläger und Dampfplauderer dastehst ...«

Es war daraufhin zu einem heftigen Wortwechsel zwischen den zwei Männern gekommen, der beinahe im Bruch ihrer bislang für beide gedeihlichen Partnerschaft gemündet wäre. Letztendlich hatte Wurst notdürftig eingelenkt. Es war für ihn in der insgesamt kritischen Situation nicht ratsam, auch noch diesen Vertrauten zu verlieren. Immerhin war ja eben erst die bis dahin stabile Achse zerbrochen, die Wurst mit seinem Abgeordnetenkollegen Vinzenz Plechl gebildet hatte. Der fühlte sich nämlich von Wurst in mehrfacher Hinsicht verraten und übervorteilt. Das lag im unseligen Tagesordnungsstreit der beiden Mandatare während der jüngsten Wiener Landesversammlung begründet, der mit dem denkwürdigen Wanda-Biß in den Plechl-Hintern geendet hatte.

Plechl legte die Umstände inzwischen so aus, als habe nicht das Krokodil, sondern Wurst zugebissen. »Die sollten beide besser heute als morgen verschwinden!« wurde ein Plechl-Ausspruch kolportiert.

Da schien sich etwas zusammenzubrauen. Walter Wurst hatte eine untrügliche Witterung für solche Gefahren. Wahrscheinlich würde Plechl die Krokodilangelegenheit zu instrumentieren versuchen, um ihn endgültig abzumontieren.

Ein solches Manöver erschien logisch, denn ebenso wie Wurst hatte auch Wanda zuletzt parteiintern sehr viel an Attraktivität verloren. Es wurde immer häufiger verständnislose Kritik an der Existenz des Partei-Krokodils laut. Wanda wurde zunehmend als unnütze, in Einzelfällen sogar gefährliche Belastung empfunden. Zum Glück wußte abgesehen von Streibl kein Mensch, auf welche Weise das Tier tatsächlich zur Partei gestoßen war. Sollte in dem Punkt die Wahrheit publik werden, so würde das gewiß seinen politischen Tod bedeuten. Walter Wurst gab sich dahingehend keinerlei Illusionen hin.

Der Abgeordnete war immer schon ein Anhänger der Theorie gewesen, wonach Angriff die beste Verteidigung sei. Also entschloß er sich zu einem breitgefächerten Präventivschlag, um seine abgebröckelte Position zu festigen, seine internen Konkurrenten zurückzustutzen, endlich wieder eine Spitzenfunktion zu besetzen, den externen politischen Gegnern auf spektakuläre Weise eine schmachvolle Niederlage zu bescheren – und nebstbei die Scheißbauerfrage endlich zu lösen. Wurst war überzeugt, sich mit all dem nicht zuviel vorgenommen zu haben, denn er glaubte zu wissen, wie jedes dieser Ziele mit einer einzigen Operation zu erreichen sei.

Doch ein solches Manöver wollte gut vorbereitet sein. Um seinen Rückhalt beim Fußvolk und den Sympathisanten der Partei zu stärken, begann der Abgeordnete, systematisch Basisarbeit zu leisten. Darunter verstand er zum Beispiel ausgedehnte Besuche in jenen Wirtshäusern der Stadt, die als Treffpunkte der grün-alternativen Szene bekannt waren. Dort pirschte er sich an die Stammtische heran, um Gespräche anzuknüpfen, die stets bald einen intriganten Charakter annahmen. Da wurde dann über die leider wohl unlösbaren Alkoholprobleme der Klubobfrau Mijatovic getuschelt, die eine nicht zu unterschätzende Gefahr darstellten, wie Wurst meist einflocht: »Ich tu ja, was i kann, damit die Scheiße net hochkommt. Aber auf Dauer kann i für nix garantieren. Da liegen nämlich in fast jeder Zeitungsredaktion Fotos von der B'soffenen herum, wie sie sich grad fürchterlich aufführt. Angeblich entsetzlich! Irgendwann einmal drucken irgendwelche Arschlöcher das Zeug, und das fällt uns dann allen auf den Schädel!«

Die Methode, ahnungslose Parteigänger an solchem Herrschaftswissen teilhaben zu lassen, verfehlte selten die gewünschte Wirkung: Die Zuhörerschaft zeigte sich beeindruckt und beschloß im stillen, die eben aufgeschnappten Informationen als Zeugnis eigener Herrschaftsnähe im Bekanntenkreis weiterzuerzählen.

Als nächstes nahm sich Wurst bei seinen Wirtshausgesprächen nunmehr zumeist den Abgeordnetenkollegen Vinzenz Plechl vor, um dessen Bestrebungen zu kommentieren, Parteivorsitzender bzw. Parteivorsteher zu werden: »Der Vinzenz is an sich ja ein klasser Bursch – was man angesichts von seinem Vater gar nicht erwarten möcht. Wenn man ihm eine klare Linie vorgibt, is er ein sehr guter zweiter Mann. Aber als Spitzenmann? I waß net – i fürcht, da kommt dann dasselbe heraus, was wir in der Fraktion jetzt schon erleben. Seit

Monaten wächst der Mangel an politischem Management und überzeugender Außenvertretung, ohne daß sich irgendwelche Klärungen abzeichnen. Die politische Führungsschwäche im Klub ist seit langem unübersehbar. Statt dessen wird auf Teufel komm raus personalisiert, entpolitisiert und intrigiert. Und dazu kommt ja leider, daß der Vinzenz dazu neigt, sich von seinem Vater und den anderen Zeitungsschmierern beeinflussen zu lassen – weil er im Grunde nämlich konfliktscheu ist und immer den Weg des geringsten Widerstandes sucht. Wir können's ja jeden Tag in der Zeitung lesen, was diese Leut von uns wollen: eher tierliebend als ausländerfreundlich, eher privat als Staat, also sozialstaatskritisch, also suppengrün und grundsatzlos, also paktfähig mit allen Niederträchtigen! Ich sag's euch, wenn der Vinzenz die Partei auf den Kurs bringt, werden wir von der ganzen Medienbagage zu Tode gestreichelt!«

Spätestens an dieser Stelle wurde zuverlässig zustimmendes Gemurmel laut. Nur selten verstieg sich jemand zum Einwand, Wurst und Plechl hätten bislang doch immer am gleichen Strang gezogen. Und was Wurst seinem Kollegen vorwerfe, träfe genausogut auf ihn selbst zu. Wenn doch einmal jemand diese Ansicht vertrat, wurde die jeweilige Person vom Abgeordneten auf der Stelle ohne Rücksicht auf vielleicht angebrachte Leutseligkeit zurechtgeputzt: »Was du da daherredest, ist der größte Blödsinn überhaupt! Weil du nämlich absolut keine Ahnung hast, was wirklich vorgeht! Und dein falscher Eindruck beruht darauf, daß ich mich immer bemüht hab, interne Gegensätze net nach außen dringen zu lassen! Weil i nämlich immer bis zur Selbstaufgabe loyal zur Partei bin!«

Diese Feststellung reichte beinahe jedes Mal aus, um Kritiker zum Schweigen zu bringen.

Wurst betrieb in dieser Phase der Vorbereitung seiner neuen Offensive auch präzise Zielgruppenarbeit. Darunter verstand er beispielsweise, sich zu einem vegetarischen Abendessen in eine feministische Wohngemeinschaft einladen zu lassen und dort mit nahezu demütiger Haltung darum zu bitten, man möge ihm mitteilen, welche konkreten Wünsche feministischerseits an ihn in seiner Funktion als Abgeordneter bestünden. Zumeist provozierte er mit diesem Ersuchen die Aufzählung eines ehrgeizigen Wünschekatalogs, der letztendlich jedoch immer auf einen Punkt hinauslief: Der Staat möge sich endlich seiner Verpflichtungen gegenüber den Bannerträgerinnen emanzipatorischer Lebensformen bewußt werden und den Lebensunterhalt jener finanzieren, deren Lebensinhalt darin bestehe, feministisches und sonstiges fortschrittlich-emanzipatorisches Gedankengut zu verbreiten.

Wurst war sich der Unerfüllbarkeit dieses Begehrens durchaus bewußt. Gleichwohl notierte er die Anregung jedes Mal begleitet von heftigem Kopfnicken und erklärte dann: »Versteht's mich bitte nicht falsch – wenn bei uns im Parlamentsklub wirklich jemand auf der Seite der Frauen ist, dann bin das ich! Aber i muß leider feststellen, daß da wieder einmal etwas vorliegt, was typisch is für die Frauen, die wir in der Fraktion haben. Weil die nämlich alle keine wirkliche feministische Basis haben. Ich meine: Grundsatzmäßig. Die kommen mit solchen Initiativen daher wie etwa ein Hausfrauengehalt – aber sie sehen net, wo man zuerst ansetzen muß: nämlich dort, wo Bewußtseinsarbeit betrieben wird, die natürlich nicht auf Dauer umsonst geleistet werden kann! Des is jedenfalls für mich alarmierend, daß ich eure Forderung noch nie von einer der Frauen gehört hab, die wir in der Fraktion und in den Leitungsgremien der Partei haben! Ich mein, i kann natürlich net bestimmen, wer bei uns die Frauenvertreterinnen sind. I kann euch nur sagen, in dem Punkt solltet's ihr vielleicht etwas unternehmen. Was hilft's schließlich, wenn wir in der Fraktion bewußt net einen Mann an der Spitze haben, sondern eine Klubobfrau – wenn die dann offenbar die Fraueninteressen vergißt!«

Damit sich seine Anregung bei den Zuhörerinnen ein wenig einprägen konnte, suchte der Abgeordnete bei diesem Stand des Gespräches meist die Toilette auf – um danach die Häkelarbeit zu loben, mit der hier die Klobrille gepolstert war: »I muß sagen, darauf sitzt man wirklich angenehm!«

Damit war klargestellt, daß er einer weitverbreiteten Frauenforderung folgend im Sitzen geludelt hatte. Solche Details vermochten seine Glaubwürdigkeit zuverlässig zu verstärken.

War ein solches vegetarisches Zielgruppenarbeitsessen endlich absolviert, steuerte Walter Wurst auf schnellstem Wege den nächsten Würstelstand an, um sich eine Waldviertler oder Debreziner mit süßem Senf zu gönnen. Als Steirer bevorzugte er ja eigentlich die Krainerwürste, die waren aber in Wien leider nur selten im Angebot. Eine wirklich gute Krainer mit Kren gab es in dieser Stadt faktisch nur im *Café Alt-Wien* in der Bäkkerstraße.

Doch dort verkehrten überwiegend anarchistische Künstler, ewige Achtundsechziger und sonstige rüde Gesellen, die jeden leibhaftigen Berufspolitiker, dessen sie ansichtig wurden, mit Spott und Hohn eindeckten. Egal, welche Partei er vertrat: »Jessas, schau – der Riesenstaatsmann Wursti! Der schaut a immer mehr aus wie eine ranzige Braunschweiger! Hörst, Seicherl, waßt aber eh, daß d' da ned im Parlament bist! Da bei uns kannst dir dei Immunität in die Haar schmieren, weil a Watschen is gach g'rieben, wennst deppert daherred'st!«

Solchen ihm jeglichen Respekt versagenden Leuten ging der Abgeordnete nach Tunlichkeit aus dem Wege. Da traf er sich lieber zu einem Vieraugengespräch mit seinem zuverlässigen Vertrauten Doktor Lorenz Gamper, um mit diesem gezielte Öffentlichkeitsarbeit vorzubereiten. Der Mann war zwar im Hauptberuf Arzt, doch er politisierte seit seinen Studententagen in den Reihen des katholischen *Cartellverbandes* leidenschaftlich gern.

Gamper hatte damals auf sich aufmerksam gemacht, indem er zum Wortführer des linkskatholischen Flügels im CV geworden war. In seiner Tiroler Heimat wurde er deshalb als *Herzjesubolschewik* bezeichnet, der er indes in der Tat schon seit langem nicht mehr war. Das Moment der Kontinuität bestand bei ihm eher in der seinerseits nicht ohne Verbitterung wahrgenommenen Mißachtung seines Genies sowohl in politischer wie medizinischer Hinsicht durch einen bedauerlich großen Teil des Restes der Menschheit. Gamper wußte nämlich in beiden Bereichen stets alles besser, und er teilte dies der Öffentlichkeit regelmäßig in Kolumnen mit, die von örtlichen Zeitschriften veröffentlicht wurden. Seine doppelte Begabung hatte ihm die Spottnamen *Doppelgott* und *Zweifaltigkeit* eingetragen, was freilich nur die Ignoranz seiner Gegner bewies.

Davon war Gamper jedenfalls überzeugt, und Wurst bestätigte ihm das bei Gelegenheit gerne, weil diese Schmähungen überwiegend von denselben Leuten kamen, die ihn *das Doppelweh* nannten. Und das war nicht die einzige Übereinstimmung, die zwischen den beiden Männern bestand. So wie Walter Wurst seinerzeit die SPÖ in ihrer Gesamtheit hatte revolutionieren wollen, war Gamper einige Zeit lang von seiner Berufung überzeugt gewesen, die Gesundheitspolitik der Sozialdemokraten von Grund auf neu zu gestalten. Naturgemäß versehen mit dem Amt des Gesundheitsministers, in welches er freilich nie berufen wurde, weshalb der Arzt dieser Partei seine zwischenzeitliche Liebe radikal wieder entzog.

Später war Gamper etwa zur gleichen Zeit wie Wurst zu den Grünen gestoßen. Dort gab es aber ebenfalls sehr viele, die nicht direkt auf den politisierenden Mediziner gewartet hatten. Wenn es um die Verteilung von Mandaten und Ämtern ging, war sich jedenfalls auch da fast jeder selbst der Nächste – und niemand kam auf die naheliegende Idee, Gamper zu bitten, dieser möge sich an die Spitze der neuen Partei stellen lassen. Der Arzt war nämlich aufgrund seiner unermüdlichen publizistischen Tätigkeit zumindest in politischen Zirkeln einigermaßen bekannt. Faktisch also ein *Promi*. Und somit für viele unbesehen jemand, den es zu verhindern galt.

Exakt der Ansicht war auch Walter Wurst normalerweise aus grundsätzlichen Erwägungen und im eigenen Interesse. Da er aber in dem speziellen Fall beobachten konnte, daß Gampers umtriebigste Feinde auch die seinen waren, erklärte er den Arzt unter vier Augen zu seinem »wichtigsten Vorbild und Ratgeber«. Im Gegenzug erkannte der Medizinmann in Wurst sofort »den einzigen politischen Kopf, den es derzeit im grünen Lager gibt«. Natürlich neben sich selbst – doch Gamper war ausreichend von der eigenen Größe überzeugt, um es für unnötig zu erachten, eine solche selbstverständliche Tatsache zu erwähnen.

Manche Parteifreunde behaupteten zwar, Wurst und Gamper würden einander ausschließlich auf der Ebene beiderseitiger Eitelkeit ergänzen. Doch niemand konnte den für Grünen-Verhältnisse überaus langlebigen Bestand dieser Achse leugnen.

Da ihm niemals mit dem wünschenswerten Nachdruck ein wirklich bedeutendes Amt angeboten worden war, hatte sich Gamper in Sachen Politik bald wieder auf seine publizistische Tätigkeit zurückgezogen. In den von ihm verfaßten Kolumnen nannte er seine Parteifreunde ohne Umschweife so, wie sie von anderen nur hinter ihrem Rücken genannt wurden: Für Gamper war beispielsweise der Abgeordnete Plechl – seit der seine Anwartschaft auf das Amt des Bundesparteichefs angemeldet hatte – ein *erfolgloser Bundesstammler*. Die Klubobfrau Mijatovic enttarnte der Kolumnist als *politischen Sozialfall*. Auch einen *Pappnapoleon am grünen Misthaufen* hatte er schon mit Namensnennung vorgestellt. Lediglich Walter Wurst blieb für Gamper beständig *der einzige politische Kopf, den es derzeit im grünen Lager gibt*.

Für den Abgeordneten, der gerade wieder an die Spitze seiner Partei durchzustarten gedachte und der sich dazu gegenwärtig noch weitere ehrgeizige Ziele gesetzt hatte, bestand also aller Anlaß, sich des publizistischen Flankenschutzes seitens Gampers zu versichern. Der wollte im Moment aber nicht über dringend erforderliche personalpolitische Rochaden reden.

»Na endlich, daß ich dich wieder einmal treff, ich wollt mit dir schon die ganze Zeit über diese saublöde Krokodilgeschichte reden«, empfing er Wurst. »Sag einmal, wer ist denn für die Schnapsidee verantwortlich? Sich so ein Parteihaustier halten – das ist Opium für die alten Weiber, die die *Kronenzeitung* lesen und ohnehin nie grün wählen! Mit so einem Blödsinn lenkt man doch nur die Leut von den tatsächlichen Problemen ab! Die freuen sich wie im Kasperltheater, wenn das Krokodil wieder einmal einen Politiker beißt, und kommen nicht auf die Idee, daß solche Einzelmaßnahmen überhaupt nichts helfen, wo man insgesamt eine andere Politik machen müßte. Jetzt will ich noch gar nicht vom gesundheitspolitischen Aspekt reden – so ein Krokodil ist ja auch ein Risikofaktor!«

»Das hab i mir auch schon die ganze Zeit gedacht«, stieg Wurst umständehalber auf das Thema ein. »Deshalb wollt ich dich ja fragen, was du zu der Angelegenheit sagst ...«

»Also, wer ist für den Schwachsinn verantwortlich?« beharrte Gamper auf seiner eingangs gestellten Frage.

»Hm, verantwortlich – das ist wie so oft bei uns: Die Sachen passieren einfach irgendwie, und hintennach ist niemand verantwortlich. Ang'fangen hat's jedenfalls damit, daß das Krokodil beim Streibl hinterlegt worden ist wie ein Findelkind.«

»Natürlich! Beim Streibl! Bei wem denn sonst? Ich sag dir, diese eigenartigen Geschäfte von Streibl, von denen man immer wieder hört, gefallen mir nicht. Das wird alles zusammen noch einmal dem gesamten grünen Lager auf den Kopf fallen! Der Kerl soll sich entscheiden, ob er nun dubiose Geschäfte machen will oder in der Politik tätig sein. Beides geht nicht! Zumindest nicht bei den Grünen, wenn wir uns wenigstens noch ein bisserl von all den anderen Korruptionisten unterscheiden wollen. Wenn du mich fragst: Der Streibl muß weg!« Gamper unterstrich diese Worte, indem er die Luft mit einem energischen Handkantenschlag spaltete. Offenbar war ihm das zwischen Streibl und Wurst bestehende Naheverhältnis nicht bekannt.

Der Abgeordnete hielt es für angebracht, sich in dem Punkt nicht zu weit aufs Eis locken zu lassen: »Interessant, was du mir da sagst – über den Streibl seine Geschäfte weiß ich nämlich eigentlich gar nichts. Aber wenn du meinst, sollten wir uns den Punkt noch einmal vornehmen. Wenn da wirklich etwas dubios ist, wie du sagst, dann wird man wohl Konsequenzen ziehen müssen. Aber mit dem Krokodil hat das meines Wissens nichts zu tun: Wie gesagt, das ist bei ihm hinterlegt worden, und dann ist eher aus der Partei heraus der Ruf an das Viech ergangen – also sozusagen hat nicht der Streibl der Partei das Krokodil aufgedrängt, sondern einige Leut in der Partei wollten das unbedingt haben.«

»Trotzdem, mir gefällt die Geschichte nicht«, insistierte Gamper. »Warum ist das ausgerechnet bei dem Menschen abgegeben worden?«

»Hm, darüber kann man natürlich nur spekulieren«, sagte Wurst, dem gerade ein Einfall kam. »Man kann darüber deshalb nur spekulieren, weil es keine stichhaltigen Beweise gibt, was da wirklich dahintersteckt. Es gibt allerdings einen sehr fundierten Verdacht über die Hintergründe, den ich dir natürlich nur unter der Bedingung erzählen kann, daß ich darüber nie ein Wort verloren hab. Also vermutlich steckt da ein parteischädigendes Verhalten dahinter – womöglich sogar mit noch weiterreichenden Absichten, die so ungeheuerlich sind, daß ich darüber net reden kann. Da gibt's in unserer Bezirksorganisation im siebenten Hieb so einen ewigen Stänkerer und Querulanten – einen gewissen Robert Bauer ...«

»Ich glaub, von dem hab ich schon gehört – natürlich nix Gutes«, warf Gamper ein.

»Eben – ein Hinweis mehr! Also der Bauer hat wahrscheinlich das Krokodil besorgt und beim Streibl hinterlegt. Übrigens genau zu dem Zeitpunkt, als ich ausnahmsweise einmal mit dem Streibl eine Verabredung g'habt hab. Ein ganz eigenartiger Zufall! Vielleicht war die Sache also sogar gegen mich gerichtet. Es ist jedenfalls eine ganz klar parteischädigende G'schicht! Solang ich keinen Beweis dafür hab, kann i natürlich net behaupten, das sei so eine Art Mordanschlag gewesen ...«

»Soweit sind wir also schon!« rief Gamper erregt aus. »Das ist der Gipfel der Niedertracht! Der Kerl muß zur Verantwortung gezogen werden! Parteiausschluß und Strafanzeige! Das ist das Mindeste, was man in dem Fall unternehmen muß!«

»Stimmt!« bestätigte Wurst. »Doch mit welchen Beweisen? Du weißt ja, wie das is – in so einem Fall entsteht ein mords Wirbel, und wenn man nix beweisen kann, fällt das alles auf uns zurück. I bin daher eher für eine gefinkelte Strategie – indem wir nämlich den mutmaßlichen Täter auf demokratischem Wege die politische und überhaupt die Verantwortung für das Krokodil übertragen. Da kann er dann die Suppen auslöffeln, die er uns hat einbrocken wollen. Aber leider kann man ja im Moment in unserer Partei mit niemandem ein vernünftiges Wort reden, weil alle nur damit beschäftigt sind, ihre eigenen Spielchen zu spielen. I wollt auf der letzten Wiener Landesversammlung einen solchen Beschluß fassen lassen – aber ich hab den Punkt net einmal auf die Tagesordnung gekriegt, weil da ja nur personalisiert worden ist ...«

»Ist vielleicht eh besser so«, unterbrach Gamper. »Stell dir vor, einem solchen Menschen die Verantwortung für einen solchen Risikofaktor übertragen! Nicht auszudenken, was da alles passieren könnte! Nein, nein, das Problem muß entschieden auf andere Weise gelöst werden.«

Wurst war enttäuscht, doch das wollte er sich nicht anmerken lassen: »Da hast wahrscheinlich auch wieder recht – wir werden uns den Bauer auf andere Weise vornehmen müssen. Und bevor wir eine Lösung für das Krokodil finden, muß es rund um die Uhr bewacht werden, damit da nicht noch ein Unglück g'schieht ...« Der Abgeordnete wußte auch schon, wer mit Wandas Bewachung zu betrauen sei – doch das behielt er besser für sich.

Gamper schien an solchen Details ohnedies nicht interessiert zu sein. »Ganz richtig: rund um die Uhr bewachen!« stimmte er zu. »Ich werde wahrscheinlich etwas über die Sache schreiben. Weil das alles zusammen nämlich typisch dafür ist, wie es in dieser Partei drunter und drüber geht.«

Versehen mit diesem Rückhalt seitens des führenden Publizisten der Bewegung, beschloß Wurst, die Krokodil-Causa in der nächsten Sitzung des Bundesvorstandes zur Sprache zu bringen. Und bei dieser Gelegenheit dann gleich noch einige andere Dinge zurechtzurücken. Mit einem Mal empfand er wieder Spaß an der Politik. Doch das sollte besser nicht offenkundig werden. Wenn Wurst etwas durchsetzen wollte, so trat er stets mit präventiver Empörung und demonstrativ grantig auf. Das wirkte auf die anderen zumeist von vorneherein einschüchternd.

Der Politiker hatte sich diese Strategie seinerzeit während seiner Militärdienstzeit zugelegt. Da hatte er es nämlich zum Ausbildner gebracht – er war ein berüchtigter Schleifer gewesen, der allein schon seiner ständigen Unwirschheit wegen von den Rekruten gefürchtet wurde. Nahezu alle, die ihn damals kennengelernt hatten, konnten es später nicht fassen, daß ausgerechnet der kleine Kasernenhoftyrann als militanter Antimilitarist auftrat und für die ersatzlose Abschaffung des Bundesheeres agitierte. Doch dieser Widerspruch war nicht allzu vielen bekannt, und er schadete dem Politiker daher kaum.

Als Walter Wurst mit wohlkalkulierter Verspätung zur nächsten Bundesvorstandssitzung seiner Partei stieß, gab er sich jedenfalls, als sei da ein ihm unterstellter Zug von eben eingerückten Wehrpflichtigen versammelt. Mit mürrischem Blick sowie größtmöglicher Lärmentwicklung rückte er einen freien Stuhl zurecht und hob, noch bevor er sich hingesetzt hatte, die Hand zu einer Wortmeldung.

Es wurde gerade die Frage diskutiert, ob vielleicht die sich andauernd mit ihren Machtaspirationen gegenseitig blockierenden Platzhirsche der ersten Stunde für eine gewisse interne Lähmung verantwortlich seien, welche es in der grünen Parlamentsfraktion festzustellen gäbe. Walter Wurst wußte sofort: Das ging zwar nicht nur, doch auch gegen ihn. Es gab nämlich inzwischen im Bundesvorstand ein paar erst später dazugestoßene jüngere Leute, die unbedingt ein Parlamentsmandat wollten. Und die daher für die Idee warben, alle Altgedienten, die schon seit mehreren Legislaturperioden tätig waren, auszutauschen.

Dem Abgeordneten war klar: Sollte sich diese Linie durchsetzen, so wäre damit das Ende seiner Laufbahn als Berufspolitiker verbunden. Angesichts dieser Aussicht mußte er den Mürrischen nicht spielen – er war tatsächlich wütend. Dementsprechend gestaltete sich seine Wortmeldung wie die Anklageverlesung eines Staatsanwaltes.

»Ich werde euch nicht meine Sicht der Situation bringen«, hub er an und ließ zugleich den Blick mit verächtlicher Miene über die Versammelten schweifen. »Geht's auf die Straße und fragt's die Menschen, was die über uns denken: ›Ihr seid übergeschnappt! Was habt's ihr euch dabei gedacht? Es war das letzte Mal, daß wir euch gewählt haben!‹ Das kriegt man nämlich jetzt überall zu hören! Vorausgesetzt natürlich, daß man den Kontakt zur Realität noch nicht ganz verloren hat. Was ja aber leider nicht mehr allgemein vorausgesetzt werden kann. Mir scheint, da ist einigen unter uns net so recht klar, daß wir mit den Spompernadl, die sich in letzter Zeit gehäuft haben, auf dem besten Weg sind, aus dem Parlament zu fliegen! Und sowas kommt zustande, weil nie eine Evaluierung stattgefunden hat! Ich muß sagen, daß die Mehrheit der Führungsorgane absolut unverantwortlich gehandelt hat! Und damit ist eine Dynamik losgetreten worden, die nur noch schwer zu kontrollieren sein wird! Hat es eigentlich jemals einen entsprechenden Beschluß des Bundesvorstandes gegeben? Und wenn nicht: Was für Konsequenzen werden daraus gezogen? Da sind nämlich zu viele, die alles nur als Anlaßfall betrachtet haben, um Machtansprüche geltend zu machen! Und nicht für ein politisches Vorgehen! Da gibt es Leute unter uns, die streben eine Öko-KP an! Einen ökologisch verbrämten Stalinismus! Einen demokratischen Zentralismus! Mir ist völlig klar, was da gespielt wird: Die Offenheit der Grünen soll eingeengt werden! Mit allen Mitteln! Nötigenfalls eben mit Hilfe eines Krokodils!«

Mit einem Mal setzte verwirrtes Gemurmel ein. Alle hatten geglaubt, die Ausführungen ihres Vorstandskollegen Wurst gelte der zur Debatte stehenden personellen Erneuerung des Parlamentsklubs. Daher konnte sich niemand erklären, was diese Frage mit dem zuletzt parteiintern ein wenig unpopulär gewordenen Krokodil zu tun habe.

Walter Wurst nahm diese Verwirrung durchaus wahr. Sie lag ganz in seinem Interesse. Schließlich beabsichtigte er, mit einem Schlag gleich mehrere wunde Punkte zu treffen. Also fuhr er ungerührt fort: »Es gibt hier einige, die realisieren müssen, daß sie mit ihren Kamikaze-Aktionen zum Scheitern verurteilt sind! Und das ist ganz richtig so! Allerdings wird mit denen die ganze Partei scheitern, wenn das so weitergeht und es keine Neuorientierung gibt. Es wird jedenfalls niemandem gelingen, mir einen Maulkorb umzuhängen! Wenn ich eine politische Diskussion will, tu ich es! Ich weiß wohl, da gibt es einige, die hinter meinem Rücken verbreiten, ich hätte in dieser Frage zu wenig gemacht. Das überrascht mich bitte schön sehr. Früher hat man mir nämlich immer das Gegenteil vorgeworfen und vor allem das Tempo, das ich vorgelegt habe! Aber irgendwann ist auch für mich Schluß! Ich bin nicht bereit, anderen die Verantwortung für das abzusehende Debakel abzunehmen! Das führt alles zusammen noch einmal zu einer verheerenden Kettenreaktion, die rechtzeitig gestoppt werden muß! Und ich sag euch nur eines, damit das klar ist: Ich verfüge über genügend politisches Gewicht, um meine Projekte zu machen! Ich brauche daher kein Krokodil, um mich in Szene zu setzen!«

Nun war die allgemeine Verwirrung komplett. Erst nach und nach wurde klar, daß Wurst mit seiner breit angelegten Anklagerede gegen die Adoption des seinerzeit bei Streibl hinterlegten Krokodils – so stellte er die Sachlage naturgemäß weiterhin dar – durch die Partei polemisierte.

Damit rannte der Abgeordnete freilich offene Türen ein. Nicht nur jene Führungspersönlichkeiten der Grünen, die Wanda bislang gebissen hatte, waren des Tieres längst überdrüssig. Allerdings wollte niemand dafür verantwortlich sein, wenn mit dieser Frage ein zusätzliches Konfliktthema auf den Tisch käme. Man stritt intern ohnedies schon genug über andere Probleme. Und vor allem hatte niemand einen rundum schlüssigen Lösungsvorschlag parat. Denn das Krokodil einfach in ein Tierasyl abzuschieben, war wohl eher unmöglich, nachdem man es vor nicht langer Zeit unter großem Mediengetöse der Öffentlichkeit präsentiert hatte. Gewiß würde in einem solchen Fall massive Kritik am tierpolitischen Schlingerkurs der Partei laut werden. Schließlich berührte der Komplex einen traditionellen Kernbereich grüner Identität. Einmal abgesehen davon, daß weit und breit kein Tierasyl existierte, das auf die Aufnahme eines Krokodils vorbereitet gewesen wäre. Und Wanda nach Schönbrunn – also in den größten Tiergarten des Landes – zu transferieren, erschien von vornherein ausgeschlossen, nachdem die Grünen immer wieder heftige Kritik an den in diesem Zoo herrschenden Zuständen und den dafür politisch Verantwortlichen geübt hatten.

Mithin erwachte sofort reges Interesse, welchen Ausweg der geschätzte Parteifreund Walter Wurst weisen würde. Selbst seine schärfsten Konkurrenten ermunterten ihn mit nicht bloß geheuchelter Anteilnahme, er möge doch die eben angerissene Linie weiterentwickeln. »Es ist völlig richtig, daß dieser tiefgehende Konflikt positiv aufgearbeitet werden muß, und daher will ich meinen Vorredner ersuchen, seinen Teil dazu zu leisten. In unserem Kreis muß es nämlich möglich sein, alles offen zu diskutieren«, erklärte ein Vorstandsmitglied, das normalerweise grundsätzlich nie mit Wurst einer Meinung war.

»Mir erscheint wichtig, aus dieser Situation zu lernen, alles kritisch zu hinterfragen«, lautete die Stellungnahme der Klubobfrau Beatrice Mijatovic, die gewöhnlich gleichfalls nicht den Wurst-Freunden zugerechnet werden konnte. »Ich will sogar betonen, daß alle gewählten Parteisprecher das Recht haben, öffentlich eine Stellungnahme zu dieser Frage abzugeben.«

Die Diskussion drehte sich noch einige Zeit im Kreise. Dann meldete sich die üblicherweise für tierpolitische Belange zuständige Abgeordnete zu Wort, um das Krokodil – aus grundsätzlichen Erwägungen, wie sie ausdrücklich betonte – ihrer Wertschätzung zu versichern. Gleichwohl aber sei auch sie wütend: »Auf welcher Beschlußlage, mit welchem Pouvoir wurden die diesbezüglichen Entscheidungen herbeigeführt? Ich sehe in dieser Vorgangsweise genau das gleiche, was bei uns von einigen Personen immer wieder betrieben wird: nämlich eine unkoordinierte Anhäufung von Alleingängen, um damit an die Öffentlichkeit zu gelangen. Mit dieser Konstellation wird die politische Arbeit blockiert. Mich als die sachzuständige Bereichssprecherin hat niemand konsultiert, und daher habe ich nun ein

Anrecht darauf, eine absolute Vertrauenskrise zu empfinden. Hier wird Inhaltslosigkeit mit Intrigen gefüllt, und sich dann noch aus sachlich-politischen Erwägungen auf eine Seite zu stellen ist tödlich ...«

»Aber bitte, soviel ist ja auch wieder nicht passiert«, versuchte der Abgeordnete Vinzenz Plechl abzuwiegeln. Die Verletzung, die ihm Wanda zugefügt hatte, war noch nicht völlig ausgeheilt, weshalb er Probleme beim Sitzen hatte und daher stehend auf einen Stuhl gestützt an der Debatte teilnahm. Der für die Ausführung des Versammlungsprotokolles zuständige Bundesgeschäftsführer hatte eingangs umsichtig die Verfahrensfrage gestellt, ob in diesem Dokument nicht wie üblich bloß von einer Sitzung, sondern dieses Mal von einer *Sitzung/Stehung* die Rede sein sollte. Dies wurde jedoch nicht für nötig erachtet. Insbesondere Plechl selbst hatte es abgelehnt, seinetwegen eine solche Sonderbezeichnung einzuführen. Im Hinblick auf seine beabsichtigte Kandidatur für das Amt des Parteichefs wollte er als bescheidener, rundum konzilianter und sich keineswegs zu sehr in den Vordergrund drängender Mensch erscheinen. Plechl sah seine Chance vor allem darin, als ein über allen bestehenden internen Gegensätzen schwebender Kompromißfaktor anerkannt zu werden. Als einer eben, der es versteht, jeglicher Eskalierung schon an der Wurzel vorzubeugen. Daher wollte er auch keine unnötige Dramatisierung der Krokodilgeschichte. In diesem Fall reizte er die Tiersprecherin mit seinem Einwand indes erst recht zu einer Verschärfung ihrer Argumentationsweise heraus.

»Aus dir spricht völlige sachliche Ahnungslosigkeit!« herrschte sie Plechl an. »Genau das ist es ja, was mich so zornig macht! Anstatt aus der eingetretenen Situation zu lernen, wird weiterhin die Eigendynamik unterschätzt, die generell mit einer Tierhaltung verbunden ist – und erst recht, wenn es sich dabei um ein Krokodil handelt!«

»Genau! Genau darum geht es!« assistierte Walter Wurst sofort, um daran seinen nächsten Debattenbeitrag anzuknüpfen: »Ich will jetzt einmal erklären, daß ich immer schon für eine Verschränkung der Perspektiven eingetreten bin. Ich bin nämlich in dieser Partei tätig, um an einem langfristigen Ziel zu arbeiten. Aber das geht nur, wenn die Voraussetzungen dafür bestehen, und daher muß es eine Feststellung des Bundesvorstandes sein, daß solche Geschichten nie mehr passieren. Meinungsfreiheit ist nämlich etwas anderes als Köpfe zu fordern, indem man seinen eigenen Kopf vor jede Fernsehkamera hält – nötigenfalls eben zusammen mit einem Krokodil. Ich frage euch, was passieren würde, wenn ich die Sache so, wie sie bis jetzt gelaufen ist, weiterspielen würde?«

»Politischer Selbstmord!« warf Vinzenz Plechl ein wenig unbedacht ein, was er indes selbst gleich registrierte und daher seinen Zwischenruf in der Frage münden ließ: »Welche Strategie wirst du unternehmen, um in dieser Angelegenheit mit einer Lösung Fuß zu fassen?«

Wurst warf dem Zwischenrufer einen vor Verachtung strotzenden Blick zu, bevor er fortfuhr: »Gegen ein Krokodil gibt es keine Strategie – weder intern noch extern. Täglich fragen mich bis zu zwanzig Journalisten über das Schicksal von Wanda ...«

»Von wem? Wessen Schicksal? Von wem redest du?«

Gleich mehrere Anwesende stellten spontan diese Frage. Walter Wurst mußte erkennen, daß ihm da wohl ein kleiner Fehler unterlaufen war. Denn unter dem Namen Wanda war das Krokodil ja nur ihm und seinem Vertrauten Paulus Streibl bekannt. Im Rahmen der Partei war es weder auf offiziellem noch informellem Wege je zu einer konkreten Namensgebung gekommen. Womöglich hatte er nun durch diese vertrauliche Anrede ein nicht unbedenkliches Naheverhältnis seinerseits zum Krokodil insinuiert.

Diesen Eindruck wollte er aus gutem Grund keinesfalls aufkommen lassen, weshalb Wurst umgehend erklärte: »Bitte tut's da jetzt nicht willkürlich Mißverständnisse produzieren! Ich rede natürlich vom Krokodil und habe den Namen Wanda nur sozusagen als abstrakten Hilfsbegriff verwendet, um damit zum Ausdruck zu bringen, daß ich darüber keine Personaldebatte will. Ich will nur, daß dieses Problem schnell abgeschlossen wird!«

Für diese Feststellung erntete er spontanes Zustimmungsgemurmel, das er mit einer herrischen Handbewegung zum Verstummen brachte. Jetzt schien ihm nämlich der Moment gekommen, um zum Finale ansetzen zu können: »In den letzten Jahren habe ich viele Funktionen gehabt. In meiner Funktion als Bundessprecher haben wir die Nationalratswahlen gewonnen. Als Abgeordneter zum Nationalrat habe ich die Grünen zu einem demokratiepolitisch nicht mehr wegzudenkenden Faktor gemacht. Auf diese Weise habe ich bei den nächsten Wahlen den Stimmenanteil gehalten. Wir haben uns jedoch nach der letzten Wahl selbst zu den Verlierern gemacht! Ich trage Verantwortung für die Wahlergebnisse, nicht für die Stimmung, die nachher erzeugt wurde! Und das nicht zuletzt durch dieses Krokodil! Wir werden auch in Zukunft nicht immer einer Meinung sein – wenn wir aber keine gemeinsame Bewertung für diese Vorfälle finden, wird sich das wiederholen!«

Die Klubobfrau Beatrice Mijatovic zählte zu jenen der Anwesenden, die endlich wissen wollten, worauf diese Argumentation hinauslaufen würde. Mit mühsam verborgener Ungeduld gab sie daher zu Protokoll: »Mir wird man es hoffentlich glauben, wenn ich meine Bestürzung über die Vorkommnisse deponiere – und das natürlich nicht aus persönlichen Gründen, sondern weil die Reaktionen in der Öffentlichkeit sehr schwer zu widerlegen und vernünftig zu argumentieren sind. Daher will ich eine Lösung, daß es nicht mehr so weiter geht. Es müssen alle wollen. ›Wie du mir, so ich dir‹, so geht das nun schon seit Jahren. Das hat nichts mehr mit politischer Kategorie zu tun. Man muß endlich gemeinsam einen Modus vivendi finden. Das muß ein Anlaßfall sein, um Inhalte zu klären ...«

»Und Verantwortungen, bitte schön: und Verantwortungen!« griff Wurst das Stichwort auf. »Wie kann eine Partei geführt werden, wenn die Außensicht von Mitarbeiterinnen und Mitarbeitern verändert wird, die losgelöst von Verantwortungszuständigkeiten natürlich auch sehr demotiviert sind ...«

Endlich gelang es ihm, einen klaren Faden zu finden: Das Krokodilproblem solle von jenen gelöst werden, die für sein Zustandekommen verantwortlich seien – und diese Verantwortlichkeit müsse von einem in dem Zusammenhang einzusetzenen Ausschuß, bzw. einer Kommission, geklärt werden.

Diese Anregung fand sofort allgemeine Zustimmung. Das entsprach einer bewährten österreichischen Tradition. Schon der legendäre Kaiser Franz Joseph hatte stets dann, wenn er in einem Punkt nicht mehr weiter wußte – also sehr häufig – einfach eine Kommission berufen, die sich des Falles annehmen mußte und die dann gewöhnlich so lange tagte, bis sich die Sache irgendwie von selbst erledigt hatte. Jahrzehnte später war diese Problemlösungstechnik von dem allgemein *Sonnenkönig* genannten sozialdemokratischen Bundeskanzler Bruno Kreisky geradezu perfektioniert worden. Und auch bei den Grünen behalf man sich nun gerne mit dieser Methode.

Im vorliegenden Fall entsprach das nicht nur dem allgemeinen, sondern insbesondere dem persönlichen Interesse von Walter Wurst. Wußte er doch aus Erfahrung: Wenn in dieser Partei eine Kommission damit beauftragt wurde, intern irgendwelche Verantwortlichen zu finden, so war ein Ende des Verfahrens schlichtweg nicht abzusehen. Auf diese Weise konnte er das inzwischen entstandene Unbehagen an dem Krokodil politisch für sich nützen, und zugleich würde das Tier noch sehr lange zur Ausführung der von ihm insgeheim geplanten operativen Maßnahmen zur Verfügung stehen. Und sollte wider Erwarten doch etwas rascher vorgegangen werden, so konnte ja immer noch das Argument ins Spiel gebracht werden, das Krokodil sei via Paulus Streibl in die Partei gelangt – also solle es nun an Streibl zurückgereicht werden. Das würde zwar ganz sicher nicht in dessen Sinne sein. Doch darauf beabsichtigte Wurst nötigenfalls keine Rücksicht zu nehmen.

Der Kommissionsweg war somit die optimale Lösung. Um ganz sicher zu gehen, stellte er sich für den Vorsitz in dieser Kommission zur Verfügung und versprach, deren Mitglieder auszuwählen: »An sich müßte ich ja sagen, es geht von mir nicht weiter, weil es von mir nicht begonnen wurde. Aber aus Loyalität erkläre ich mich ein letztes Mal bereit, die Scherben zusammenzukehren.«

Seine Berufung zum Generalzuständigen für die Kommission, von der die Verantwortungsfrage zu klären sei, erfolgte umgehend und einhellig. Auch als Wurst den Antrag stellte, der Bundesgeschäftsführer habe sofort geeignetes Personal zu suchen, von dem das Krokodil aus Sicherheitsgründen bis zum Vorliegen eines zweckdienlichen Entsorgungsbeschlusses – einzig gegen dieses Wort protestierte die Tiersprecherin; es wurde daher durch den Begriff *Einigung über eine artgerechte Transferierung* ersetzt – rund und um die Uhr beaufsichtigt werden müsse, gab es keine Gegenstimme.

Wurst registrierte das mit sorgfältig verborgenem Wohlgefallen. Nun mußte er nur noch das Engagement dieses dummen Pischenreiter, der für Hägar Goiserer das Krokodil ausspionieren sollte, als Wanda-Bewacher umsichtig einfädeln. Er beschloß, die dafür nötigen Schritte seinem Vertrauten Paulus Streibl zu übertragen.

Die Abstimmungsmaschine im Vorstand lief im Moment wie geschmiert in seinem Sinne, weshalb Wurst dazu ansetzte, die eingetretene Situation noch ein wenig mehr zu nützen. Er stellte einen weiteren Antrag, in dem festgestellt wurde, die offene Verantwortungsfrage in der Krokodilangelegenheit dürfe nicht isoliert behandelt werden. Vielmehr müsse man dieses Problem im Zusammenhang mit der allgemeinen Führungsstrukturmisere analysieren. In diesem Sinne solle die einzusetzende Kommission desweiteren konkrete strukturelle sowie gegebenenfalls auch personelle Vorschläge zur Bereinigung der festgestellten Mängel erarbeiten.

Seine schärfsten Konkurrenten waren überrumpelt. Sie stimmten zwar gegen diesen Antrag, konnten aber gleichwohl nicht verhindern, daß er mit knapper Mehrheit angenommen wurde. Walter Wurst hatte somit im Handstreich zumindest einmal seine Position als graue Eminenz zurückerobert – und das sogar auf der Basis eines regulären Vorstandsbeschlusses. Der Rest würde sich unter seinem bewährten Kommissionsvorsitz gewiß fügen.

Davon war der erfahrene Politiker rückhaltlos überzeugt.

VIII

Schon am nächsten Tag kreuzte der Abgeordnete Wurst beim Bundesgeschäftsführer seiner Partei auf, um diesen im Sinne der geltenden Beschlußlage betreffend des Engagements eines sachkundigen Krokodilwärters zu instruieren.

»Ich glaub, i kenn da jemand Geeigneten ...« wollte der Parteimanager seinerseits einen Vorschlag unterbreiten.

Doch Wurst fiel ihm sofort ins Wort: »Bist du narrisch worden? In einer so heiklen Angelegenheit womöglich jemanden nehmen, wo man uns dann Freunderlwirtschaft vorwerfen könnt – das is absolut unmöglich! Der Posten muß öffentlich ausgeschrieben werden. Ich schlag vor, du schaltest ein Inserat im *Falter* ein: Verantwortungsbewußter, tierliebender Fachmann für artgerechte ... und so weiter – du weißt ja, was da drinnen stehen muß. Apropos: Natürlich darf das nicht Fachmann heißen – das muß selbstverständlich geschlechtsneutral formuliert sein!«

Der Bundesgeschäftsführer nickte beflissen. Walter Wurst war schon beim nächsten Punkt angelangt: »Welches Büro ist denn für mich vorgesehen?«

»Wieso – welches Büro?«

»Ja, sag, weißt du net, was der Bundesvorstand gestern beschlossen hat?« Wurst reagierte ungehalten: »Ich soll doch schließlich eine Kommission zusammenstellen und leiten! Was hast geglaubt: Soll ich das vielleicht von einem Kaffeehaus aus erledigen?«

»Das wär sicher nicht sehr passend ...«

»Na also – da brauch i ein geeignetes Büro hier im *Grünen Haus*. Und zwar ein ordentlich großes, damit die Kommission da tagen kann – unabhängig davon, ob grad ein Sitzungsraum frei ist. Vielleicht werden ja auch Unterkommissionen einzusetzen sein, denen dann in jedem Fall ich vorsitz ... Und es ist noch nicht abzusehen, auf welchen Zeitraum sich das erstreckt. Jedenfalls muß da eine geeignete Unterbringung gewährleistet sein.«

»Das sollte also wahrscheinlich in der Nähe von der künftigen Sauna sein, wo das Krokodil jetzt untergebracht ist?« vervollständigte der Parteimanager die Überlegungen des Abgeordneten.

»Das muß nicht unbedingt sein«, gab sich Wurst konziliant, »es soll nur groß genug sein und ausreichend repräsentativ, daß man da vielleicht auch unabhängige Fachleute empfangen kann. Ich weiß ja noch nicht, was in der Angelegenheit alles auf uns zukommt.«

»Verstehe!« Der Geschäftsführer eilte voran, um Wurst ein gerade leerstehendes Büro zu zeigen. Dieses war geräumig und verfügte über einen imposanten Schreibtisch.

»Na ja, da wird man noch ein bissl was hereinstellen müssen, aber i glaub, das geht«, zeigte sich der Abgeordnete mit dem Angebot einverstanden. Er ließ sich den Zimmerschlüssel plus einen Haustorschlüssel aushändigen – »Weil es kann ja sein, daß wir manchmal bis weit in die Nacht hinein tagen.«

Dann scheuchte er den Geschäftsführer mit dem Auftrag von hinnen, ausreichend Besucherstühle und eine Aktenablage besorgen zu lassen. Als nächstes suchte Wurst seinen Partner Streibl auf: »Paß auf, da erscheint im nächsten *Falter* ein Inserat, daß wir einen Tierwärter suchen. Sag das dem Pischenreiter, damit er sich sofort bewirbt – natürlich unter einem anderen Namen. Er soll vielleicht sagen, er ist ein Student der Veterinärmedizin ...«

»Ah wie – im fünfundvierzigsten Semester?« warf Streibl wenig konstruktiv ein.

»Blödsinn! Der Mann hat eben erst später mit seinem Studium begonnen. Ein Spätberufener, sagt man, glaube ich, in so einem Fall. Daher muß er ja auch neben dem Studium arbeiten und braucht den Job aus sozialen Gründen.«

»Und um den ganzen Kas soll i mi kümmern? I glaub, du übersiehst manchmal, daß i daneben ja auch noch einen normalen Beruf hab! Mir stinkt die ganze G'schicht langsam ...«

Wurst fand diesen Einwurf ungeheuerlich. Er rang nach Worten, bis er zu zischen begann: »Ja, wenn du meinst, das wär besser so, dann könn ma das Verfahren ja abkürzen – dann schlag ich der Kommission einfach vor, zu beschließen, das Krokodil dorthin zurückzureichen, wo es hergekommen ist: nämlich zu dir!«

Nun war Streibl sprachlos. »Das tät i net!« entgegnete er endlich. »Des tät i an deiner Stell ganz sicher net. I sag dir ganz deutlich: Sowas tät i als Kriegserklärung auffassen! So einen blöden Wirbel kann i im Moment überhaupt net brauchen! Die wirtschaftliche Lage is nämlich net so, daß man als Unternehmer groß Zeit hat zum Herumblödeln. I muß mi ja auch um meine Firmen kümmern. Vor allem um meine Auslandsgeschäfte. Mir reicht die ganze Politik ohnehin schon bald. Da laß i mi net auch noch wegen dem saublöden Krokodil erpressen. Das hast ja schließlich du dahergezaht! Vielleicht sollte man das deiner großartigen Kommission gleich einmal zur Kenntnis bringen, damit bekannt ist, wovon die Red ist!«

Eine solche Reaktion hatte Wurst nicht vorhergesehen. Er konnte sich nicht vorstellen, was Streibl zu solchen Überlegungen veranlaßte. Jedenfalls schien es dem Abgeordneten spontan geraten, ein wenig einzulenken: »Selbstverständlich! Ich kann mir gut denken, daß du vielfältige Verpflichtungen hast. Auf der politischen Ebene nehm ich dir gerne ab, was immer möglich ist. Es geht ja nur darum, daß du den blöden Pischenreiter instruierst. Vielleicht ruf dann auch noch den Bundesgeschäftsführer an und sag ihm, auf das Inserat hin hat sich jemand bei dir gemeldet, den du zwar nur flüchtig kennst – aber es scheint ein bedürftiger armer Teufel zu sein, der den Job gut brauchen könnt.«

Streibl stimmte mürrisch zu. Offenbar wollte er seinen Besucher schnell loswerden. »I muß mi nämlich auf ein Gespräch mit den Piranhas von der Bank vorbereiten«, sagte er in scheinbar nicht allerbester Verfassung bei der Verabschiedung.

Wurst maß der Gemütslage seines Partners keine sonderliche Bedeutung bei. Er wunderte sich bloß ein wenig, warum dieser ausgerechnet auf den Begriff *Piranhas* verfallen war – da kam ihm eine Idee: Der Abgeordnete rief den Bundesgeschäftsführer an und forderte ihn auf, ein Zimmer-Aquarium mit Piranhas für das Büro des Vorsitzenden der Krokodil-Kommission zu besorgen.

»Vermutlich zu Studienzwecken?« erkundigte sich der Parteimanager.

»Eh klar!« bestätigte Wurst unwirsch. »Oder hast vielleicht geglaubt, daß ich mir da drinnen die Händ waschen will?«

Obwohl Streibl zur Zeit offenkundig nicht so recht bei der Sache war, rief er Pischenreiter an, um den Europa-Abgeordneten der feindlichen Freiheitlichen über die jüngste Entwicklung zu informieren. Der hatte schon ungeduldig auf eine Nachricht gewartet. Seit er von seinem Parteivorsitzenden Hägar Goiserer aufgefordert worden war, *ALLES* über das Krokodil der Grünen in Erfahrung zu bringen, hatte ihn dieser keines Kontaktes mehr gewürdigt. Es sah ein wenig so aus, als sei der Quereinsteiger Pischenreiter bei seinem politischen Führer in Ungnade gefallen. Es war allgemein bekannt, wie schnell Goiserer mitunter seine Meinung über ihm untergebene Leute änderte – und das wirkte sich desöfteren sehr zu deren Nachteil aus.

Franz Pischenreiter brannte somit darauf, sich im Sinne des an ihn ergangenen Auftrages zu bewähren – oder aber, seinen spektakulären Übertritt zu den Grünen voranzutreiben. Er war im Moment absolut noch nicht festgelegt, wo seine politische Zukunft liegen würde. Es war wohl besser, beide Optionen offenzuhalten. In hohem Maße motiviert, ging Pischenreiter zielstrebig daran, seinen Undercover-Einsatz als Krokodilwärter vorzubereiten. Er beschloß, unter dem Familiennamen eines entfernten Verwandten aufzutreten, den er so weit als nötig darüber informierte. Dies hielt er schon deshalb für angebracht, um gegebenenfalls unter seinem Tarnnamen telefonisch erreichbar zu sein und Postsendungen in Empfang nehmen zu können.

Desweiteren ließ sich der Europa-Abgeordnete von den einschlägigen Fachleuten des Tiergartens in Schönbrunn über die Grundzüge der Krokodil-Behandlung informieren. Als Begründung wählte Pischenreiter die Legende, er müsse sich für eine Europaparlaments-Debatte über die angestrebte Vereinheitlichung der innerhalb der Europäischen Gemeinschaft geltenen Artenschutzgesetze kundig machen.

Auch schien es dem nunmehrigen Politiker angebracht, bei dieser Mission mit verändertem Äußeren aufzutreten, um nicht erkannt zu werden. Also suchte Pischenreiter eine Maskenbildnerin auf, die er von seiner Tätigkeit beim Fernsehen her kannte.

»Es ist schrecklich, wenn man so im öffentlichen Leben steht«, begründete er diesen Besuch. »Überall erkennen einen die Leute sofort, und man hat überhaupt kein Privatleben mehr. Gut, damit muß man sich abfinden – aber man kann sich ja auch nirgendwo mehr über die tatsächlichen Zustände informieren, weil einem als Politiker fast immer ein potemkinsches Dorf vorgeführt wird. Das will ich aber nicht zulassen, daher möchte ich mich auf einfache und doch wirkungsvolle Weise so herrichten können, daß ich nötigenfalls inkognito auftreten kann. Du verstehst?«

Die Frau nickte verständnisvoll. Sie hielt dieses Vorhaben des ihr seit jeher nicht sonderlich sympathischen nunmehrigen Politikers zwar für glatte Spinnerei. Aber das sollte ihre Sorge nicht sein. Vor allem aber machte sie sich gern einen Spaß auf anderer Leute Kosten und mußte daher nicht lange gebeten werden. Sie besorgte Pischenreiter ein Glatzen-Toupet mit feuerroten Nakkenhaaren sowie einen dazu passenden falschen Bart. Der Europa-Parlamentarier übte unter ihrer Anleitung, diese Maskerade sachgerecht anzulegen.

Inzwischen war das Ausschreibungs-Inserat veröffentlicht worden, und Pischenreiter meldete sich daraufhin unter Berufung auf Streibl beim Bundesgeschäftsführer der Grünen.

Der Parteimanager war viel zu sehr mit anderen Problemen beschäftigt, um dieser politisch belanglosen Personalentscheidung große Bedeutung beizumessen. Und da sich überdies nur ein Bewerber gemeldet hatte, stellte er ihn ohne weitere Umstände ein.

Pischenreiter hatte befürchtet, trotz seiner Maskerade als der tierpolitische Sprecher der Freiheitlichen, als welcher er ja mitunter in den Massenmedien präsent war, erkannt zu werden. Doch in dem Punkt schien nicht die geringste Gefahr zu bestehen. Der Geheimagent Goiserers wertete diesen Umstand als einen Ausdruck bemerkenswerter Ignoranz. Dies ließ ihn daran zweifeln, ob ein allfälliger Übertritt zu den Grünen tatsächlich vernünftig wäre. Im Moment stand eine solche Entscheidung, die wohlüberlegt sein wollte, aber noch nicht an. Also ließ er sich vom bislang allein für Wanda zuständigen Tierpfleger in seinen neuen Teilzeitarbeitsbereich einweisen, um binnen weniger Tage das Krokodil während der Nachtstunden beaufsichtigen zu können.

Der Abgeordnete Wurst hatte inzwischen sein Büro im *Grünen Haus* bezogen. In dem befand sich nun neben dem imposanten Schreibtisch, den Besucherstühlen und der Aktenablage das vom Bundesgeschäftsführer auftragsgemäß besorgte Pirhana-Aquarium. Zwar hatte Wurst die Anschaffung aus einer puren Laune heraus angeordnet. Doch nun erkannte er, wie sinnvoll die Investition war. Er konnte sich nämlich prächtig dabei entspannen, wenn er einen Stuhl vor das Aquarium rückte und den sich darin tummelnden Fischen zusah. Offenkundig handelte es sich nicht ausschließlich um Piranhas. Jedenfalls gab es da welche, die ungeniert andere Fische auffraßen, wenn sie sich nicht ausreichend gefüttert wähnten. Um den Fischbestand in seinem Aquarium nicht zu rasch schwinden zu lassen, nahm Wurst jeden Tag etwas Leberkäse ins Büro mit, den er in kleine Stücke schnitt und den Piranhas vorwarf. Die stürzten sich wie wild darauf.

Als der Abgeordnete wieder einmal in diesen Anblick vertieft war, fielen ihm unwillkürlich die Bemerkungen seines Partners Streibl über die unbefriedigende Wirtschaftslage und ein bevorstehendes – offenbar wohl unerfreuliches – Gespräch mit Bankmenschen ein.

Sollte das etwa bedeuten, Streibl befinde sich gegenwärtig in Schwierigkeiten? Das konnte Wurst nicht egal sein. Er wußte wohl, wie gefährlich es in der Politik war, mit jemandem verbündet zu sein, der mit dem

Rücken an der Wand stand. Solche Leute neigten zu unbedachten Reaktionen – daher war es angebracht, sich rechtzeitig von ihnen abzusetzen.

Er werde wohl besser seine Erkundigungen betreffend Streibls wirtschaftlicher Situation intensivieren, beschloß der Abgeordnete. Ein wenig hatte er damit ja schon nach seinem Gespräch mit dem Arzt und Publizisten Doktor Lorenz Gamper begonnen, in dem dieser vehement die angeblich »dubiosen Geschäfte« des grünen Paradeunternehmers kritisierte. Wurst war kurz darauf gelegentlich eines Empfanges mit dem Direktor einer Bank ins Gespräch gekommen, die bekanntermaßen zu den Kreditgebern Streibls zählte. Der Politiker hatte ganz allgemein mit dem Bankmenschen über Immobiliengeschäfte geplaudert – insbesondere über die umfangreichen Auslandsinvestitionen, die gerade von einschlägig engagierten Leuten vor allem in den Hauptstädten der ehemaligen Warschauer-Pakt-Staaten getätigt wurden. »Sagen Sie, ist das nicht einigermaßen riskant?«

»Na ja, das kommt in erster Linie darauf an, ob man auf einer gesunden Eigenkapitaldecke steht«, hatte der Bankdirektor ein wenig ausweichend geantwortet.

Daraufhin war Wurst etwas konkreter geworden: »Das bleibt natürlich unter uns – aber ich frage Sie, weil ich aus politischen Gründen besorgt bin. Wir haben da nämlich in unserer Partei einen nicht ganz unbedeutenden Funktionär, der in dem Geschäft tätig ist. Der arbeitet, soviel ich weiß, nahezu ausschließlich mit Krediten. Und das könnt ma überhaupt net brauchen, wenn der krachen geht – weil sowas fällt dann ja gleich auf die ganze Partei zurück. Auch wenn wir politisch mit den Geschäften dieses Mannes überhaupt nix zu tun haben. Sie verstehen? Daher wäre mir sehr daran gelegen, rechtzeitig informiert zu sein, um Konsequenzen ziehen zu können, bevor noch etwas passiert ...«

»Verstehe.« Der Bankdirektor hatte bedeutungsvoll genickt und war kurz danach aufgebrochen.

Schon wenige Tage später war Streibl dann offenkundig von seiner Hausbank vorgeladen worden. Das sah alles in allem gar nicht gut aus. Wahrscheinlich hatten die ständigen Lästereien von Leuten wie dem Scheißbauer hinsichtlich der Geschäfte Streibls doch eine für den Parteifreund katastrophale Wirkung gehabt, überlegte Wurst nun. Und das war ein Grund mehr, die *Operation Wilde Wanda* endlich zu dem vorgesehenen Ende zu bringen. In jeder Hinsicht!

Für den Politiker schien Eile geboten – doch er wollte nichts überstürzen. Er verfolgte mit dieser Aktion inzwischen ja weiterreichende Ziele als bloß die Endlösung der Scheißbauerfrage. Daher hielt er es für strategisch unabdingbar, keinesfalls von seinem Gesamtkonzept abzuweichen und dieses im Paket konsequent umzusetzen. Als erster Schritt war die Zusammenstellung der vom Bundesvorstand beschlossenen Kommission erforderlich: *Krokodil-Verantwortungsfindungs-Kommission* beschloß Wurst das von ihm einzuberufende Gremium zu nennen – kurz KVFK.

Sicherheitshalber wollte er in diesem Kreis mehrheitlich von Leuten umgeben sein, denen er absolut vertrauen konnte. Streibl zum Beispiel schied als Kommissions-Mitglied aus. Der wußte zuviel über die tatsächlichen Hintergründe. Folglich sollte ihm keine Gelegenheit geboten werden, im Rahmen eines Partei-Gremiums unbedachte Äußerungen zu tun. Derlei konnte bei Streibl im Normalfall zwar vorausgesetzt werden. Doch angesichts seiner anzunehmenden geschäftlichen Probleme war er zur Zeit womöglich nicht ausreichend bei der Sache, um in jeder Situation richtig zu reagieren. Wurst erschien es im Hinblick auf die eingetretene Lage geraten, Streibl unauffällig in einen Zustand politischer Quarantäne zu manövrieren. Und ebenso diskret wie unverkennbar von ihm abzurücken. Er werde diesen vermutlich zu einer Belastung werdenden Parteifreund nur noch – das war wohl nicht zu vermeiden – als Verbindungsmann zu dem ekelhaften

Goiserer-Gnom Pischenreiter einsetzen, überlegte Wurst und verfolgte währenddessen gebannt die sich in kleinen Schwärmen auf die Leberkäsestücke stürzenden Piranhas.

Wurst setzte sich an den Schreibtisch, nahm ein Blatt Papier zur Hand, malte an dessen linken Rand ein Plus sowie rechts ein Minus. Zwischen den beiden Zeichen zog er einen akkuraten Trennstrich bis zum unteren Blattende. In die solcherart geschaffenen Rubriken trug er die Namen der bislang evidenten Kommissions-Kandidaten ein.

Deren gab es bereits sieben, die allesamt nicht vom designierten Kommissions-Vorsitzenden ausgewählt worden waren. Vielmehr hatten schon am Tag nach der Bundesvorstandssitzung, bei welcher die Einsetzung der KVFK samt dem sehr weitreichenden Arbeitsauftrag beschlossen worden war, nahezu alle auf Bundesebene verankerten Platzhirsche der Partei jeweils eine Vertrauensperson vorgeschickt, die ihre Mitarbeit in diesem Gremium anbot. Wenngleich teilweise verspätet, hatten somit offenbar wohl doch alle Anwärter auf oberste Parteiführungspositionen realisiert, daß in der KVFK vermutlich bei weitem mehr als nur das künftige Schicksal des Krokodils entschieden werden könnte. Wurst trug die Namen der sieben Kommissions-Bewerber allesamt in der Minus-Rubrik ein. Da war niemand darunter, dessen Gegnerschaft er nicht gewiß sein konnte. Für die Plus-Rubrik fielen ihm spontan jedoch nur zwei gegenwärtig mit Parteifunktionen betraute Personen ein, die ihm zuletzt stets rückhaltlos gefolgt waren. Nicht ohne Bitternis mußte der Politiker erkennen, in welchem Ausmaß sich die Partei, die ursprünglich weithin unter seiner Kontrolle gewesen war, von ihm entfernt hatte. Einmal mehr fiel ihm der leider wahre Kreisky-Satz ein: Dankbarkeit ist keine politische Kategorie ...

Doch Walter Wurst war nicht der Mann, der zu melancholischer Resignation neigte. Wenn unter den derzeitigen Funktionsträgern in nicht ausreichender Zahl geeignete Leute zu finden waren, dann mußte er eben auf andere Personalreserven zurückgreifen, um die KVFK nach seinen Vorstellungen besetzen zu können.

Entschlossen schrieb er in die Plus-Rubrik unter die Namen der beiden Zuverlässigen, die ihm eingefallen waren, jenen seiner Mutter, seiner Schwester und seiner Lebensgefährtin. Mit der lebte er zwar nicht wirklich zusammen, weil ihm seine vielfältigen politischen Verpflichtungen faktisch keine Zeit für ein herkömmliches Privatleben ließen. Doch das war im vorliegenden Zusammenhang völlig unerheblich. Die Frau war in politischer Hinsicht absolut vertrauenswürdig, und einzig darauf kam es Walter Wurst an.

Im übrigen war das von ihm für die KVFK vorgesehene Damen-Trio in seiner Gesamtheit hinsichtlich parteiinterner Auseinandersetzungen keineswegs unerfahren. Früher, als Wurst neben seinem Abgeordneten-Mandat auch noch führende Parteifunktionen innegehabt hatte, war er bei Mitgliederversammlungen, bei denen ihm wichtige personelle Entscheidungen anstanden, nie ohne Mutter, Schwester und Lebensgefährtin aufgetreten. Die drei Frauen hatten dann stets direkt zu den Füßen des Vorsitzenden in der ersten Sitzreihe Platz genommen und eifrig tuschelnd sowie alle Wurst-Gegner mit giftigen Blicken eindeckend das Geschehen verfolgt. Zumal wenn sich eine Debatte nicht wie vorgesehen entwickelte, hatten sie Walter Wurst in den Sitzungspausen wie eine Leibwache umringt und ihm zugeflüstert, wer die im Fußvolk gegen seine Intentionen agitierenden Rädelsführer waren.

Der Politiker musterte die Liste. Wenn er sich selbst dazurechnete, stand es immer noch 7:6 für die Gegenseite. Da würde ihm auch das bei Stimmengleichheit als Vorsitzenden zustehende Dirimierungsrecht nicht weiterhelfen.

Er stellte sich die Frage, die früher – während der revolutionärmarxistischen Phase – stets am Anfang seiner

Überlegungen gestanden hatte, weil sie nämlich von niemand geringerem als Lenin selbst so formuliert worden war: *Was tun?*

These, Gegenthese, Synthese definierte er einen ersten Lösungsansatz. Dazu fiel ihm aber nicht gleich etwas Überzeugendes ein, weshalb er sich ausnahmsweise zuerst einmal an den Tatsachen zu orientieren beschloß: Faktisch würde die KVFK beim gegenwärtigen Stand der Dinge aus dreizehn Mitgliedern bestehen.

Genau das war der Punkt, bei dem er ansetzen mußte: 13 – das bedeutete Unglück. Es gab in der Geschichte nicht bloß dieser Partei nicht einen bekannten Präzedenzfall einer Dreizehnerkommission. Man hatte schon von Dreier-, Fünfer-, Zehnerkommissionen gehört. Doch 13 – das war absolut noch nicht vorgekommen, also völlig unmöglich.

Wurst beschloß, eine Zwölferkommission einzusetzen. Zum Glück hatte der Bundesvorstand in dem Punkt ja keinen verbindlichen Beschluß gefaßt, mithin fiel das wohl in die Kompetenz des designierten Kommissionsvorsitzenden.

Das war die Lösung: In der Minus-Rubrik mußte ein Name gestrichen werden – welcher, das konnte der Vorsitzende getrost die Kandidaten selbst entscheiden lassen. Er wußte aus Erfahrung: Die würden über diese Frage unter sich garantiert derart heftig zu streiten beginnen, daß in der Folge die gesamte Minus-Fraktion mehrfach gespalten sein würde. Genau das wollte er erreichen.

Walter Wurst registrierte einmal mehr mit Wohlgefallen, wie treffsicher sein politischer Instinkt funktionierte. Händereibend wandte er sich wieder dem Pirhana-Aquarium zu. Leider besaß der Abgeordnete keinen Leberkäse mehr.

IX

Franz Pischenreiter trat seine Stellung als Krokodil-Nachtwächter bei den Grünen an. Der Bundesgeschäftsführer dieser Partei hatte ihm einen Haustorschlüssel des *Grünen Hauses* ausgehändigt – »für alle Fälle.« Doch den brauchte der Goiserer-Spion normalerweise gar nicht, denn das Haustor wurde vom Tierwärter, der tagsüber Wanda beaufsichtigte, abgeschlossen, wenn er wegging, und morgens geöffnet, wenn der Mann zum Dienst erschien. Abgesehen von diesem Kollegen hatte Pischenreiter im Parteihaus der Grünen faktisch mit niemandem Kontakt. Dem Anschein nach wollte dort kein Mensch mehr etwas mit dem Krokodil und allem, was damit zusammenhing, zu schaffen haben. Wer irgend konnte, mied die eigentlich ja für die Installierung einer Sauna vorgesehenen Räumlichkeiten, die vorderhand als Krokodilgehege eingerichtet worden waren. Einzig der Bundespressesprecher – eine stets gehetzt wirkende und daher als überaus dynamisch geltende Person – eilte mitunter am Rande des Laufschrittes herbei. Dann stellte er atemlos die Frage: »Neuigkeiten?« – und war im nächsten Moment schon wieder verschwunden. Der Verbindungsmann zu den Massenmedien schien dabei gar nicht wahrzunehmen, mit wem er gerade in welcher Angelegenheit sprach.

Allerdings tauchte er ein ums andere Mal zu den unmöglichsten Nachtstunden auf. Das war absolut nicht im Sinne Pischenreiters, der ja ungestört *ALLES* über das Krokodil in Erfahrung zu bringen beabsichtigte.

Ansonsten war sein Dienst ziemlich eintönig. Im Grunde hatte er bloß jede Nacht einmal ein halbes Dutzend Mäuse aus einem im Vorraum zu Wandas Kemenate bereitstehenden Vorratskäfig zu holen und in das eigentliche Krokodilgehege zu befördern. Dies geschah durch eine nur von außen nach innen zu öffnende

Schwingtüre, in der ein kleines Fenster angebracht war. Pischenreiter sondierte also zuerst einmal, ob das Krokodil ausreichend weit von dem Eingang entfernt war, bugsierte dann die in seinen Händen zappelnden Mäuse durch die Türöffnung und verfolgte schließlich interessiert durch das Fenster, wie sich Wanda mit überraschender Behendigkeit einen Happen nach dem anderen schnappte.

Als er diese Fütterung erstmals allein vornahm, kam es zu einem kleinen Zwischenfall. Zwei Mäuse entkamen ihm nämlich und waren vorderhand nirgendwo zu finden. Erst als Pischenreiter resigniert beschloß, eine Pause einzulegen, und das mitgebrachte Jausenbrot aus seiner Aktentasche holen wollte, fand er dort die beiden Mäuse, die sich gerade am Imbiß des freiheitlichen Europa-Parlamentariers labten. Diese beiden Tiere warf er dem Krokodil daraufhin mit besonderer Lust zum Fraß vor.

Naturgemäß war Pischenreiter darauf bedacht, seine Undercover-Mission nach allen klassischen Regeln der Konspiration zu erfüllen. Abgesehen von seinem Parteiführer Hägar Goiserer, der ihn für die Operation ausgewählt hatte, sollte auch bei den Freiheitlichen niemand etwas über den Geheimeinsatz erfahren. Daher hatte sich Pischenreiter eine stattliche Kollektion von Entschuldigungen für den Fall ausgedacht, daß er nach der Ursache für seine Absenz bei den in diesen Tagen stattfindenden Sitzungen des Europa-Parlaments gefragt würde. Doch solche Fragen wurden nicht gestellt. Die Abwesenheit dieses Parlamentariers schien bis hin zu seinen eigenen Parteifreunden keinem Menschen aufzufallen.

Mehr noch als dieser Umstand störten Pischenreiter die wenig motivierenden Reaktionen von Goiserer. Der tierpolitische Sprecher der Freiheitlichen hatte schon nach der ersten beim Krokodil der Grünen verbrachten Nacht bei seinem Parteichef vorsprechen und diesem einen ersten Zwischenbericht erstatten wollen. Er war jedoch nicht empfangen und lediglich via Chefsekretärin aufgefordert worden, einen kurzen schriftlichen Report vorzulegen. In diesem Papier hatte Pischenreiter seine Beobachtungen über Größe, körperliche Beschaffenheit, Eß- und sonstige Lebensgewohnheiten des Krokodils aufgelistet.

Als er anderntags die Sekretärin fragte, wie der Führer auf diesen Bericht reagiert habe, antwortete die Frau achselzuckend: »›Was soll denn der Blödsinn?‹ hat er gesagt.«

Pischenreiter schloß daraus, daß er den Auftrag, *ALLES* über das Krokodil in Erfahrung zu bringen, vermutlich wohl nicht zu eng auslegen dürfe. Daher begann er, den Nachforschungsbereich auszudehnen. Er verriegelte nach Mitternacht, wenn absolut niemand mehr im Haus zu sein schien, die Tür zum Krokodilgehege sorgfältig und machte sich zu Erkundungsgängen in die umliegenden Büroräume auf. Er sichtete Aktenordner nach interessantem Material – beispielsweise über die exakte Herkunft oder die polit-strategische Bestimmung des Krokodils. Dieses wurde aber nur vereinzelt in Sitzungsprotokollen erwähnt – und dabei ging es jeweils eigentlich nicht um das Tier an sich, sondern lediglich um interne Positionskämpfe der führenden Grünen-Funktionäre. Da solcher Streit ohnehin nahezu täglich über die Presseorgane ausgetragen wurde, besaßen derlei Aufzeichnungen faktisch keinen Neuigkeitswert.

Bei seinem Versuch, doch noch an Geheimunterlagen zu gelangen, durchwühlte Pischenreiter in der Folge auch die Papierkörbe. Vor allem sammelte er die Schnipsel von zerrissenen Schriftstücken ein, um sie in einer Aktentasche morgens aus dem Haus zu schmuggeln und dann in seiner Wohnung mit großem Zeitaufwand wieder zusammenzufügen. Das Ergebnis war vorderhand in jedem Fall sehr unbefriedigend. Es sah ganz so aus, als gäbe es bei den Grünen ganz einfach keine Geheimnisse.

Einmal wurde Pischenreiter weit nach Mitternacht vom plötzlich auftauchenden Pressesprecher überrascht, als er eben den Papierkorb der Sekretärin des Bundesgeschäftsführers durchsuchte. Goiserers Geheimagent wurde blaß und gleich darauf feuerrot im Gesicht. Stammelnd versuchte er eine Erklärung vorzubringen. Doch der Pressemann fragte bloß atemlos: »Neuigkeiten?« – und war im nächsten Moment schon wieder verschwunden.

So gänzlich unbeobachtet war Pischenreiters nächtliche Tätigkeit allerdings doch nicht. Der Abgeordnete Walter Wurst war nämlich durchaus über die Anwesenheit des freiheitlichen Agenten im Bilde, und er hielt den Zeitpunkt für gekommen, um in einer großen Parallelaktion endlich konkreten Nutzen aus Wandas Existenz zu ziehen. Doch dafür benötigte er seinen bewährten Seilschaftspartner Streibl und suchte diesen daher in dessen Firmenzentrale auf.

Der bei den Grünen politisierende Immobilienhai und Multi-Gastronom wollte den Besucher abwimmeln: »Tut mir leid, aber i hab im Moment überhaupt keine Zeit für solche G'schichten ...«

»Sag, was ist denn los – du wirst mich doch nicht etwa im entscheidenden Moment im Stich lassen?« beharrte Wurst. Erst nun fiel ihm auf, daß Streibl irgendwie gehetzt und zugleich niedergeschlagen wirkte. Es schien nicht gut um ihn zu stehen.

Streibl bestätigte das umgehend: »Nimm bitte zur Kenntnis, daß es Wichtigeres gibt als die Scheißpolitik. I kämpf grad um meine unternehmerische Existenz, und was soll i dir sagen: Alle angeblichen Freund, die man in der Politik hat, san auf Tauchstation, wenn's einem ausnahmsweise einmal helfen sollen. Quer durch alle Parteien: Jeder zieht den Schwanz ein – mit dem Ergebnis, daß sich die Arschlöcher von der Bank aufführen, als wärst ihr Waldi, den's an der Leine zum äußerln führen können. Da san Leut, die grad noch scheißfreundlich waren und auf einmal jede Rücksichtnahme verlieren!«

»I versteh nicht, wovon du redest?« Wurst verstand wirklich nicht gleich, worum es ging.

»Na, wovon werd i schon reden – vom G'schäft natürlich!« Streibl war nahe daran, die Beherrschung zu verlieren: »Was glaubst, wie i mein Unternehmen in so kurzer Zeit aufgebaut hab? Mit Krediten natürlich! Und auf einmal kommen die Bankarschlöcher daher und wollen von heut auf morgen meinen Kreditrahmen radikal herunterstreichen! Die Schweine ruinieren mich, wenn ihnen net bald jemand den Marsch blast!«

»Ja wie denn das?« fragte Wurst überrascht.

»Ja wie denn das, ja wie denn das – weil irgend so eine Sau blöd über mich daherg'redet hat gegenüber irgend so einem Bankwappler. Das is die einzige Erklärung, die i dafür hab ...«

»Der Scheißbauer!« rief Wurst spontan aus. »I wett, das war wieder einmal der Scheißbauer! Na bitte, und da zögerst du noch, wenn i sag, wir müssen die Angelegenheit endlich endgültig bereinigen!«

Streibl winkte müde ab: »Des kann net der Bauer g'wesen sein. Der is dafür ein viel zu kleines Würschtl. Da hat irgendwer einem Bankdirektor einen Blödsinn über mich erzählt – und zu solchen Leuten kommt der Mensch gar net vor. Na, na, des muß jemand anderer g'wesen sein. Aber i sag dir, i find das heraus, wer das war. Und der Sau brich i des G'nack – ganz egal, wer das is!«

»Dabei helf ich dir natürlich gerne, wenn's soweit ist«, beeilte sich Wurst zu versichern. »Du weißt, auf mich kann man sich immer verlassen. Mein Wort darauf! Aber jetzt laß uns zuerst einmal die G'schicht mit dem Scheißbauer erledigen. Ich bin nämlich weiterhin davon überzeugt, daß der hinter deinen Schwierigkeiten steckt. Und abgesehen davon: Es wird so oder so besser sein, wenn wir den endlich los sind. Du mußt ja auch faktisch nichts tun. Ich mach das mehr oder weniger allein. Du brauchst nur heut oder morgen in der Nacht bei ihm vorbeigehen – du weißt ja, wo er wohnt: Das ist ganz in der Nähe vom *Grünen Haus*. Du gehst also zu ihm und sagst, daß du grad zufällig auf dem Heimweg durch die Lindengasse gekommen bist und im Parteihaus so verdächtige Lichter g'sehen hast – so, als ob da Einbrecher wären. Politische natürlich! So wie damals bei der Watergate-G'schicht in Amerika. Sag ihm, daß du unter solchen Umständen nicht allein nachschauen kannst und ihn deshalb alarmiert hast, weil er ja zufällig gleich in der Nähe wohnt. Das is eh so ein Raufbold der Scheißbauer – der geht garantiert sofort mit Begeisterung hin. Ihr geht's also hin und stellt's den Pischenreiter – er rennt da drinnen mit so einer rotschädlerten Glatzen und einem aufgepickten Bart herum. Den reißt ihm vom G'sicht und tust furchtbar empört, damit der Scheißbauer weiß, daß ihr da einen von den Goiserer-Faschisten erwischt habt's. Da kommt's garantiert zu einem Handgemenge – und das nützt du aus, um allen beiden einen Stesser zu geben. Verstehst, du mußt sie direkt zur Wanda hineinschupfen. Dann riegelst die Tür zu, haust ab und rufst um Hilfe. Aber nicht zu schnell, damit das Krokodil auch genug Zeit hat, um seine Schuldigkeit zu tun. Ich sag dir, das wird eine phantastische G'schicht – wir sind beide los und haben eine riesige Medienwirkung! Die Mutter aller Skandale!«

»Aha, so einfach geht das«, bemerkte Streibl.

Wurst nahm den ungewohnt sarkastischen Unterton nicht wahr, mit dem diese Worte ausgesprochen wurden. Daher nickte er heftig: »Ja, ja, so einfach geht das! Ich sage ja immer, die einfachsten Lösungen sind die durchschlagendsten ...«

»I wollt eigentlich sagen, mir scheint, du stellst dir das etwas zu einfach vor«, unterbrach ihn Streibl umgehend. »Und wenn das doch alles so einfach ist: Warum gehst denn nicht selbst an meiner Stelle hin?«

»Das ist ganz unmöglich!« beteuerte Wurst. »Erstens würde der Scheißbauer nie im Leben mit mir mitgehen – dafür ist unsere Feindschaft viel zu alt und tiefgehend. Und außerdem bin ich in dem Moment unabkömmlich, weil irgendwer muß ja aus dem Hintergrund dafür sorgen, daß alles wie vorgesehen klappt ...«

»I halt das für eine Schnapsidee«, wandte Streibl ein.

Wurst vertiefte seine Argumentation daher noch etwas: »Wenn dir das auf den ersten Blick so scheint, dann kann ich nichts machen. Aber das heißt dann auch, daß ich überhaupt nichts für dich machen kann. Du sagst ja selbst, daß es dir im Moment geschäftlich net sehr gut geht. In solchen Momenten sollte man seine wahren Freunde nicht enttäuschen, denn ansonsten hat man plötzlich überhaupt keine Freunde mehr! Ich werd dir in deiner Angelegenheit gern helfen – aber zuerst einmal müssen die unerledigten Sachen vom Tisch. Hast mich verstanden?«

Streibl nickte gedankenverloren. Ihm war eben eine Idee gekommen, wie er vielleicht einen alles verändernden Ausweg aus seiner nüchtern betrachtet ziemlich katastrophalen Situation finden könnte.

Gleich im Anschluß an den Besuch bei Streibl setzte sich Wurst ans Telefon. Er rief den Bankdirektor an, mit dem er jüngst zufällig über seinen unternehmerisch tätigen Parteifreund gesprochen hatte – das heißt: Genau genommen hatten sie ja gar nicht über Streibl gesprochen, beruhigte Wurst sich selbst. Es war während der gesamten Unterhaltung jedenfalls kein Name genannt worden.

»Natürlich erinnere ich mich an unsere Unterredung«, bestätigte der Bankdirektor. »Ich bin Ihnen auch sehr dankbar für die Hinweise. Die sind bei mir jedenfalls auf fruchtbaren Boden gefallen. Wenn ich mich gelegentlich revanchieren kann ...«

»Das wird nicht nötig sein«, wehrte der Politiker ab. »Ich würde Sie lediglich um einen Hinweis bitten, ob es in den Reihen meiner Partei einen nennenswerten Funktionär gibt, von dem man sich rasch trennen sollte, bevor er zur Belastung für andere wird?«

»Verstehe, Herr Abgeordneter, verstehe«, antwortete der Bankdirektor. »Ich muß Sie um Verständnis dafür bitten, daß ich selbstverständlich keine konkreten Namen oder Zahlen nennen kann – das Bankgeheimnis steht für unsereinen ja bekanntlich noch vor dem Beichtgeheimnis.« Der Mann flocht ein kurzes Lachen über seinen Scherz ein, um dann mit gemessenem Ernst fortzufahren: »Ich darf Ihnen aber aus meiner Sicht ganz allgemein einen Hinweis geben, der Ihnen vielleicht bei Ihren politischen Entscheidungen weiterhilft: Die Immobilienbranche ist im Moment in einer sehr schlimmen Lage. Da könnte es schon bald zu spektakulären Firmenzusammenbrüchen kommen. Einige Herrschaften haben nämlich mit viel zu geringer Eigenkapitaldecke viel zu schnell expandiert. Man hat sich vor allem auf halsbrecherische Auslandsinvestitionen eingelassen – na, im Osten drüben halt. Noch dazu im Verbund mit sehr dubiosen Leuten, die da drüben ja nun überall im Geschäftsleben ihre Hände drinnen haben. Von der Russen- über die Polen- bis zur Ungarn- und der Kroaten-Mafia! Da muß man sich als Bank natürlich von allen Engagements sofort zurückziehen, und das werden manche Herrschaften wohl nicht überstehen – geschäftlich natürlich.«

»Was – die Mafia?« Wurst war beeindruckt.

»Man kann das leider nicht anders nennen, Herr Abgeordneter«, bestätigte der Bankdirektor. »Vor allem sind ja auch Kredite, die eigentlich nur für Inlandsprojekte gewährt worden sind, in solche Auslandsgeschäfte geschleust worden. Und da wird das dann eine Sache für den Staatsanwalt. Kurzum, ich würd mich nicht wundern, wenn es schon bald zu aufsehenerregenden Verhaftungen kommt ...«

Walter Wurst war im Bilde. Es gab jedenfalls keine Zeit mehr zu verlieren, wenn er Streibl noch für den Abschluß der *Operation Wilde Wanda* heranziehen wollte. Also rief er diesen umgehend an: »Du, es geht um die Sache, die wir vorhin besprochen haben – das muß unbedingt schon heute steigen! Nicht erst morgen! Ich hab nämlich grad wichtige Informationen erhalten, die ich dir jetzt nicht am Telefon erzählen kann. Nur soviel: Ich glaub, ich weiß, wer hinter deinen Problemen steckt! Da gibt es jemanden, der will dir ganz schwere Sachen anhängen. Angeblich wird schon versucht, die Staatsanwaltschaft zu instrumentalisieren! Also nimm das nicht auf die leichte Schulter, weil unseren politischen Gegnern ist alles zuzutrauen! Die lassen dich womöglich glatt verhaften! Du weißt ja, was das für ein G'sindel ist. Wir müssen daher schnell unsere Sache abwickeln, damit wir dann den Rücken frei haben und dich heraushauen können! Ich hab da auch schon eine Idee, wie man deine Schwierigkeiten ein für alle Mal beendet ...«

Als Paulus Streibl den Telefonhörer auflegte, stand kalter Schweiß auf seiner Stirn. Doch er wußte: Jetzt ging es darum, nicht die Nerven zu verlieren. Die vage Idee, die ihm vorhin während des Besuches von Walter Wurst gekommen war, nahm in seinem Kopf konkrete Formen an. Das war vermutlich der einzige Ausweg, der ihm nun noch blieb: Er würde sich vorderhand wohl ganz auf seine Auslandsgeschäfte zurückziehen müssen – mit allen Konsequenzen. Er mußte schlichtweg wieder einmal ein neues Leben beginnen – und das so gründlich, daß er seiner bisherigen Existenz allem Anschein nach ein unwiderrufliches Ende setzte. Den Grünen-Politiker und Unternehmer Paulus Streibl durfte es ganz einfach nicht mehr geben, damit anderswo – vielleicht in Bratislava oder Prag, vermutlich aber wohl noch besser in Warschau oder gar Moskau – jemand im Verband mit seinen dortigen Geschäftsfreunden unter einem neuen Namen ein neues Leben beginnen könne. Wenn alles klappte, könnte dieser neue Mensch dort nach einiger Zeit ja auch zu politisieren beginnen. Etwa, indem er sich am Aufbau einer Grünen-Partei beteilige und zum einflußreichen Fädenzieher im Hintergrund aufsteige.

In allen diesen Staaten des ehemaligen Sowjet-Blocks gab es noch keine derartige Partei. Und gewiß würde dafür schon bald ein dringender Bedarf bestehen. Ganz Osteuropa war garantiert auch im politischen Sinne ein gewaltiger Zukunftsmarkt. Ein tüchtiger Mensch würde es dort ganz sicher viel weiter bringen können als im kleinen Österreich mit seinen kleinen Lösungen und kleinlichen Leuten.

Was Streibl vorschwebte, war somit ein Aufbruch zu neuen Ufern und endlosen Entfaltungsgebieten. Seine Niedergeschlagenheit wich einer jähen Euphorie. Er hatte bislang gar nicht geahnt, wie weitblickend es von ihm gewesen war, ein wenig abseits der Vereinbarungen, die er mit seinen Kreditgebern getroffen hatte, forsch im Osten zu investieren.

Nun ging es nur noch darum, sein gänzliches Verschwinden von der Wiener Bildfläche auf schlüssige Weise zu organisieren.

Streibl rief Pischenreiter an: »Servas, alter Freund! I wollt mich nur einmal erkundigen, wie's dir so geht in der Nacht mit dem depperten Krokodil?«

»Keine Neuigkeiten«, meldete der Agent der Freiheitlichen knapp. Er glaubte, auf diese Weise ganz den in Grünen-Kreisen üblichen Jargon zu treffen. Und abgesehen davon wollte er nicht zuviel sagen. Erstens war ihm absolut noch nicht klar, ob er im Sinne seines seinerzeit mit Streibl geführten Gespräches spektakulär zu den Grünen überwechseln oder besser doch in Goiserers Partei bleiben sollte. Zweitens traute er seinem Gesprächspartner nicht ausreichend über den Weg, um sich ihm vorbehaltlos zu offenbaren.

»Keine Neuigkeiten!« bekräftigte Pischenreiter also nochmals.

»Eh klar, dafür wär's ja auch noch zu früh – das sollte man besser gründlich reifen lassen«, sagte Streibl daraufhin, was irgendwie mehrdeutig klang. »I ruf di ja eigentlich auch nur an, damit du vorbereitet bist und net in Ohnmacht fallst, wenn i heut auf'd Nacht kurz bei dir vorbeischau. Wahrscheinlich zusammen mit einem Parteifreund, der aber natürlich net wissen darf, wer du bist und daß wir zwei uns kennen. Also laß dir nix anmerken! Und wunder dich über nix, was dann vielleicht g'schieht. Es hat alles seine Ordnung – du mußt dich nur net zuviel einmischen. Den Rest besorg i schon. Hast verstanden?«

»Verstanden!« bestätigte Pischenreiter, obwohl er natürlich überhaupt nicht begriff, was da vorgehen sollte.

Auch Walter Wurst hatte eine Nachricht für Pischenreiter – und diese sollte gleichfalls unter Streibls Namen den Adressaten erreichen. Also setzte sich der Abgeordnete an seinen PC und verfaßte einen kurzen Brief:

Lieber P.!

Sei nicht überrascht, wenn ich Dich heute nacht beim Krokodil besuche. Ich werde aller Voraussicht nach zusammen mit einem Parteifreund kommen, der sich vielleicht ein bisserl rabiat gebärden wird. Es handelt sich nämlich um eine geheime Sicherheitsübung im Grünen Haus, *und der Mensch nimmt solche Sachen immer gleich sehr ernst. Wundere Dich also über nichts, und leiste keinen Widerstand. Ich werde ja dabei sein und eingreifen können, wenn es zu bunt wird. Und sage zu niemandem ein Wort darüber, denn wie ich schon gesagt habe, ist es eine Geheimübung, von der Du eigentlich nichts wissen darfst. Mit herzlichen Grüßen, Dein St.*

PS: Wir sollten demnächst darüber reden, wann Du eine politische Luftveränderung vornimmst!

Wurst druckte diese Zeilen aus und steckte den Brief in einen Firmenumschlag von Streibls Immobilienverwaltungsholding, den er vorhin gelegentlich des Besuches bei seinem Partner unauffällig hatte mitgehen lassen. Der Politiker überlegte noch kurz, ob er versuchen sollte, seine Fingerabdrücke vom Kuvert zu entfernen. Doch er fand letztendlich, das wäre übertriebene Vorsicht.

Dann eilte der Abgeordnete zum Parteihaus. In einer halben Stunde sollte dort die konstituierende Sitzung der Krokodil-Verantwortungsfindungs-Kommission beginnen. Auf dem Weg zu seinem Büro suchte Wurst die Sekretärin des Bundesgeschäftsführers auf: »Geh, ich bin vorhin dem Streibl begegnet, und der hat mich gebeten, diesen Brief abzugeben. Der is für einen Menschen, der nun angeblich bei uns in der Nacht das Krokodil beaufsichtigt. Kannst das bitte dem Tages-Tierpfleger geben, damit er den Brief dann seinem Kollegen vom Nachtdienst aushändigt? Es geht angeblich um eine persönliche Angelegenheit, also soll er das Kuvert unbedingt verschlossen aushändigen, hat mir der Streibl aufgetragen ...«

Als erste erschienen Wursts Mutter, Schwester und Lebensgefährtin zur Konstituierung der KVFV. Die drei Damen traten wie stets bei politischen Anlässen gemeinsam und entschlossenen Blickes auf. Sie rückten sich Stühle hinter dem Schreibtisch zurecht und nahmen an der Seite des Kommissionsvorsitzenden Platz.

Nahezu noch pünktlich trafen die beiden Grünen-Funktionäre ein, von denen Wurst wußte, daß sie jederzeit bedingungslos mit ihm stimmen würden. Er wies ihnen Plätze an den beiden Schmalseiten des Schreibtisches zu.

Endlich trudelten nach und nach die anderen sieben Leute ein, die von den diversen Parteigranden als deren Vertrauensleute für die KVFK vorgeschlagen worden waren. Walter Wurst musterte jede einzelne dieser Personen zur Begrüßung mißbilligend und bedeutete ihnen wortlos, sie könnten sich ihm vis á vis niedersetzen. Auf dieser Seite des Schreibtisches wurde sogleich darüber getuschelt, was die Anwesenheit des Familienanhangs des Vorsitzenden zu bedeuten habe. Man kannte die drei Frauen schließlich von etlichen Mitgliederversammlungen und wußte, wer sie waren, obwohl Wurst es bei keiner Gelegenheit der Mühe wert gefunden hatte, seine Begleiterinnen vorzustellen. Derlei tat er grundsätzlich nie. Das war in gewisser Weise ein Relikt aus seiner revolutionärmarxistischen Zeit. Der nunmehrige Abgeordnete hatte sich nämlich schon damals stets so benommen, als seien miserable Umgangsformen ein Ausdruck fortschrittlicher Gesinnung. Und in dem Punkt war er nie von seiner Vergangenheit abgerückt.

»Durchzählen!« eröffnete er in barschem Tonfall die Sitzung.

»Eins«, ließ sich seine Lebensgefährtin vernehmen. »Zwei«, folgte die Mutter. »Drei«, ergänzte die Schwester. »Vier«, meldete einer der beiden Funktionäre, die Wursts Vertrauen besaßen.

Als nächstes war ein vom Abgeordneten Vinzenz Plechl entsandter Yuppie an der Reihe. Doch der sagte nicht »fünf«, sondern: »Ja sag, sind wir denn da beim Militär?«

»Du hast fünf zu sagen und sonst gar nix!« herrschte ihn Wurst an.

Das gefiel der im Auftrag der Klubobfrau Beatrice Mijatovic anwesenden jungen Frau, die als nächste an der Reihe gewesen wäre, offenbar gar nicht. »Ich bin fassungslos!«, gab sie zu Protokoll. »Ich weiß gar nicht, was ich zu einem solchen Umgangston sagen soll ...«

»Is eh besser, wennst nix sagst«, herrschte Wurst sie an. Die drei Damen an seiner Seite nickten heftig.

»Sag, was soll denn der Blödsinn?« warf daraufhin die Vertreterin der Wiener Landesorganisation ein. »Wenn das so weitergeht, könn ma uns gleich vertagen. Das führt doch zu nix! Ich mein, mir erscheint das alles sehr destruktiv. Ich versteh überhaupt nicht, was die blöde Durchzählerei soll! Das ist ja wie im Kindergarten! Oder noch schlimmer: wie beim Militär! In dem Punkt stimme ich meinem Vorredner da vollkommen zu ...«

»I hab den Eindruck, da sind ein paar unter uns, die nehmen die Sache nicht richtig ernst!« trug der Vorsitzende daraufhin mit anschwellender Stimme vor. »Ja glaubt's ihr denn, so ein Krokodil ist ein Spielzeug? Das ist eine gefährliche Angelegenheit! Die muß mit Disziplin behandelt werden! Einmal abgesehen davon: Wie sonst sollen wir zweifelsfrei feststellen, wie viele Leute im Moment anwesend sind?«

»Blödsinn! Dreizehn sind wir! Das sieht man doch auch so!« wandte der Plechl-Yuppie ein.

»Aha, dreizehn sind wir«, griff Wurst diese Wortmeldung auf. »Gibt es gegen diese Feststellung einen Einwand?«

Er erntete verblüfftes Kopfschütteln. »Na also – dreizehn!« fuhr der Vorsitzende daraufhin fort. »Dreizehn! Hat man schon jemals im Ernst von einer Dreizehnerkommission gehört? Also muß jemand von euch ausscheiden!«

Diese Worte richtete er eindeutig an die sieben ihm gegenüber sitzenden Leute, die umgehend lauthals zu protestieren begannen.

Wurst wurde im Gesicht zornesrot. Wenn das so weiterging, würde sich die Sitzung bis weit in die Nacht hinziehen. Doch dafür hatte er keine Zeit. Diese Nacht mußte er anderswo auf dem Posten sein.

X

Als Franz Pischenreiter an diesem Abend zu seinem Krokodil-Nachtdienst im *Grünen Haus* erschien, fand er dort den angeblich im Auftrag von Streibl für ihn hinterlegten Brief vor. Goiserers Geheimagent überflog die Zeilen, die mehr oder minder dasselbe besagten, was ihm Streibl am Nachmittag bereits am Telefon erklärt hatte.

Pischenreiter konnte sich diese Doppelgleisigkeit nicht erklären. Doch das beschäftigte ihn nicht weiter. Doppelt hält besser, dachte er schlicht und beschloß, diese Nacht seinen unmittelbaren Arbeitsplatz nächst dem Krokodilgehege nicht zu verlassen. Keinesfalls würde er sich auf die weitere Suche nach Geheimdokumenten in andere Büros des Gebäudes begeben. Solche schienen ohnedies nicht zu existieren. Desweiteren war Pischenreiter auch nicht mehr besonders motiviert, für seinen Parteiführer zu viele Risiken einzugehen. Der strafte ihn nämlich nach wie vor mit demonstrativer Nichtbeachtung. Das hatte im Europa-Parlamentarier der Freiheitlichen die Einsicht reifen lassen, er sollte besser doch zu den Grünen übertreten und für diese – Streibls Angebot folgend – in den Nationalrat einziehen. In Verbindung mit dieser Option könnte er seine Undercover-Mission als Krokodilwächter mit dem Argument begründen, es sei ihm nur darum gegangen, seiner neuen Partei präventiv absolute Loyalität zu beweisen.

In jedem Fall aber würde er sich diese Nacht strikt an die ihm von Streibl zugeleiteten Anweisungen halten, beschloß Pischenreiter. Das konnte in keiner Hinsicht schaden.

Er verfütterte die gewohnte Mäuse-Ration an das Krokodil. In dem Moment hörte er lautstarkes Stimmengewirr. Er verriegelte die Schwingtüre zur Krokodil-Zelle sorgfältig und versuchte festzustellen, ob diese Stimmen etwa den angekündigten Besuch signalisierten. Goiserers Geheimagent, der sich eigentlich gar nicht mehr als solcher fühlte, überprüfte in einem mitgeführten Taschenspiegel den korrekten Sitz seines mit rotem Nackenhaar gesäumten Glatzen-Toupets und des aufgeklebten Bartes. Dann blickte er durch ein Fenster der ebenerdig im Hinterhaus dieses Gebäudekomplexes gelegenen künftigen Sauna-Räumlichkeiten in den Innenhof. Da war aber niemand. Pischenreiter sah lediglich zwei beleuchtete Fenster im ersten Stockwerk des direkt an der Lindengasse gelegenen vorderen Haustraktes. Dort oben schien offenbar eine stürmische Sitzung stattzufinden.

Pischenreiters Vermutung war zutreffend. In dem nun vom Abgeordneten Wurst okkupierten Büro war die

Konstituierung der Krokodil-Verantwortungsfindungskommission noch immer im Gange. Oder besser: der Versuch der Konstituierung. Vorderhand wurde ohne Aussicht auf eine Annäherung der Standpunkte leidenschaftlich darüber gestritten, wie viele Mitglieder der KFVK angehören sollten – und welche der anwesenden Personen allenfalls auszuscheiden habe.

Zu seinem maßlosen Erstaunen wurde Wursts Erwartung nämlich nicht erfüllt, wonach die sieben ihm aller Voraussicht nach feindlich gesinnten designierten Kommissionäre über die Frage unter sich in Streit geraten würden. Vielmehr verlangten sie einhellig, den Kommissionsvorsitz auf zwei Leute aufzuteilen und somit einen von ihrer Seite zu nominierenden halben Vorsitzenden zu stellen.

Wurst war über dieses Ansinnen außer sich. »Das ist ja ungeheuerlich!« rief er ein ums andere Mal aus. »Das ist eindeutig gegen den Beschluß des Bundesvorstandes! Das ist eine willkürliche Verletzung geltender Beschlüsse!«

Das beeindruckte freilich niemanden aus den Reihen seiner Widersacher. Die schienen fest entschlossen zu sein, die Sache nötigenfalls auszusitzen – also so lange auszuharren, bis es zu einer Abstimmung käme, bei der sie dann mit einer Stimme in der Mehrheit sein würden.

Wurst war zwar überzeugt, diesen unerwarteten Widerstand auf bewährte Weise brechen zu können, indem er durch die Einbringung ständig neuer Verfahrensanträge die Abstimmung bis in die Morgenstunden hinauszögerte. Doch dafür hatte er ja in dem Fall leider keine Zeit. Im Gegenteil: Eigentlich sollte er ja längst weg sein vom Ort der von ihm genial arrangierten Ereignisse der nächsten Stunden. Und in diesem Gebäude sollte sich dann auch ansonsten niemand aufhalten, der womöglich zum ungeplanten Zeugen der Vorgänge werden könnte. Also mußte er trachten, die unerquickliche Sitzung zu einem raschen Abschluß zu bringen.

Der Politiker warf das ganze Gewicht seiner unverzichtbaren Persönlichkeit in die Waagschale und bot unter den gegebenen Umständen seinen Rücktritt vom Kommissionsvorsitz an. Aber auch damit erzielte er nicht die gewünschte Wirkung. Er wurde lediglich von den fünf von ihm nominierten KFVK-Mitgliedern angefleht, diesen vermutlich für die gesamte Partei entsetzliche Folgen nach sich ziehenden Schritt zu unterlassen. Seine sieben Gegenspieler hingegen wandten sich ungerührt der Frage zu, wer von ihnen nun an Wursts Stelle treten sollte.

Darüber gerieten sie dann tatsächlich rasch in unverrückbare Meinungsunterschiede. Damit war die Lage vollends verfahren. Um endlich zu einem Ende zu gelangen, schlug Wurst vor, er werde sein Vorsitzendenmandat provisorisch an den Bundesvorstand zurückreichen, damit dieses Gremium eine authentische Interpretation seines seinerzeitigen Beschlußes im Hinblick auf die strittigen Verfahrensangelegenheiten vornehmen könne. Bis dahin solle die Konstituierung der KVFK vertagt werden. Der Vorschlag fand allgemeine Zustimmung.

Walter Wurst verließ das *Grüne Haus* als letzter, schloß das Haustor ab und deponierte den Schlüssel – das hatte er Streibl zum Abschluß der mit ihm am Nachmittag geführten Unterredung vorgeschlagen – unter dem Müllcontainer nächst eines auf der anderen Seite der Lindengasse ein wenig weiter stadtauswärts gelegenen Hauses. In dem nämlich befand sich die Wohnung des verhaßten Parteifreundes Robert Bauer.

Diese Hinterlegung geschah im nahezu letzten Moment. Wurst hatte sich kaum vom Müllcontainer entfernt, um hinter geparkten Autos verborgen darauf zu achten, daß niemand Unbefugter den Schlüssel an sich nehme, da sah er bereits Streibl die Lindengasse heruntereilen. Das – im Moment noch – unternehmerische Aushängeschild der Grünen führte eine Aktentasche mit sich. Er fand den für ihn deponierten Schlüssel sofort – was Wurst in seinem Versteck erleichtert registrierte – und drückte einen der Klingelknöpfe. Die Gegensprechanlage schnarrte, es wurden einige Sätze gewechselt – dann verschwand Streibl im Haus.

Paulus Streibl hatte – soweit das in der kurzen ihm noch zur Verfügung stehenden Zeit möglich war – seinen Abgang gründlich vorbereitet. Als erstes hatte er Faxe an einige seiner osteuropäischen Geschäftsfreunde gesandt, um diese über seine bevorstehende Ankunft zu informieren – worüber sie allerdings strengstes Stillschweigen bewahren sollten. Als nächstes sichtete er jene besonders wichtigen Firmendokumente, die im Bürosafe deponiert waren. Streibl wählte aus, was er davon mitnehmen und was er besser auf der Stelle vernichten sollte. Den zweiten Teil der Unterlagen jagte er durch den Reißwolf und verbrannte die Papierschnitzel anschließend. Dann holte er je ein Duplikat des Hemdes und der Hose, die er gerade trug, aus dem Kleiderschrank und schloß sich im Badezimmer ein. Dort zerfetzte der weitblickende Mann die Kleidungsstücke in unterschiedlich große Lappen. Diese preßte er einen nach dem anderen gegen eine blutende Fleischwunde, die er sich zuvor vorsichtig mittels einer Pinzette am Oberschenkel zugefügt hatte. Die Lappen verstaute er in seiner Aktentasche.

Streibl überlegte, ob er seine Frau anrufen sollte, die sich gerade bei ihren Eltern aufhielt. Doch da dies eine von seinem üblichen Verhalten abweichende Handlung gewesen wäre, unterließ er das erwogene Telefonat.

Inzwischen war der Abend fortgeschritten. Streibl brach auf. Während er nicht ohne Wehmut die Haustür seines stattlichen Refugiums am Siebensternplatz abschloß, fiel dem Unternehmer noch etwas Wichtiges ein: Er würde ja in den kommenden Tagen nicht einfach eine seiner zahlreichen Plastikkarten zücken können, sondern Bargeld benötigen!

Eilig suchte er alle ihm bekannten Bankomaten der Umgebung auf und hob mit jeder seiner Kreditkarten den möglichen Maximalbetrag ab. Das ließ sich umständehalber nicht vermeiden, obwohl es in Streibls ursprünglichem Konzept nicht vorgesehen war. Das ihm neuerdings ohnedies feindlich gesinnte Bankgesindel würde die Abhebungen gewiß nicht für sich behalten. Und bei der Polizei würde man sich dann wohl die Frage stellen, warum jemand kurz vor einem für ihn tödlich verlaufenden Unglücksfall noch rasch Bargeld an sich rafft.

Streibl legte sich eine Antwort zurecht. Die könnte dann ja via Bauer – den man sicher einvernehmen würde – in die Erhebungsakten eingehen.

Wie von Wurst angekündigt, lag der Schlüssel zur Parteizentrale unter dem Müllcontainer vor Bauers Wohnhaus. Streibl steckte ihn in seine Hosentasche und läutete an der Haustorklingel. Robert Bauers Frau öffnete ihm und führte den unerwarteten Besucher ins Wohnzimmer. Dort saß der weithin unbekannte Bezirksfunktionär der Grünen vor dem Fernsehgerät. Es wurde gerade ein Fußballspiel übertragen.

Bauer blickte nur kurz zur Tür. »Ah, da bin aber paff! Was machst denn du da?« begrüßte er Streibl mit unverhohlenem Mißvergnügen.

»Schnell! Komm, du mußt mir helfen! Ein Einbruch! Wahrscheinlich ein Einbruch drüben im *Grünen Haus*! I bin grad zufällig vorbei'kommen und hab da verdächtige Lichter g'sehen!«

Streibl versuchte sich möglichst aufgeregt zu geben, doch das beeindruckte Bauer offenkundig überhaupt nicht.

»So a Blödsinn!« sagte er bloß und blickte weiter gebannt auf den Bildschirm

»Doch, doch! Des is sicher kein Blödsinn, sondern eine Sache, wo wir rasch eingreifen müssen!«

»Zsss – welcher Trottel soll denn da einbrechen? Da gibt's doch gar nix zu stehlen ... schau des Hirnederl an! Der linke Flug is völlig frei, und der Halbaff spielt ned ab!« wechselte Bauer mitten im Satz das Thema. »Des is jetzt scho des dritte Mal, daß des Seicherl sich hirnlos verdribbelt!«

Streibl kämpfte weiterhin unverdrossen um Aufmerksamkeit für sein Anliegen: »Es geht ja wahrscheinlich net darum, daß etwas gestohlen wird – i man, im herkömmlichen Sinn: Des is sicher a politische G'schicht! Watergate in Wien – verstehst! Des san wahrscheinlich die Goiserer-Faschisten!«

»Ach, de Wappler! Was sollen denn die in unserem Parteihaus suchen? Vielleicht die genialen Werbekonzepte von unsere schmierigen Reklame-Sandler?« Bauer lachte sarkastisch auf: »Wenn's den Blödsinn mitnehmen wollen, geh i tatsächlich hin und helf ihnen beim Tragen ...«

Das war zwar nicht direkt in Streibls Sinne, doch immerhin ein erster Schritt in die richtige Richtung. Daher insistierte der Besucher: »Hörst, stell dir die politische Bomben vor, wenn wir zwei die derwischen! I hätt das ja selbst gleich allein in die Hand g'nommen – aber da hab i mi erinnert, daß i im Moment grad einen Haufen Geld in der Taschen hab – mir is nämlich zufällig jetzt am Abend ganz günstig ein prächtiges Auto angeboten worden. Ein Notverkauf sozusagen. Daher hab i g'schwind aus dem Bankomaten gezupft, was der hergibt, daß i den Kübel gleich kaufen kann – und da komm i zufällig beim Parteihaus vorbei und seh da die Lichter. Beinahe wär i gleich hinein – da is mir im letzten Moment eing'fallen, daß i ja die viele Marie bei mir hab, und die derf mir net g'stohlen werden. Also hab i mir gedacht, i brauch Hilfe – und da is mir kommen, daß du ja gleich in der Nähe wohnst. Also bin i gach zu dir!«

Streibl registrierte, daß Bauer dieser Erklärung offenbar nicht mit der gewünschten Aufmerksamkeit gefolgt war. Tatsächlich anwortete der unwillige Gastgeber bloß mürrisch: »Ah was, halt endlich die Pappen und setzt di hin. Um den Blödsinn könn ma uns nachher auch noch kümmern. Zuerst will i in Ruhe des Match fertig schauen. Da spielt Rapid zum ersten Mal seit Jahren wieder einmal im Europacup, und grad dann soll i vielleicht solche Kopfschüßler von Einbrechern jagen – i bin ja ned deppert!«

Streibl sah ein, daß nun wohl Geduld gefordert sein würde. Er rückte sich einen Stuhl zurecht und fragte kleinlaut: »Wie steht's denn?«

»Zwanull ...«

»Für die Unsrigen?«

»Bist g'scheit – für die Scheißengländer natürlich. Na, da – schau dir das an: Schon wieder versucht der Hiafler mitten durch die Leut durchz'gehn – das geht doch ned! Der Trottel is wirklich z' blöd zum Scheißen! I frag mi, warum der Dokupil de g'strampfte Schasgeigen dauernd aufstellt? Es is unfaßbar ...«

»Dauert's noch lang?« fragte Streibl zaghaft.

»Naa – muß glei aus sein ...«

Nach einigen Minuten des Schweigens versuchte Streibl neuerlich, Aufmerksamkeit für sein Anliegen zu finden. Er wollte es nun auf die menschliche Tour versuchen: »I waß, Bauer, du magst mi ja eigentlich net ...«

Der Gastgeber unterbrach ihn unwirsch: »Red kan Knofl, gegen di persönlich hab i überhaupt nix. I bin lang g'nug auf der Welt, um zu wissen, daß es auch so Verbrecher wie dich geben muß – so ein Spekulanteng'sindel eben. Des stört mi im Grunde scho lang ned mehr. Mi stört's nur, wenn solche Leut in unserer Partei san. Da hast du nämlich meiner Meinung nach nix verloren. Des is alles, was mi an dir stört.«

»Du wirst lachen«, erklärte Streibl mit ernster Miene, »aber ich überleg mir schon seit einiger Zeit, ob i mich net aus der Partei und überhaupt aus der Politik zurückziehen sollt ...«

»Des wär vernünftig«, sagte Bauer ungerührt.

»Darüber wollt i nämlich vor allem mit solchen Leuten reden wie mit dir«, versicherte Streibl. »Wenn ma das mit dem Einbruch geklärt haben, könnt ma ja vielleicht noch auf ein Bier gehen und darüber reden.«

In dem Moment wurde das Spiel abgepfiffen.

»A Scheißmatch war das«, murmelte Bauer und stemmte sich aus dem Polstermöbel hoch. »Also, wenn'st wirklich meinst, wir werden da gebraucht, dann geh ma halt gach«, forderte er Streibl auf und wandte sich danach an seine Frau: »I bin glei wieder da.«

Walter Wurst wartete ungeduldig darauf, daß Bauer und Streibl aus dem Haustor treten würden. Er konnte sich nicht erklären, warum das so lange dauerte. In dieser Partei klappt einfach nichts mehr, dachte der Abgeordnete ein ums andere Mal.

Da endlich – im Treppenhaus wurde die Beleuchtung angeschaltet. Wurst verbarg sich sorgfältig hinter geparkten Autos. Er sah das erwartete Duo das Gebäude verlassen und eilig die Lindengasse hinaufgehen. Der Politiker wartete, bis die beiden Männer außer Sichtweite waren. Dann trat er an die Haustür und drückte den Klingelknopf.

»Hast was vergessen?« ließ sich eine Frauenstimme durch die Gegensprechanlage vernehmen.

»Hier spricht Wurst – der Abgeordnete Wurst!« antwortete er. »I muß dringend mit dem Robert sprechen!«

»Der is grad weg'gangen ...«

»Machen's trotzdem schnell auf, es is dringend!«

Die Tür sprang knarrend auf. Bauers Frau erwartete den Besucher an der Wohnungstür.

»Wo is er denn hin, der Robert?« fragte Wurst sie und mimte dabei einen aufgeregten Menschen. »I brauch ihn nämlich dringend, weil da scheinen Einbrecher in unserem Parteihaus zu sein, und weil er ja gleich in der Nähe wohnt, hab i mir gedacht, i hol ihn schnell ...« Er streckte der Frau die Hand entgegen: »Wurst mein Name – Walter Wurst! Sie werden vielleicht schon von mir gehört haben.«

»Des hab i, des hab i«, bestätigte sie. »Ah san's eh noch dort, die Einbrecher – weil vor Ihnen war nämlich schon der Streibl da und hat den Robert in derselben Angelegenheit abg'holt. De zwa san grad los ...«

»So ein Zufall«, heuchelte Wurst atemlos. »So ein glücklicher Zufall! Dann renn i jetzt am Besten schnell zur Polizei, damit die gleich kommt, falls da wirklich was los is. Wenn der Robert zurückkommt, dann sagen's ihm, daß i da war – ich mein, für den Fall, daß wir uns inzwischen net eh treffen – Wurst mein Name, net vergessen!«

»I waß, des Würschtl – wie könnt i des vergessen«, brummte die Frau.

Doch der Abgeordnete hörte ihre Worte nicht mehr. Er lief eilig die Treppen hinab. Die Sache mit dem Alibi, das er sich vorsorglich zu besorgen beschlossen hatte, schien glatt geklappt zu haben. Nun mußte er nur noch ein wenig Zeit verstreichen lassen – weil so ein Krokodil ist ja kein Nurmi, dachte er bei sich – und dann die nächste Polizeiwachstube aufsuchen. Oder besser die übernächste, damit Wanda ihre Schuldigkeit restlos tun könnte. Der Politiker schlenderte gemütlich durch die nächtlichen Straßen.

Erst kurz vor der von ihm angesteuerten Polizeiwachstube wechselte er in den Laufschritt, um atemlos die Amtsräume zu betreten. Da lümmelten sich vier Polizisten rund um einen Schreibtisch und unterhielten sich anscheinend über ein Fußballspiel. »Diese fußkranken Hatscherten haben doch nix mehr mit Rapid zu tun«, erklärte eben der augenscheinlich Älteste der Uniformierten. »I werd euch sagen, was wirklich Rapid war – seinerzeit: Zeman-Hallerhappelgolobic-Hanappigieser-Körnerzwei ...«

In dem Moment nahm er den eben eingetretenen Wurst wahr: »Is was?«

»Ja, Herr Inspektor!« Entgegen seiner Gewohnheit, gegenüber Polizeibeamten schlechtestmögliche Manieren hervorzukehren, versuchte Wurst nun, einen respektvollen Ton anzuschlagen: »Da scheint's einen Einbruch zu geben im *Grünen Haus* ...«

»In was für einer Hütten?« wurde er von einem Polizisten unterbrochen.

Der Älteste der Vier weitete diese Frage noch etwas aus: »Sagen's gach – i man, i frag ja nur: Sie san ned vielleicht b'soffen?«

Der Politiker ging darauf nicht ein. Er zückte seinen Dienstpaß, der ihn als Abgeordneten zum Nationalrat auswies und präzisierte: »Im *Grünen Haus* – in der Parteizentrale der Grünen in der Lindengasse ...«

»Jessas, von die Grünen«, kommentierte einer der Polizisten spontan. »Ah, de hab ma besonders gern. De san sehr beliebt bei uns ...«

»Gusch!« unterbrach ihn der Älteste, nachdem er einen Blick auf Wursts Ausweis geworfen hatte. »Der Herr da is nämlich ein Politiker!« Das letzte Wort sprach er mit unüberhörbarer Verachtung aus. Dann wandte er sich an Wurst: »Und welchen Erkenntnissen verdanken Sie Ihnare Vermutung, daß da ein Einbruch vorliegen soll?«

»I hab verdächtige Lichter g'sehen!« tat der Abgeordnete kund.

»Ah was – einem Politiker is a Licht aufg'angen? Mir scheint, des is wirklich verdächtig!« rief einer der Uniformierten aus. Seine Kollegen reagierten mit Gelächter.

Es dauerte einige Zeit, bis Wurst die Herren von der Notwendigkeit überzeugen konnte, eine Amtshandlung zu beginnen.

»Fahrt's hin und schaut's nach!« trug der Älteste endlich zweien der anwesenden Polizisten auf. »Und den Herrn Politiker nehmt's gleich mit, damit er euch zeigen kann, wo ihm das Licht erschienen ist.«

Der Abgeordnete wurde angewiesen, sich auf den Rücksitz eines Funkstreifenwagens zu setzen. Die beiden Beamten nahmen vorne Platz. Dann brauste das Fahrzeug mit eingeschaltenem Blaulicht und Folgetonhorn los.

Am Eingang zum *Grünen Haus* angelangt, zückte Paulus Streibl den Haustorschlüssel und schloß auf.

»Na bitte – war doch eh zug'sperrt! Wo soll da also jemand eingebrochen haben?« kommentierte Robert Bauer diesen Vorgang.

»Wart's ab!« entgegnete Streibl, der zielbewußt das Vorderhaus durchquerte. Im Hinterhaus war ein ebenerdiges Fenster gleich neben dem Eingang zum nämlichen Gebäudetrakt beleuchtet. Doch bevor Streibl diese Tür ansteuerte, bückte er sich im Innenhof hin und zerrte einen Kanaldeckel hoch. »Uiii, des Glump is schwer – komm, hilf mir!« forderte er Bauer auf.

Der legte kopfschüttelnd Hand an: »Wenn'st manst – aber was soll denn des werden?«

»Für alle Fälle – damit wir einen Fluchtweg offen haben!« erklärte der dynamische Unternehmer. Dank seiner vielfältigen Engagements auf dem Immobiliensektor kannte sich der Kaiser vom 7. Hieb in dieser Gegend nicht nur über, sondern auch unter der Erde vorzüglich aus. Er hatte nämlich vor geraumer Zeit den Plan zu wälzen begonnen, in diesem Bezirk eine gigantische Tiefgarage errichten zu lassen. Daher wußte er exakt Bescheid, wo sich hier die unterirdischen Abwasserkanäle befanden. Erst kürzlich war ihm zufällig bei der Durchsicht von Projektplänen aufgefallen, daß der in den Innenhof des *Grünen Hauses* mündende Kanalschacht an seiner Basis direkt von einem der großen Hauptkanäle ausging, deren viele Kilometer lange Tunnelsysteme von einem Ende der Stadt zum anderen reichten. Und einige Meter über dem Niveau dieses Hauptkanals gab es desweiteren einen parallel zur Lindengasse verlaufenden Stichkanal bis hinauf zum Westbahnhof. Dieses ursprünglich absichtslos erworbene Wissen würde ihm nun trefflich zustatten kommen, dachte Streibl. Er war froh, niemals mit jemandem über diese Informationen gesprochen zu haben.

Nachdem der Kanaldeckel zur Seite gewuchtet war, riß Streibl die Tür zu den künftigen Saunaräumen auf.

Dort stand Pischenreiter – getarnt mit Glatzentoupet und falschem Bart – vor der Schwingtür zur Krokodilzelle stramm, als gelte es, eine militärische Meldung zu erstatten. Doch Streibl ließ ihn erst gar nicht zu Wort kommen. Mit einem Fußtritt stürzte der Kaiser vom 7. Hieb den Mäuse-Vorratskäfig um, aus dem sogleich ein stattliches Mäuserudel hervorquoll.

Dies veranlaßte Robert Bauer, sich eilig auf den Tisch zu flüchten, der in den Aufenthaltsraum des Krokodil-Wächters gestellt worden war. Einen Warnschrei ausstoßend, erklomm im nächsten Moment auch Pischenreiter die Tischplatte: »Vorsicht! Da ist das wilde Viech drinnen!«

Doch da hatte Streibl die Schwingtüre bereits aufgestoßen. Auf einem eilig herangerückten Stuhl balancierend, hielt er sie mit einer Hand offen und sondierte die Lage in dem dahinterliegenden Gehege.

Da kam Wanda auch schon hervorgewuselt. Das Krokodil stutzte kurz beim Anblick der Besucher und eilte dann zielstrebig dem Innenhof zu, wohin eben die Mäuse entwischt waren.

»Los, da hinein, damit net a Unglück g'schieht!« wies Streibl die beiden auf den Tisch geflüchteten Männer an. Robert Bauer und hinter ihm Franz Pischenreiter stürzten sich nahezu im Hechtsprung durch die Türöffnung. Da fiel die Schwingtür zu – Streibl war draußen geblieben. Robert Bauer sah durch das kleine Türfenster gerade noch, wie sein Begleiter in Richtung Innenhof davonlief.

»Jessas, die Tür is zu – die geht nur nach innen auf!« ließ sich Pischenreiter vernehmen. »Wir sitzen da fest!«

Bauer überdachte kurz die Lage. »So lang nur des Scheißkrokodü draußen is, stört mi des ned, wenn i herinnen bin«, sagte er schließlich. »I fürcht bloß, mei Frau wird sich Sorgen machen, wenn i ned gleich wieder hamkomm ...«

»Wir müssen schauen, ob wir die Tür auftreten können!« verlangte Pischenreiter.

»Bist narrisch! I mach da keinen Schritt hinaus, bevor's des Krokodü ned eing'fangen haben«, entgegnete Bauer. »Hoffentlich is der Streibl schnell g'nug davongrennt ...«

»Aber wir können doch net einfach da herinnen bleiben! Wer weiß, wer als nächster daherkommt!« beharrte Pischenreiter. Ihn ängstigte nämlich nicht bloß das entsprungene Krokodil. Der Agent Goiserers fürchtete desweiteren, als Folge der eben eingetretenen Umstände enttarnt zu werden. Ihm war klar: Das würde aller Voraussicht nach das Ende seiner politischen Laubahn bedeuten.

Da bemerkte er, wie ihn der zusammen mit Streibl aufgetauchte Mann, mit dem er nun die Krokodil-Zelle teilte, eigenartig musterte. Tatsächlich fragte Bauer gleich darauf: »Sag, kommst du grad von einem Maskenball?«

»I – wieso?«

»No, wegen dem aufgepickten Bart und dem komischen Skalp da, des ja auch ned echt ist ...«

Pischenreiter wurde blaß: »Du kennst mich?«

»I bin mir ned ganz sicher. Aber ausschauen tust so, wie i mir als Bua immer den Dings vorg'stellt hab – den Dings. Na, wie heißt er gach – den Hadschi Halef Omar Ben Hadschi Abul Abas Ibn Hadschi Dawud al Gossarah.«

In dem Moment waren vom Innenhof her Schritte zu hören. Pischenreiter preßte seine Nase an das kleine Fenster der Schwingtüre. Vor dieser tauchte mit allen Anzeichen von Hektik der Bundespressesprecher auf: »Neuigkeiten?« Da machte er auch schon wieder auf den Absätzen kehrt.

Pischenreiter pochte von innen heftig gegen die Tür. »Hallo! Wir san da herinnen! Hallo!«

Der Pressesprecher war beinahe schon wieder verschwunden, da hörte er den Hilferuf doch noch. Er blieb stehen, blickte verwirrt um sich und trat endlich an die Schwingtür. Durch deren Fenster sah er das Gesicht des vermeintlichen Krokodil-Nachtwächters: »Um Gottes willen – Obacht! Passen's auf, da is ja das Krokodil drinnen ...«

»Na, des is net herinnen, das is draußen!« rief Pischenreiter aufgeregt.

»Wo draußen?«

»Irgendwo da drauß'n, wo Sie jetzt grad sind!«

Der Pressesprecher schüttelte ungläubig den Kopf: »Da heraußen? Sie meinen hier draußen?«

»Gleich irgendwo hinter deinem Oasch, Depperter!« beseitigte Bauer alle Zweifel.

Der Pressesprecher riß mit entsetztem Gesichtsausdruck die Schwingtüre auf und flüchtete sich gleichfalls in das vom Krokodil verlassene Gehege. »Sagt's gleich, da ist etwas passiert?« fragte der Mann, nachdem er sich ein wenig beruhigt hatte.

»Eigentlich is nix Neues passiert«, erklärte Bauer. »Daß die Partei voller Narrischer ist, is ja wohl ka Neuigkeit – nur is dieses Mal halt auch des unnötige Krokodü ab'pascht. Ob's dabei wen 'bissen hat, werd ma erst noch sehn.« Dann fügte er mehr zu sich selbst gewandt hinzu: »Na, mir reicht's. Wenn i da heil außerkomm, hör i auf mit der Politisiererei und geh in die Frührenten. Mit dem Narrenhaus will i nix mehr z'tun haben ...«

Nun war von der Straße her ein Folgetonhorn zu hören. Kurz darauf standen zwei Polizisten mit gezückter Schußwaffe vor der Schwingtür. »Halt, da is wer!« rief einer der Beamten.

»Ein Krokodil, net wahr?« war aus dem Hintergrund die Stimme von Wurst zu vernehmen.

»Na, de da schaun eigentlich ned aus wie ein Krokodil«, versicherte der Polizist. Wurst trat hinter dem Rücken dieses Mannes hervor und warf einen Blick durch das Schwingtürfenster. Dahinter konnte er den Pressesprecher und den verkleideten Pischenreiter erkennen. Und den Scheißbauer, der sich noch immer bester Gesundheit zu erfreuen schien. Somit hatte Streibl offenbar wohl Mist gebaut. Und wie zumeist, wenn man ihn ausnahmsweise dringend brauchte, war der verfluchte Kerl zu allem Überfluß nicht da.

Wurst öffnete mit einer energischen Bewegung die Schwingtüre und rief zornbebend in die Zelle: »Wo ist der dritte Mann?«

»Aber da san do eh drei drinnen«, warf ein Polizist ein. »San des Ihnare Einbrecher, Herr Nationalrat?«

Wurst ignorierte die Frage und wandte sich nun direkt an Bauer: »Wo is der Streibl? Und wo is das Krokodil?«

»Mein Gott, weil du grad was vom dritten Mann sagst«, antwortete indes der Pressesprecher. »Mir fällt grad ein, daß der Kanaldeckel im Innenhof offen war, wie ich herein'kommen bin – paßt's auf, daß da keiner hineinfällt ...«

Die eilig herbeigerufenen Kriminalisten des Sicherheitsbüros stützten ihre erste These über den Hergang nicht zuletzt auf diesen Hinweis. Und sie hatten ja auch Spuren gefunden, die ihre Schlußfolgerungen plausibel machten: blutbeschmierte Stoff-Fetzen, die augenscheinlich von einem Hemd und einer Hose stammten. Das konnte nur eines bedeuten: Das als Folge mangelhafter Aufsicht oder unglückseliger Umstände aus seinem Gehege entwichene Krokodil hatte den spurlos verschwundenen Geschäftsmann Paulus Streibl aus Wien VII. zerfleischt und war dann mitsamt seiner Beute in den zum betreffenden Zeitpunkt gerade offenen Kanalschacht geflüchtet oder gestürzt.

Den Rest der Erhebungen konnte man auf den nächsten Tag verschieben. Vorderhand mußten nur noch die Personalien der am Unglücksort angetroffenen Zeugen aufgenommen werden.

Der Pressesprecher und Robert Bauer wiesen sich umstandslos aus. »Und wie heißen Sie?« erging zuletzt die Frage an Franz Pischenreiter: »Fff... äh – Erich Schrabner.«

»Haben's einen Ausweis da?«

Der angebliche Schrabner schüttelte den Kopf.

»Aber das geht doch ned – Sie müssen sich doch jederzeit ausweisen können! Wissen's das ned?« Der Kriminalbeamte musterte den Mann mit dem eigenartigen Bart und der scheinbar nicht echten Glatze nun etwas eingehender.

»Schon ... aber ... i bin nämlich jetzt ein Politiker«, versuchte Pischenreiter einen Ausweg nach vorne zu finden.

»Ah ja – Sie schauen auch ganz so aus.« Der Polizist trat nahe an Pischenreiter heran, zupfte ein wenig an dessen Bart – und hielt im nächsten Moment die Gesichtshaarperücke in den Fingern.

Da trat der Abgeordnete Wurst hinzu. »Nein – das darf doch net wahr sein!« gab er sich scheinbar fassungslos. »Herr Inspektor, den kenn ich: Das ist ein Spion! Scheinbar geht's da doch nicht um einen Einbruch, sondern um Polit-Spionage! Das ist doch die Mutter der Skandale! Nehmen's den Kerl sofort fest, Herr Inspektor, daß er nachher net leugnen kann! Na, das is doch ungeheuerlich! Ein Goiserer-Spion bricht bei den Grünen ein! Wahrscheinlich hat er auch unseren Parteifreund Streibl auf dem Gewissen! Festnehmen! Um Gottes willen: Sofort einsperren!«

XI

Franz Pischenreiter befand sich schon kurze Zeit später wieder auf freiem Fuß. Zwar wurde er zum Sicherheitsbüro mitgenommen. Dort gestattete man ihm aber, seinen entfernten Verwandten Heinz Schrabner anrufen, der daraufhin mit den echten Ausweispapieren des angeblichen Erich Schrabner auftauchte, was ausreichte, um diesen zweifelsfrei als den freiheitlichen Abgeordneten zum Europa-Parlament Doktor Franz Pischenreiter zu identifizieren.

Der erklärte seine Maskerade sowie seine Anwesenheit in der Parteizentrale der Grünen mit vertraulich zu behandelnden politischen Gründen, und er berief sich darüber hinaus auf seine Abgeordneten-Immunität. Nachdem man auf inoffiziellem Wege den FPÖ-Führer Goiserer konsultiert und dieser geäußert hatte, bei Pischenreiter handle es sich um einen unberechenbaren, doch harmlosen Narren, der im Rahmen eines vertraulichen Sonderprogrammes seiner Partei zur aktiven Resozialisierung geistig Behinderter zu einem Mandat gelangt sei, durfte der Abgeordnete nach Hause gehen.

Der von Walter Wurst erwartete gewaltige Skandal trat nicht ein. Wohl stand außer Zweifel, daß sich ein freiheitlicher Europa-Parlamentarier unter falschem Namen bei den Grünen als Krokodil-Nachtwächter verdingt hatte – und im übrigen das Krokodil seiner Aufsicht entkommen war. Aber die Hintergründe dieses Vorfalles erschienen den allermeisten örtlichen Journalisten viel zu undurchsichtig und widersprüchlich. Also wollte die Sache niemand an die große Glocke hängen. Dazu trug desweiteren die politische Konstellation des Falles bei. Zumal die innenpolitischen Kommentatoren der einflußreichsten Zeitungen und Zeitschriften im Zweifelsfall stets eher auf der Seite von Hägar Goiserer und dessen Partei standen, als auf jener der Grünen. Also wurde die Sache auf publizistischer Ebene nach bewährter österreichischer Maxime behandelt: Nicht einmal ignorieren! Es wurden lediglich vereinzelt ganz allgemeine Reflexionen über die Frage angestellt, ob die Politiker dieses Landes ausreichend entlohnt würden, daß sie sich nicht mit nächtlichen Nebenjobs ein Zusatzeinkommen verschaffen mußten.

Ansonsten trat an dieser Front sofort Ruhe ein, obwohl sich der Abgeordnete Walter Wurst redlich mühte, den Fall nicht in Vergessenheit geraten zu lassen. Doch nicht einmal die Finanzbehörden gingen der Frage nach, ob Pischenreiter sein Nebeneinkommen korrekt versteuert habe.

Dieser hatte von seinem Parteichef eine unmißverständliche Anweisung erhalten: »Du schleich dich sofort geräuschlos auf deine Hinterbank in der unnötigen Europa-Quatschbud, und dort haltest bis zu Ende der Legislaturperiode die Pappen!«

Pischenreiters zaghafte Bemühungen, neuerlich mit den Grünen ins Gepräch zu kommen, um zu dieser Partei überzutreten und dafür mit einem Nationalrats-Mandat belohnt zu werden, stießen auf absolut taube Ohren. Es schien ganz so, als habe Paulus Streibl sein diesbezügliches Angebot ohne jede Absprache mit den zuständigen Gremien der Grünen lanciert. Und Streibl selbst stand als Zeuge ja leider nicht mehr zur Verfügung.

Die eingehenderen polizeilichen Untersuchungen hatten ergeben, daß die auf den im Innenhof des *Grünen Hauses* aufgefundenen zerfetzten Kleidungsstücken festgestellten Blutspuren eindeutig vom Vermißten stammten. Offenbar war er vom Krokodil angefallen worden. Es schien zu einem dramatischen Kampf auf Leben und Tod gekommen zu sein, in dessen Zuge aller Wahrscheinlichkeit nach wohl beide in den offenen Kanalschacht gestürzt waren.

Allerdings schien das Krokodil diesen unorthodoxen Abgang überlebt zu haben. Jedenfalls glaubten in den folgenden Tagen gleich mehrere Angehörige der städtischen Kanalbrigade in den unterirdischen Abwassertunnels ein Krokodil gesichtet zu haben.

Die Kanalbrigaden wurden daraufhin für ihre Patrouillengänge mit großkalibrigen Jagdwaffen ausgestattet. Die Gewerkschaft der Gemeindebediensteten nahm mit der Arbeitgeberseite umgehend Verhandlungen über die Auszahlung einer Krokodil-Gefahrenzulage auf, die konsequenterweise auch alle mit administrativen Kanalisationsangelegenheiten befaßten Verwaltungsbeamten sämtlicher österreichischen Stadt- und Gemeindeverwaltungen erhalten sollten.

Der Abgeordnete Walter Wurst versuchte weiterhin, politisches Kapital aus der Affäre zu schlagen. Vom

Rednerpult des Parlaments aus geißelte er mit besonders scharfen Worten die Unfähigkeit der Wiener Stadtverwaltung, das von den Tiefen der Kanalisation aus die gesamte Bevölkerung der Hauptstadt – und vermutlich auch die benachbarter Ballungsräume – bedrohende Krokodil zu orten und zu neutralisieren. In einem dramatischen Appell forderte der Grünen-Politiker den Wiener Bürgermeister auf, seiner politischen Verantwortung entsprechend endlich von diesem Amt zurückzutreten.

Solche Rücktrittsaufforderungen waren gewöhnlich mit einem guten Medien-Echo verbunden. In diesem Fall konzentrierte sich die öffentliche Aufmerksamkeit jedoch mehr auf den verschwundenen Geschäftsmann und Grünen-Funktionär Paulus Streibl. Zwar hatte man trotz intensiver Durchkämmung des gesamten Kanalisationsnetzes nicht die geringste Spur vom Vermißten finden können. Somit mußte davon ausgegangen werden, daß sein Körper vom Krokodil restlos zerfleischt worden war. Ergänzend dazu sickerten aber Informationen über die hoffnungslose wirtschaftliche Lage durch, in der sich der Unternehmer zum Zeitpunkt seines anzunehmenden Ablebens befunden hatte. Angeblich habe sogar die Verhaftung des politisch tätigen Geschäftsmannes wegen mißbräuchlicher Verwendung von Krediten und sonstiger betrügerischer Machenschaften unmittelbar bevorgestanden.

Die als Folge der Transaktionen geschädigten Banken lehnten vorerst jede öffentliche Stellungnahme zu den kursierenden Gerüchten ab. Aber Walter Wurst sah nun keine Veranlassung mehr, sein einschlägiges Wissen für sich zu behalten. Im Rahmen einer von ihm eigens anberaumten Pressekonferenz bestätigte er die gegenständlichen Vermutungen und wies eindrücklich auf die Rolle hin, die ihm bei der Aufdeckung der unerklärlichen Machenschaften seines Parteifreundes zugefallen sei: »Das zeigt aber nur, wie ernst bei uns die Fragen der politischen Moral und der politischen Verantwortung genommen werden. Leider sind in diesem isolierten Einzelfall auch wir nicht davor gefeit gewesen, eine bedauerlicherweise der Korruption verfallene Person in unseren Reihen zu haben. Doch im Gegensatz zu den zahllosen Negativbeispielen der anderen Parteien habe ich nicht eine Sekunde gezögert, die Verfehlungen eines Angehörigen der eigenen Partei sofort schonungslos aufzudecken, und die betroffene Bank informiert, die erst aufgrund meiner Hinweise über die durch nichts zu rechtfertigen Machenschaften in Kenntnis gesetzt worden ist!« Anschließend kündigte der Abgeordnete Walter Wurst an, er werde den posthumen Ausschluß von Paulus Streibl aus der Partei der Grünen beantragen.

Diese Erklärungen wenigstens ließen den Politiker endlich wieder einmal auf die Titelseiten der Presse und in die Spitzenmeldungen der TV-Nachrichtensendungen zurückkehren. Angesichts der Offenbarungen seitens des Abgeordneten sah man sich auch bei der betreffenden Bank befugt, dessen Aussagen zu bestätigen.

Nun war das Medienecho erst recht enorm und nahm sogar internationale Ausmaße an. Da Streibl seine – wie nun klar war – höchst dubiosen Geschäfte ja nicht zuletzt in den Hauptstädten der Staaten des ehemaligen Sowjet-Blocks getätigt hatte, wurde insbesondere dort ausführlich über den Fall berichtet.

Walter Wurst fand nicht gleich Gelegenheit, seinen Streibl betreffenden Antrag auf Parteiausschluß tatsächlich zu stellen. Der Abgeordnete war innerparteilich vorderhand zu sehr mit einer Bereinigung der offenen Fragen hinsichtlich der Zukunft der Krokodil-Verantwortungsfindungskommission beschäftigt, zu deren Vorsitzenden ihn der Bundesparteivorstand seinerzeit bestellt hatte. Nun manifestierten sich innerhalb dieses Gremius starke Tendenzen, die noch nicht einmal in aller Form konstituierte KVFK gar nicht mehr zusammentreten zu lassen, da sich das die Basis der Kommissionsarbeit darstellende Krokodil ja nicht mehr im Verantwortungsbereich der Partei aufhalte.

Wurst argumentierte leidenschaftlich gegen eine solche »opportunistische Strategie«, wie er das nannte: »Wir dürfen uns vor der Parteigeschichte nicht aus der historischen Verantwortung fortstehlen und haben zumindest in dem Punkt gründliche praxisbezogene Trauerarbeit zu leisten, damit sich ein solcher Fall nicht mehr wiederholt und damit in weiterer Folge mit aller notwendigen Gründlichkeit die unverzichtbaren und im übrigen unabhängig vom Anlaßfall seit langem überfälligen personellen Weichenstellungen getroffen werden, um so etwas in Zukunft zu verhindern!«

Aus dieser Formulierung war für aufmerksame, mit den in den Reihen der Grünen üblichen Machtmechanismen vertraute Zuhörer durchaus der Anspruch des Abgeordneten Wurst auf eine Rückkehr an die nominelle Spitze der Partei herauszuhören. Somit formierte sich rasch ein ebenso diskreter wie energischer Widerstand gegen seine Pläne, auf dem Umweg über die KVFK den Parteiapparat neuerlich unter seine Kontrolle zu bringen. Die Zukunft dieser Kommission lag daher absolut im Ungewissen.

Walter Wurst verfügte allerdings weiterhin über sein Kommissions-Vorsitzendenbüro im *Grünen Haus*. Dort brachte er viele Stunden damit zu, die im Aquarium schwimmenden Piranhas mit Leberkäse zu füttern sowie zugleich gründlich über die aktuelle politische Lage und erfolgversprechende Problemlösungsstrategien nachzusinnen. Es gab für ihn nämlich vieles zu bedenken.

So überlegte der Politiker etwa ernsthaft, ob sich ein Mann wie er nicht mehr der internationalen Politik zuwenden sollte. Die Grünen-Bewegung nahm nämlich allem Anschein nach gerade wieder einmal europaweit einen enormen Aufschwung. Dies galt keineswegs bloß für die EG-Länder. Auch überall in den ehemaligen Warschauer-Pakt-Staaten kam es neuerdings zur Gründung von Schwesterparteien der Grünen. Wurst war davon überzeugt, dies sei Ausdruck eines unumkehrbaren historischen Prozesses, dessen Dimensionen noch gar nicht abzusehen wären. Jedenfalls hielt er es für angebracht, über die Gründung einer weltweiten Grünen-Internationale nachzudenken. Er nannte das Projekt *die Fünfte Internationale*, und es bestand für ihn kein Zweifel, wer der ideale Gründungsvorsitzende dieser geschichtsmächtigen Organisation wäre.

Doch vorderhand verlangten leider lokale Probleme seine vorrangige Aufmerksamkeit. Da war beispielsweise die noch immer ungelöste Scheißbauerfrage. Zwar hatte der verhaßte Parteifreund Robert Bauer seiner spontanen Ankündigung folgend tatsächlich seine unbedeutenden Parteifunktionen zurückgelegt und sich in die Frührente verabschiedet. Doch Wurst traute dem Frieden nicht. Und er wollte sich nicht einer unkonsequenten Haltung gegenüber Feinden zeihen lassen.

Allerdings war auf die operative Hilfe von Wanda nun endgültig nicht mehr zu zählen. Dies bedauerte Wurst sehr, denn im Grunde war er noch immer davon überzeugt, sein Krokodil-Konzept sei strategisch genial sowie ökologisch-politisch korrekt gewesen. Laut seiner Sicht der Dinge war die Umsetzung des ursprünglichen Planes eigentlich nur an einem unvorhergesehenen Wartungsproblem gescheitert.

Während er den sich in Schwärmen auf die Leberkäsestücke stürzenden Piranhas zusah, kam Wurst eine Idee. Nun waren die ursprünglich für die Einrichtung einer Sauna im *Grünen Haus* vorgesehenen Räumlichkeiten ja endlich frei. Also stand den noch ausstehenden Installierungsarbeiten nichts mehr im Wege. Und zu einer ordentlichen Sauna gehörte fraglos ein kleines Schwimmbecken. Das hatte man bei den ersten Sauna-Planungen wohl nicht bedacht.

Walter Wurst beschloß, dieses Versäumnis beheben zu lassen. Es fielen ihm dafür sofort gute Argumente ein: Die Sauna samt Nebeneinrichtungen sollte seiner Überzeugung nach nämlich nicht nur den herausgehobenen Funktionären der Partei in Sitzungspausen zur

Verfügung stehen. In der Hauptsache müsse diese Errungenschaft den verdienten Veteranen der Partei, die sich in den wohlverdienten Ruhestand zurückgezogen hatten, zum Wohlergehen gereichen. Spontan erinnerte sich Wurst zwar nur an einen einzigen solchen pensionierten Veteranen. Doch genau auf den kam es ihm ja an.

Der Politiker überlegte, wo er sich darüber informieren könnte, wie viele Piranhas erforderlich seien, um einen ohnedies nicht sehr kräftig gebauten Menschen im Handumdrehen spurlos aus einem kleinen Schwimmbecken verschwinden zu lassen. Das war vermutlich wohl ein klassischer Fall fürs Internet, dachte er. Doch da würde er wohl selbst ein wenig in diesem System surfen müssen. Die Frage war zu heikel, um jemand anderen nach der Antwort suchen zu lassen. Wurst beschloß, sich in Sachen Internet kundig machen zu lassen. Leider hatte er nämlich vorderhand noch keine Ahnung, wie eine solche Computer-Surferei konkret funktionierte. Und dann würde es wahrscheinlich einige Zeit dauern, bis er diese Technik ausreichend beherrschte.

Zuerst mußte aber ohnedies die Sauna endgültig installiert und das dazugehörige Schwimmbecken errichtet werden. Das war – keineswegs bloß wegen der seinerzeitigen Absprachen – fraglos eine Angelegenheit für den Abgeordnetenkollegen Vinzenz Plechl. In dessen Eigenschaft als alternativer Bauunternehmer. Wurst registrierte die Gelegenheit, wenigtens zwei Manöver mit einer Operation abzuwickeln. Es ging ihm ja nicht nur um die längst überfällige Endlösung der Scheißbauerfrage, sondern ebenso um eine Restrukturierung von innerparteilichen Pakten und Bündnissen. Zwar war sein vormaliger Verbündeter Plechl im Moment seinen Gegnern zuzurechnen – doch das mußte ja nicht so bleiben. Vernünftige Zweckpartnerschaften waren nie abzulehnen. Und Vinzenz Plechl würde gegenwärtig wohl für ein solches Bündnis offen sein. Es kursierten zufällig gerade böse Gerüchte über die persönliche wirtschaftliche Lage des Abgeordnetenkollegen. Dessen Bauunternehmen domizilierte nämlich in einer der Streibl-Immobilien – die von den Banken mit Beschlag belegt worden waren, was für die Mieter in jedem Fall nichts Gutes verhieß.

Das jähe Verschwinden Streibls war somit für Plechl geschäftlich gesehen sicher ein schwerer Schlag gewesen. Somit würde er einen Bauauftrag, wie er im *Grünen Haus* zur Realisierung anstand, gewiß dringend brauchen können. Wurst nahm sich vor, über diesen Ansatz eine konstruktive Neuorientierung seines Verhältnisses zum Abgeordnetenkollegen herzustellen.

Kurzum, es gab viel zu tun. Walter Wurst sah die Notwendigkeit, ein wenig zu regenerieren, um dann mit neuen Energien ans Werk gehen zu können.

Er hatte ohnedies schon seit einiger Zeit die Absicht gehabt, gemeinsam mit seinem wichtigsten politischen Berater, dem Arzt und Publizisten Doktor Lorenz Gamper, einen Skiurlaub in dessen Tiroler Heimat zu verbringen. Also reisten die beiden Männer in die Ferien ab.

Das Unternehmen wurde kein rechter Erfolg, und das lag in erster Linie an den Leuten, die Wurst und Gamper auf den Pisten und erst recht abseits derselben ertragen mußten. Zwar hatten die beiden einen kleinen, als absoluten Geheimtip geltenden Skiort als Urlaubsziel ausgewählt. Doch auch da begegneten ihnen auf Schritt und Tritt jene lauten, ungehobelten, neureichen Russen, die sich scheinbar zu einer schleichenden Okkupation Westeuropas – und insbesondere der Alpenländer – aufgemacht hatten.

Die nach ihrer eigenen Einschätzung brillantesten Köpfe der österreichischen Grünen saßen am vorletzten Urlaubsabend eben beim Essen, als sich wieder einmal eine solche Russen-Meute in ihrer Nachbarschaft niederließ und umgehend mit großem Getöse zu mulatieren begann.

»Manchmal bedauere ich es richtiggehend, daß der Eiserne Vorhang nicht mehr existiert«, merkte Walter Wurst indigniert an.

Gamper sah eine Gelegenheit, seine umfassende Bildung aufblitzen zu lassen: »Heißt es nicht bei Marx, der Sozialismus könne erst aufgebaut werden, nachdem der Kapitalismus seine volle Barbarei entfaltet hat?«

»In manchen Punkten hat der Herr Karl offenbar wohl doch nicht so unrecht g'habt«, überlegte der Abgeordnete. »Aber das darf man natürlich nicht laut sagen.«

»Keinesfalls!« stimmte Doktor Gamper zu.

Wegen der ständigen Ruhestörung noch etwas unausgeschlafen und insgesamt sehr übellaunig war Wurst am nächsten Morgen eben dabei, sich zum Skilaufen fertig zu machen, als Gamper mit wutschnaubender Miene im Abstellraum für die Skier und Skistiefel aufkreuzte. Er schwenkte eine Tageszeitung und setzte den Abgeordneten von der Ungeheuerlichkeit in Kenntnis, die in diesem Blatt gemeldet wurde: Drei Kolleginnen aus den Reihen der Grünen-Parlamentsfraktion hatten Wurst per Offenem Brief – der vor Respektlosigkeiten und persönlicher Polemik nur so strotzte – aufgefordert, endlich als Vorsitzender der laut ihrer Sicht längst obsolet gewordenen Krokodil-Verantwortungsfindungskommission zu demissionieren ...

»Kaum ist der einzige politische Kopf aus dem Haus, beginnen die hysterischen Hühner auf dem grünen Misthaufen zu gackern!« rief Gamper empört aus. Da stutzte er plötzlich und bat Wurst: »Erinnere mich bitte an diese Formulierung – die kann ich für meine nächste Kolumne brauchen.«

Der Politiker war über die Neuigkeit gleichfalls aufgebracht. Wütend stieß er einen Fuß in den bereitstehenden Skistiefel. Dann sank er mit einem Aufschrei zu Seite.

Schon zur nächsten vollen Stunde wurde in den Rundfunk-Nachrichten gemeldet, der bekannte Grünen-Politiker und langjährige Abgeordnete zum Nationalrat Magister Walter Wurst schwebe in akuter Lebensgefahr. Er sei von einem aus noch unbekannten Ursachen in seinem Skistiefel verborgen gewesenen Skorpion gestochen worden.

Ein weiteres Detail hatten die Sicherheitsbehörden vorderhand noch nicht bekanntgegeben: Gleichfalls im Skistiefel hatte man eine Ansichtskarte gefunden, die jenen Teil der Kreml-Mauer zeigte, wo sich zu Zeiten der UdSSR das Lenin-Mausoleum befunden hatte. Auf der Rückseite der Karte waren – wie bei Erpresserbriefen üblich – einzeln aus einer Zeitung ausgeschnittene Buchstaben aufgeklebt. Da es sich aber um kyrillische Lettern handelte, mußte erst ein Spezialist hinzugezogen werden, der die Botschaft entziffern konnte: *Liebesgrüße aus Moskau*.

Chemnitzer Str. 31, D-44139 Dortmund
Internet http://www.grafit.de
e-mail grafit@knipp.de

Umschlagfoto: Thomas Range
Druck und Bindearbeiten: Fuldaer Verlagsanstalt
ISBN 3-89425-203-0
1. 2. 3. 4. 5./99 98 97